空耳の森

七河迦南

まだ早い春の日、思い出の山を登るひと組の男女。だが、女は途中で足を挫《くじ》き、つかの間別行動をとった男は突然の吹雪《ふぶき》に襲われる。そして、山小屋で彼を待つ女に忍び寄る黒い影――山岳を舞台にした驚愕のサスペンス「冷たいホットライン」、両親に置き去りにされた孤島で生き抜こうと奮闘する幼い姉弟の運命を描く「アイランド」、海に臨む児童養護施設で噂される、謎の声が聞こえる空き家の秘密が明かされる表題作ほか、トリックと物語の融合で読者を魅了し続ける気鋭が贈る、一編一編に異なる技巧を凝らした9編を収める本格ミステリ短編集。

空耳の森

七河迦南

創元推理文庫

THE FOREST OF MISHEARING

by

Nanakawa Kanan

2012

目次

空耳の森

冷たいホットライン

1

最前からの吹雪《ふぶき》はますます激しくなり、山から吹き下ろす風は身体を打つ。次から次へ積もっていく雪で、地面の輪郭ももう判然としないが、少しでも安定していそうな場所を探して正《まさ》彦《ひこ》は一歩一歩踏みしめるように歩を進める。それでももう何度も足を滑らせ、ずり落ちてはその度にひやりとさせられる。一歩間違えば大きく滑落し、側面の崖下に転落するのではという不安と闘いながら彼は進んでいた。

耳障りな雑音とともに彼の名が呼ばれた。

彼は足場のしっかりした所で足を止め、苦労してようやくポケットからトランシーバを取り出し、耳に当てた。

「正彦？　今どこにいるの？」

吹雪の中、雑音に混じって弱々しく尚子《なおこ》の声が聞こえてくる。

「もう半分くらいは来たと思う」

「大丈夫なの？　こんなひどい嵐になっちゃって」

「こっちは大丈夫だよ。そっちは？」

「大丈夫よ……まだね」

少しずつ間を置いて不安げな声が返ってくる。いちいちスイッチを切り替え交互にしゃべらなければならないのがじれったい。

「小さな小屋だから、がたがたいってるけど、すぐにつぶれたり倒れたりはしないと思う。でも……少し寒い」

「足の方は？　まだ痛む？　歩けそうかい？」

「うん、少しはいいような気がするけど。ゆっくりなら……あ痛！」

試してみたらしい彼女の小さな叫び声が半ばノイズとなって伝わってきた。

「無理しちゃだめだよ。今行くから。ぼくが着くまで動いちゃだめだ」

「でも、こんな吹雪の中、ここまで登ってくるなんて。あなたが危険じゃない？」

「だからって、ぼくが君を放っておけるって思うのか？」

少し間があって「ごめんなさい」の一言だけが返ってきた。それは嘆きとも安堵ともつかない響きを帯びて聞こえた。

「とにかくなるべく動かずにいて、ぼくを待ってくれ……。それじゃ」

正彦はトランシーバをしまった。わずかな通信の間にも雪が帽子に、ヤッケの肩に降り積もっている。

彼は山を振り仰いだ。雪は痛いほど顔に吹きつけ、彼の意志をくじこうとする。しかし彼女のことを考えると激しい思いが湧き上がり、それが厳しい環境の中にあって、なお彼をつき動かす力の源《みなもと》となる。彼は新たな一歩を踏み出した。

2

尚子はトランシーバを置くとどっと椅子にもたれた。粗末な木の椅子の背は壊れそうにきしんだが気にもならない。彼女のいるこの小屋自体が風に煽られ、もっと大きな音できしんでいたから。

医療職同士といっても、こんな場所では全く無力だ。

どうしてこんなことになってしまったのだろう？　彼女は思い返した。

県内で一、二を争う規模の総合病院で泌尿器科の看護師をしている尚子が、同じ病院の内科医である正彦と交際し始めて三年になる。結婚の話も出ているが、具体的に進んではいない。今年中は無理かな、そうすると二十一世紀に持ち越し？　とちょっと焦《あせ》る尚子だった。

そんな二人が、休暇をとってこの山にやってきたのは今朝のことだった。

実家を離れ、県北最大の都市であるA市の街中に一人暮らす尚子のアパートまで、正彦が迎えに来たのはまだ夜明け前。車は高速道路を快走し、利用する人もなさそうな山裾のインターで降りて県道をしばらく進んだ後、山に入り、蛇行しながら徐々に細くなる道を延々と辿って、森の中の小さな空き地で止まった。

荷物を背負い、うっかりしたら見逃してしまいそうな「＊＊山登山口」の道標の脇を通って藪に囲まれた狭く急な坂を少し登り、ゆるやかで歩きやすい登山道に出ると、陽光が降り注いできた。

尚子は山に慣れているとは言えない。彼女にとって山に行くとは、天候のいい夏の低山をトレッキングするとか、渋滞にいらつきながら秋の観光地で紅葉を眺めるといったことだった。四月に入ったとはいえ、まだ雪の残る春の山を丸一日かけて歩こうというのは尚子にはやや手強かったかもしれず、山に慣れた正彦がいっしょでなかったらこんな山行は考えられなかっただろう。

誰にでも優しく顔立ちにもどこか品のある正彦は、一見するといかにも学究肌の印象だが、ひとたび仕事を離れるとアウトドア志向が強く、運動神経の鈍《にぶ》い尚子とは大違いだ。自然を愛し活動的な彼の趣味の一つが野鳥の観察と撮影で、気になる鳥が見られそうとなると重装備の上に双眼鏡とカメラを持って、冬の山にもためらわず出かけていく。成りゆき上数回に一度は尚子もつきあうようになったが、コースはいつも彼任せで彼女はついていくばかりだ。彼が言い出したのは今回も直前で、彼女は上司に急な休暇の理由を説明するのに苦労した。

それでも尚子が行こうと思ったのは、この山が二人の初デートの場であり、彼女にとっていわば思い出の地だったからでもある。もっとも前に来たのは天気に恵まれた八月の休日であり、歩いたのもずっと低い山裾の方だったが。

正彦の話では、県境に位置するこの山はアプローチが不便なため、初心者にも比較的歩きやすく眺望に恵まれている割に訪れる人が少ない穴場なのだという。

まだシーズンには早いようで、今日も人の姿は全く見かけない。中腹までの比較的なだらかな登りを経て、木漏《こも》れ日の射す広場で休憩して弁当を食べ、さらに登った。やがて見晴らしのよい稜線《りょうせん》に出る。斜面の北側や岩陰にはまだ雪が残っているが、空は冴え渡り、二人は春山の清々しい空気を満喫した。

「こんないい天気なのに、わたしたちだけでこの景色を独占なんて贅沢だね」

彼女が振り向いて言った途端、足下が崩れた。

きつい登りが一段落して油断していたのか、一見しっかりして見えた足場がもろくなっていることに気づかなかったのだ。正彦がすぐ手を摑んでくれたので大きく滑り落ちはしなかったが、立ち上がろうとすると右の足首が鋭く痛んだ。

「大丈夫かい」

正彦が心配そうに覗き込む。

「捻挫《ねんざ》しちゃったみたい」

「歩けない？」

「ううん、ゆっくりなら歩けるけど……」

正彦の肩を借りながら足を引きずって歩き、この無人の小屋に辿り着いた。既に使われていない所なのだろうか、がらんとした中に半ば壊れかけたような椅子がいくつか乱雑に置かれているだけで、備蓄も何もないようだ。

比較的ましな椅子の一つにかけて一息つくと、部屋の隅に妙なものがあるのに気づいた。

等身大よりは少し小さい木の人形。といっても太めの枝を人の形に組み合わせただけのようで、顔も描かれていないが、右手に赤と左手に白の旗を握っている。

「何かしら?」

尚子が指さしたのを見て、正彦が近づき、しばらくいじっていた。

「手旗信号を使えるようになっているみたいだね」

「手旗信号?」

「うん。主に海で使われるものなんだけどね。声が届かない所でも双眼鏡なんかで見える範囲なら、二本の旗の組み合わせで文字を表して通信するんだ。ほら、関節にあたる部分だけは丁寧に作ってあって何段階もの位置に固定できるようになってる。このロープを引っ張ると持ち上がっていって屋根の上に出せるんだろう。山で、人形を使うなんて初めて見た。大声を出すと雪崩《なだれ》の心配があるからかなあ」

「文字ってどんなふうに?」

「ぼくはアルファベット式しか知らないけど、Aは右手だけ身体から四十五度くらい離す。Bはもう少し上げて九十度真横に、とか」

「Hは?」

H? 戸惑ったような正彦だったが、

「今のBの右手の下に四十五度の左手を添えて、昔の仮面ライダーの変身ポーズにちょっと似た感じ」

そんなの知らないって、と尚子が言うと、人形の腕を実際に動かしてみせてくれた。

じゃあMは？　Nは？　と訊く尚子に応えて人形を動かしながら、正彦はふと気づいたようで、

「Rは簡単だよ。両手を水平に真横に伸ばせばいい」

「Rは別にいいの」

尚子がちょっとふくれてみせると正彦は苦笑いした。

その時点では尚子もそれほど事態を深刻に考えてはいなかった。天気もいいし、時間さえかければ歩けないわけではない。それよりも正彦のことが気になった。

「少し休めば大丈夫。ごめんなさい」

「謝ることなんかないさ」

そう言いながらつきあい、世話してくれる正彦だったが、その意識がときどき他に向いているのが尚子にはわかった。

「鳥、見てきてもいいのよ」

彼女がそう言うと、彼はびっくりしたように、尚子の顔を見た。

この辺りから二人が登ってきたのとは別方向にしばらく下ると、野鳥の宝庫とも言われる一帯があることは彼から聞いていた。

彼がこの山行を計画したのも、一年中でこの時期以外滅多に見られないという珍しい鳥（彼女には名前も覚えられなかったが）がそこで見られることが理由の一つであり、傑作写真を撮るべく、このシャッターチャンスを楽しみにしていることも聞かされていた。今日も山の中腹より少し上の、大眺望が広がるという地点まで登ったら引き返し、帰路その場所に寄る計画だった。

「でも、君を残していくのは……」

ためらいの言葉を口にする彼に、尚子は重ねて言った。

「わたしなら平気よ。ここで待ってる。まだ時間も早いし、休んでいれば、あなたが戻ってくる頃にはいっしょに帰れるようになると思うの。ね、そうしよう？」

じっとしてなきゃだめだよ、と何度も言って彼は降りていった。天候が急変したのはその一時間ほど後だった。

3

彼女を置いて小屋を離れた時は、こんなことになるとは思わなかった。

なだらかな稜線を歩いているうちは、振り向くと小屋の姿も見えていたが、やがて急な下りに入ると東側の面や屋根が時折見えかくれするだけになり、小屋との位置関係もあやしくなってくる。

思っていた以上の急坂に加え、ところどころ日の当たらない場所では残雪に足を取られることになり、正彦は常に緊張を強いられた。

途中思いがけないアクシデントがあった。急勾配を降りる時、足がかりとなっていた大きな石の一つが弛《ゆる》んでおり、正彦の通過と同時に外れて、小さな崩落を呼んだのだ。

彼は辛うじてバランスをとって持ちこたえたので、いっしょに滑落したり、石が当たってケガをしたりするようなことはなかったが、見上げてみるとポイントになっていた大石がなくなり、逆コースを辿って登っていくことはかなり困難になったのがわかった。

まあ帰り方はなんとでもなるだろう、とその時点では正彦も楽観視していた。

彼が狙いをつけていた場所に辿り着くまでに結局一時間近くかかってしまったが、その時はまだ天候がよく、見通しも利いたので、当初の期待通り、かなりの種類の鳥たちを見ることができた。

早速一眼レフを構える。しかしなかなかタイミングが摑めず、ベストショットをものにすることができない。

彼は自分が集中力を欠いていることに気づいた。頭の真ん中を彼女の捻挫のことが占めていた。軽いものとはいえ、この場所で……。そしてさっきの崩落……。胸騒ぎがした。

いつのまにか日は翳《かげ》り、風が強まっていた。

彼ははっとした。以前一人でこの山に来た時急激に天候が変わり吹雪に見舞われたことがあった。空気の感触がその時に似ている。彼はしばらく動かずにいた。雪がちらつき出した。鳥たちの姿もいつのまにか消えていた。彼もこうしてはいられないはずだった。

その時、トランシーバから彼女が呼びかけてきた。

「鳥はいたの？　いい写真撮れた？」

と明るく訊く彼女だが、その口調に不安が混じっているようだ。

とにかく彼女を安心させなければならなかった。彼はなるべく軽い口調で写真の方は大丈夫、すぐ戻るから待っているようにと話し、通信を切った。

様々な可能性を考え合わせ、彼が歩き出すまでには少し間があった。

もう一度彼女のいる小屋の方角を見上げた。風は確実に強まっている。彼が動き出した時、もはや吹雪が襲来することは明らかだった。

尚子とは比較にならないといっても、正彦も本格的な登山家というわけではない。

尚子と別れて降りてきたショートカットの道は、急な上、崩落、天候の悪化を考え合わせると既に逆戻りするのは危険と言えた。彼はまず、遠回りだがあまり高低差のない道を使い、午前中に尚子と登ってきたコースに戻ることにしたが、焦りのせいもあるのか以前歩いた時に比べ、その道程は随分長く感じられた。

元のルートとの分岐点にようやく辿り着いた時にはもはや本格的に吹雪いており、道標も半ば雪に覆い隠されていた。彼はわずかに逡巡した。しかし迷っている時間はもうなかった。彼は決然と本道に足を踏み出した。

ここまでときどき尚子と通信し、様子を聞いて動き方を考えながら進んできたが、勾配がきつくなるにつれ、それも大変になった。足が滑ることも増え、思ったように距離が稼げなくなっていた。

そして今、彼は岩壁に片手を触れながら、そろそろと進んでいる。岩盤に刻み込まれた細い道は既に雪に覆われ真の端がどこだかわからなくなっている。

片側は垂直にそそり立つ絶壁、反対側も遙か下方まで続く斜面で一度足を踏み外せば妨げるものもなく転げ落ちていくしかない。それでも晴天時なら、随時岩壁に打ちつけられた鎖を頼りに注意深く歩けばそれほどの脅威ではなく、尚子でもちょっとしたスリルを味わう程度で通過できた箇所だが、この悪天候の中ここを抜けていくのは彼にとってもかなりの集中力が必要だった。

トランシーバが鳴った。彼は一瞬ためらった。この不安定な場所であまり余計な動作をしたくない。

間が悪いなと思いかけて彼は苦笑した。彼女がどういうわけか間の悪い時に電話してくるのはしばしばだった。トイレに入ろうとしている時、たまたま見ていたTVドラマがまさにクライマックスを迎えようとしている時、などなど。

「君は本当にこっちの行動が見えててかけてくるみたいだね」

いつか彼は言ったが、彼女は反対のニュアンスで受け取ったらしく「本当?」と何だか嬉しそうに答えるのでそれ以上説明できなくなってしまった。

いずれにしても応答しなければ彼女の不安は募るだろう。彼女が何か無茶な行動に走るのだけは避けなければならない。

彼は苦心してトランシーバを取り出し応答した。

「尚子?」

「正彦? わたしよ」

「落ち着いて待っていて、って言っただろう?」

「……だって心配なんだもの」

と言いかけて彼女は口調を変え、

「ごめんなさい。短く済ませる。伝えたいことがあったの」

「何?」

「小屋の屋根の上に、旗を揚げたの」

「旗?」

「ええ。この吹雪の中、小屋をみつけるのも大変でしょう? さっきの手旗信号の人形を出したの。少しでも目印にしやすいようにと思って。人形がNのポーズで旗を持ってる――本当は人形が二つあればH・Nにしたかったんだけどね」

「H・N?」

「――ううん、それはいいの」

「大変だっただろう?」

「いいえ、大丈夫よ。でも、あなたが来る時にはもう暗くなってて見えないかな?」

「うーん、まだ三時半だから、大丈夫だろう」

「どうかした?」

答えに手間取ったのを不審がる尚子に、不安定な体勢で話していることを伝えると彼女もあわてて、

「ごめんなさい。もう終わりにするわ。早く来てね」

「わかった」

＊＊＊

人はおろか、動物の姿さえこの山からは跡形もなく消えたかのようだった。

しかし正彦と尚子がとぎれとぎれのやりとりをしている頃、尚子のいる小屋からもうしばらく登った辺り、幾分ゆるやかな傾斜で広がる雪原に、黒い影が差した。

大柄なその男は、黒ずくめの防寒着を厚く着込み、寒さを感じている様子もない。顔の上部はゴーグルに被われ一寸見《ちょっとみ》で表情はわからないが、もし他人がその奥を覗き込むことができたなら「鷲《わし》のような眼光」と形容したかもしれない。

その鋭い眼は吹雪の中にあっても遙か下方の山腹にうごめく点を捉えていた。

もし正彦の方が気づいていたら、むしろ「鴉《からす》のように不吉な影」とでも言ったかもしれなかったが、懸命に歩を進める彼がその黒い影に気づくことはついになかった。

4

山の天気は変わりやすい、という言葉は尚子も知っている。しかしそれがここまで激しいものだとは思いもしなかった。

日差しが翳ったな、と思うと間もなく風の音が強まった。辺りが夕方のように暗くなったと思うと雪がちらつき出した。彼女も、これは大変、とは思ったが、それでもまだ事の深刻さは実感していなかった。正彦に連絡すると、すぐ戻るというので、彼の帰りを待ちさえすればどうにかなると思っていた。さっきまであまりにのどかな春の空の下にいたので、このまま真冬のような吹雪になるとは信じられなかったのだ。

しかしそれはやってきた。一時で止むと思っていた雪はかえってだんだん激しさを増し、稜線はたちまち白く覆われて輪郭も定かでなくなった。ついには吹雪が壁に打ちつけ、小屋を揺らした。

ここにきてようやく尚子も容易ならざる事態にはまり込んだことを理解した。今日は朝から他人の姿を見ていないことが思い出された。

最近はもう半数近い人が手にしている携帯電話を、二人して持ってないのが、こんな所で祟《たた》るなんてあんまりだ。

尚子はため息をついた。

ケータイさえあれば助けを呼べるのに（この山は電波の届かない場所が多いって話だけど、どこかではつながるでしょう？）。

携帯電話なんか下手に持ってて休みの日につまらないことで電話されたりしたら最悪だろう？　という正彦はともかく、尚子は以前端末を持っていたこともある。折り畳むこともできず電子メールも使えない旧型だった。あまりに使い勝手が悪く、職場支給のポケベルで用は足りていたので、買い替えるつもりで解約したまま何となくそれきりにしていたことをこれほど悔やむことになるとは思わなかった。

結局待つしかないのだ。携帯電話の代わりに正彦が持ってきた古いトランシーバだけを頼りに。

「廻り道をして元のルートに戻ってるから時間がかかるけど心配しないで」

「もう半分くらいは来たと思う」

などと雑音に紛れ頼りないながらも正彦のメッセージを運んでくれるこのトランシーバが、今や彼女のライフラインであり、二人を結ぶホットラインなのだった。

この寒いのに「ホットライン」なんておかしいね。尚子は微笑《ほほえ》む。

ふだんは優柔不断なところもある正彦だが、トランシーバ越しの声は頼もしく、何度も力強く励ましてくれる。ここまで登ってこようとする彼の身も心配だったが、尚子を放っておけない、と言ってくれるのはやはり嬉しかった。

何かできることはないだろうか？　自分のために。自分を助けようとしてくれている彼のために。

尚子は重い身体を引きずるように立ち上がった。

人形の腕を持って動かしてみる。右手を横に、左手を添えて。それから、左手を真横に。右手を四十五度に。H、M。花里《はなさと》正彦の頭文字。

力武《りきたけ》、という自分の姓が昔から好きではなかった。硬くて、女らしくない気がして。早く変えたいと思っていた。真横に伸びた左手を下げて右手と同じ角度にしてみた。

H・N。花里尚子。

少しずつ位置を確かめながら、尚子はロープを引っ張ってNの形に旗を持つ人形を上げていった。昔映画で見た、服役から帰ってくる男を物干し綱一杯に干した黄色いハンカチが出迎える場面が頭に浮かんだ。

正彦への報告を終えて座り込む。後は本当に待つしかない。ただ待つだけ。

荷物はほとんど正彦が準備してくれたので、尚子はもともとわずかなものしか持ってきていない。足を痛めてからは、それすら彼が自分のリュックサックに移し替えて背負ってくれていたが、荷物をきちんと整理し仕分けする間も惜しんで彼がまた下っていったので、トランシーバ他最小限のものしかここには残っていない。

本当にあわてんぼうなんだから、と尚子は思う。おかげで気の紛れるものもないじゃない。ポケットに入っていたチョコレートをかじり、目の前に置かれた腕時計を眺めるばかり。

黙って座っていると彼と見に行ったたくさんの映画のシーンが目の前を通り過ぎていった。

二人の映画の趣味は実のところあまり合っておらず、何を見に行くかでいつも意見が食い違う。たいがいは尚子が押し切ってロマンティック路線になるのだが、時には正彦好みの「スリルとアクション満載！ 冒険と試練の連続！」みたいなのを見ることもある。

どうもとんでもない試練になってしまったみたい、と彼女は心の中で呟いた。ラブストーリーのつもりが、これじゃパニック映画だわ。

しかしもはや笑い事ではなくなっていた。パニックは彼女の心の中で少しずつ芽吹いてきている。

じっとしていると吹きつける風の音だけが耳について離れない。耳を覆って突っ伏したくなる。

落ち着こう。落ち着かなくちゃ。尚子は自分に言い聞かせる。

しかし抑えても抑えても膨らむ不安はまるで身体のあちこちから吹き出してくるようだった。

5

難所を廻り込み、ようやく一息ついた正彦はふと空腹感に気づいた。リュックには二人分の非常食や飲み物も詰めてある。

こんな時に、道脇の低木を覆う樹氷が一瞬美しく映《は》え、彼の目を惹きつける。

少し迷ったが、尚子のことを考えると足を止めるのはためらわれた。目的地に辿り着くまでは我慢しようと心に決めて彼は先を急ぐことにした。

この高さで日没を迎えれば気温は零度を大きく下回る。ほとんど冷気を遮《さえぎ》ることもできないあの小屋で、軽装の尚子は一晩を越すのも無理だろう。ある程度の装備を持っている彼自身にしても危険な状況になるという不安があった。

休憩をとらなかった自分の判断が正しかったことはすぐにわかった。

ガスが出てきて視界は刻々と狭くなり、徐々に高さを増す積雪に足を取られるようになってきた。一歩ごとに靴に張りついてくる雪の量が増し、足が重くなってくるような錯覚（いや、錯覚ではないのか?）に陥り、背中を流れる汗は周りの空気よりも冷たいように感じられる。

そんな思いを振り払うように顔を上げ、前方を見て彼ははっとした。

行く手は遮られていた。崩れ落ちた雪が細い道を塞いでいた。彼は向こう側を見透かそうとしたが、少なくとも十数メートルは雪に埋め尽くされているようだ。正面突破はできそうもない。彼は左右を見回した。

片側は麓《ふもと》の方へ向かう急傾斜となっているが全くの絶壁というわけではない。何とか越えられそうだと判断した彼は慎重に斜面に取り付き、少しずつ身体を動かしていった。半分くらいまで来て、何とかなりそうだと一息ついた時、足が滑った。彼はあっという間もなく数メートルずり落ち転倒した。

幸いそのまま一気に転げ落ちることはなく、半ば雪に埋もれながらも身体は止まった。腕を突っ張り、上げた顔をまた雪つぶてが打つ。

立ち上がろうとする時、足を痛めてしまったのではないかという不安が襲った。恐る恐る足に体重をかけてみるが、どうやら何事もないようでほっとする。

元の位置まで何とか這い上がり一段と注意を払って彼はまた足を運び始めた。登山靴の先端を雪に突き刺すようなつもりで慎重に足場を確保しながら進む。ようやく傾斜のゆるやかな場所に出て大きく息をついたところでトランシーバが鳴った。

「正彦？」

その声にはこみ上げてくる感情を辛うじて押し殺しているような緊張感があった。

「まだ、なの？」

と彼女は言った。

「もう少しだよ」

と彼は答える。

「もう少しもう少しって、一体いつになるの?」

尚子の声が昂《たかぶ》っている。危険だ、と彼は思った。

「ごめん。でも本当にもう少しだから落ち着いてくれ」

「寒いし、こわいの」

と彼女は言った。

「あなたの声、よく聞こえなくなってる。本当に大丈夫なの。どこにいるの?」

「吹雪のせいで電波が届きにくくなってるだけだ。落ち着いて。聞こえるかい?」

「……ええ、聞こえるわ」

彼はもう自分のいる位置の説明はしなかった。ただ尚子をなだめるのに努めた。音声はいよいよ切れ切れになり、多くを口にしている余裕はなかった。

通信が切れて彼は大きく息をついた。

疲れていた。

自分の苦境を十分わかってくれない尚子への苛立ちもあった。

正彦が子どもの時持っていた少年少女向けの文学全集の中に『アンナプルナ登頂』を含む巻があった。彼が特に好きだった一冊、山に関心を持つきっかけになった本だ。

アルプスの美しい山、アンナプルナをめざし、各国から集まった登山家たちのチームが登っていく。仲間たちの協力のもと、語り手のエルゾーグはついに山頂に到達するが、凍傷で手足の指を失うことになる。

子どもの彼は大いに感動したものだ。しかし安全な自分の家で寝転がって他人の冒険を読みふけっているのと、アルプスの高山とは比較にならないにしても自分が今まさに吹雪の中にいるのとは全然違う。自分も果たして無事でいられるのか心配になってくる。

ここまでして前進する甲斐《かい》があるのか。いつのまにか心に忍び込んでいたそんな思いに正彦ははっとする。

いや、今さら引き返すわけにはいかない。自分はもう選択したのだ。この道を。自分が行かなければ、尚子を助けられる者はいないのだ。

だがそれにしても……。

彼は山小屋からここまでの距離を思う。そしてその屋根の上、人形が掲げるNの旗を。あとどれだけ吹雪の中を行けばいいのか。そんな思いを断ち切るように彼は再び斜面に足を運び始めた。

＊＊＊

大きな黒い影は移動していた。

先程まで吹きすさぶ雪風を受けながら壁のように動かなかった男だが、いったん動き出すと大きな軀《からだ》に似合わぬ速さだった。その身のこなしには無駄がなく、一面の銀世界としか見えない雪原のなだらかな斜面に隠れた様々な危険を知りつくし、あらかじめ回避しているため、あたかも滑っていくようにさえ見える。

前もってすべきことは既に終わった。男は今や全速で目標に向かっていた。

獲物を狙う鴉のように。

6

尚子は後悔していた。

募る不安から思わず感情を正彦にぶつけてしまったけれど、彼はこの悪天候のもと、外で寒さと闘いながらここに向かって歩き続けているのだ。

謝りたくて、尚子は再び正彦に呼びかけようとしてためらった。

さっきのすぐでは、せっかく歩き出した彼の邪魔になってしまうだろう。うるさいと思われるかな。助けに行く甲斐のない女と思われる？

しばらく我慢したが気持ちを抑えられなくなり、彼女はスイッチを入れた。

一言だけ。「さっきはごめんなさい」と言うだけでいい。

しかし応答はなかった。

つながらないのか？

電池が切れてしまったのだろうか？

正彦はきっと間に合う。尚子は自分にそう言い聞かせた。

小屋の中にいても暗くなってきているのがわかった。

しんしんと迫る寒さをこらえて膝を抱えて座っていると昔のことが様々に思い浮かぶ。

あの頃は楽しかったな、と彼女は思う。正彦とは同時期に内科病棟に配属された。仕事漬けの先輩医師たち、ついていくのに必死の若手たちの中にあって、有能でありながら、過度に職場に帰属することなく、マイペースに自分の時間と趣味を優先させている彼は際立って見えた。彼もそんな彼女の気持ちに気づき、自然につきあうようになっていった。

それでも数年が経つと慣れ過ぎてときめきも減る。互いの部署は離れたが、何となく職場ではつきあいをオープンにしないままに来てしまったので不自由さは残り、時にすれ違いも出てくる。

わたしたちこのままでいいのかな、と思いかけた矢先のこの久しぶりの山行、二人の今後をみつめ直す機会かも、と思って出かけることにした尚子だったが。

こんなことになるなんて。

誰のせい？　ううん、みんなわたしのせい。こんな所で捻挫なんかして動けなくなって。自分一人ならまだしも、正彦を巻き込んで。

彼まで犠牲にしたらどうするの？　死ぬならわたし一人で。

わたし……、わたしたち死んでしまうのかしら？

自分の考えに尚子ははっとする。助からないかもしれない。これまで考えなかった、いや、真剣に向き合おうとしなかった思いに突き当たる。

死ぬなら一人は嫌。せめて正彦にそばにいてほしい。だけどそれじゃ彼も助からない。わたしのせいで。

尚子は腕時計をみつめた。時計を持ってこなかった彼女のために、正彦が外して置いていった腕時計。それはつきあい出して間もなくの彼の誕生日に、尚子自身が初めてプレゼントしたものだった。

尚子の中で二つの思いが葛藤していた。

やがてその一つが勝って、否、もう一つの思いをねじ伏せるようにして彼女は再度スイッチを押した。

7

「正彦？」

「ぼくだ。尚子、大丈夫か？」

「もういいから」

「何だって？」

「このままじゃあなたまで死んでしまうよ。わたしのことはもういいから。あなただけでも助かって」

「……バカなことを言うな。必ず行くから。辛抱してじっと待つんだ」

正彦は叫んだ。

しかし通信はピタリと途絶えた。あらかじめ決めてあった内容を一気に吐き出すような言葉が終わると同時に。

二人の間の距離に比べても尚子の声は小さく、雑音の中にほとんど埋もれてしまいそうだった。その後の応答もなく、正彦の言葉が聞こえたのかどうかもわからなかった。

正彦はしばし立ち尽くした。切なくいたたまれないような思いで胸の中が一杯になる。

しかしそんな言葉で自分の気持ちが変わるはずがあるだろうか？

おそらく気温は既に氷点下になっており、これから急速に下がっていくだろう。一刻の猶予も許されない。

もう迷いはなかった。トランシーバをポケットの奥深く押し込み、彼は足を踏み出した。

今はもう暗闇となった行く手に降り注ぐ雪、雪、雪。

さらに積もり続ける雪から、足を引き抜いては前へ、また引き抜いては前へ。

正彦は一心不乱に足を運び続けた。

何も考えず、ただ前へ、前へ進むだけ。

自分の身の危険のことも、尚子のことも考えず、ただ機械のように突き進むだけ。もはや寒ささえ感じなくなっていた。

どれくらい経ったのか、時間の感覚もなくなりかけていた。

半ばぼんやりと霞《かす》みかけていた彼の目は、何重もの雪のカーテンを隔てた向こう側、うっそうとした木々の中に、目標物を捉えた。

8

尚子はうつらうつらしていた。

寒過ぎて足踏みしながら縮こまっているうちにだんだん頭がぼおっとしてくる。ときどき意識が途絶えたような気がしてはっと気づき、頬や胴をこすりまた縮こまる。

こういう時は眠ってはいけないはず。「眠っちゃだめだ！　眠ったら死ぬぞ！」と言いながらびしびしビンタをする映画のシーンがあったような気がするけど、それともあれはテレビのコント？

正彦の言葉は嬉しかった。「もういいから」と言ったにもかかわらず、心の半分では来てほしい思いが一杯になっている。理性では否定しても、彼が来たらスーパーマンのように全てを解決してくれて、二人とも助かるような気がする。

彼への想いをどこかに書き残しておきたかったけれど、筆記具もみつからないのが残念で仕方ない。

また眠くなってきたみたい。

あまり寒く感じなくなってきたような気がする。

眠っちゃいけない、んだったよね？

なんでいけないんだっけ。

わからない。わからないけどまあいいか。

正彦が迎えに来るまで、少し。

少しだけひと休みしよっかな。

いいよね……。

…………。

強風の音に混じってドンドンという音が聞こえていた。それが自然のものでなく誰かが扉を叩いている音だと気がつくまで少し時間がかかった。

でも……。

誰が……。

尚子ははっと我に返った。冷たいすきま風に乗って現実が頭に流れ込んでくる。

正彦が。

正彦が来てくれたんだ。

助かるんだ、きっと。

もう大丈夫なんだ。

尚子はふらふらと立ち上がって扉に向かった。顔がかっと熱くなり心は高揚しているが身体はついていかない。戸を叩く音とともに声が聞こえた気もしたが耳に入らない。

もう大丈夫だよね。

尚子は扉を開けた。

そして悲鳴を上げた。

9

正彦はほとんど走っていた。何度も転倒し全身雪まみれになっていたがそんなことはもはや気にならなかった。

目標への最後の数メートルをつんのめるように駆け下り、彼はやっと大きく安堵の息をついた。

もう大丈夫だ。

俺はもう。

自由なんだ。

正彦が目標物――「＊＊山登山口」と書かれた道標の横を通り過ぎようとした時、太い木の陰から手が伸びて彼の腕を摑んだ。万力《まんりき》のような力で身動きがとれない。

呆然とする正彦に向かってその相手は冷ややかに言った。

「非情な男だな、あんた。助けを待っている女を置き去りに、一人だけ下山するとはね」

10

「少しはあったまってきましたか？」

温かい飲み物を持って戻ってきた大男が言った。

「ええ、もう、大丈夫」

尚子は紙コップを受け取りながら答えた。

「それより……」

「どうかしましたか?」

「あの……、わたし……、すみませんでした。あんな大声出してしまって」

大男——Y県警地域部の松橋《まつばし》警部補は苦笑したようだった。

「いや、仕方ないですよ。恋人が助けに来たと思って戸を開けたら、いきなりこんな見も知らぬごつい男が顔を出したんではね」

「でも、とても失礼だったわ、わたし」

突然入ってきた黒ずくめの大男に、咄嗟《とっさ》にホラー映画の殺人鬼を連想してしまった尚子は悲鳴を上げ逃げ出そうとして足がもつれ、さしのべられた手を払いのけようとして両腕を振り回し、果ては手袋の上から噛み付こうとまでしたのだ。

「もう気にしないでください」

松橋は笑って手を振った。その大きな手のひらも今は頼もしく見える。

あの後、ようやく落ち着いた尚子に松橋は、自分が山岳警備隊に属する警察官であり救助活動にあたっていること、正彦が迎えに来ないこと、もう少し上、県境を越えた所に大きな山小屋があり、そこは安全なことを説明すると、それ以上四の五の言わせず尚子を背負って吹雪の中に再び踏み出したのだ。

そして今、尚子は赤々と燃える大きなストーブの前に膝を抱え座っている。まだ身体の震えは残っているが、だいぶ温まってきたようだ。

向こう側の広い部屋には数人の登山客のグループが、やはり避難してきたらしく、賑《にぎ》やかな話し声が聞こえてくる。小屋のスタッフはそちらの対応をしている様子だ。

こちらの部屋は尚子一人で、松橋が自ら世話を焼いてくれている。

飲み物を啜《すす》っている尚子の様子を、松橋はしばらく黙って見守っていたが、やがてやや声を落として切り出した。

「彼の身柄は確保しました」

さっき松橋が電話を受け、かなり長くしゃべっていた。聞こえてくるその断片からそのことは察していた。

「……そうですか」

尚子は他に何か言おうとしたが言葉が出てこなかった。

彼女の様子を見ながら松橋は話を続けた。

「この天候ですからここまで連れてくるわけにもいきません。麓の警察署に留めていますが、明日には……」

「もう二度と彼には会いたくありません」

尚子は言った。

「でも……、彼は何か言ってますか」

「麓の登山口で張っていた同僚が引き止めて声をかけたら、胆《きも》をつぶしたらしい。少し追及したらぺらぺらしゃべったようです。その……あなたを置いていったいきさつを」

「わたしが、万一にも一人で脱出しようなんて思わないように、助けに行くから待ってろって言いながら、手遅れになるように、確実に凍死するように?」

「……はい」

野鳥を見ていた場所から、尚子と登ってきた元のルートとの分岐点に辿り着くまでの正彦の言葉は事実通りだった。しかしそこで彼が選んだのは登りの道ではなかった。逆にそこから下山していったのだ。登っていくから、いま助けに行くから、と言い続けながら。

道は山腹をうねりながら下っていき、単純に直線距離でどんどん遠ざかるわけではないのでトランシーバで話していてもあからさまにおかしいとまでは気づかなかった。それでも声が遠くなっていくように感じた尚子の印象は正しかったのだ。

二人がこの山に来ていることは他に誰も知らない。最小限のもの以外は防寒具も残していない。遺書を書くにも筆記具もない。正彦のもくろみがばれることはないはずだ。

「でも、万一わたしが死ななかったら? 絶対確実じゃないですよね?」

「言い訳はなんとでもできると思ったのでしょう。吹雪の中で方向もわからなくなり迷った。進めなくなりやむを得ずビバークした。訳のわからぬまま、いつのまにか下の方に降りてきてしまっていた、などと。吹雪が止んだ後彼はもう一度登り、あなたの生死を確かめるつもりだったのかもしれません」

尚子は大きくため息をついた。

「わたし……、そんなに彼に憎まれていたんですね」

「初めからこんなことをするつもりであなたを山に誘ったわけではないようです」

急いで松橋が言葉をはさんだ。

「決して用意周到な計画などではなく、むしろ杜撰《ずさん》な思いつきです。ただ、あなたの捻挫、別行動になったこと、天候の変化……。いろいろな偶然が重なっていくうちに、ふと浮かんだ考えにとりつかれ、そこから抜けられなくなり、衝動的に行動に移してしまったのでしょう」

「全くゼロから彼が急に思いついたとは思えないです」

尚子は語調をやや強め、松橋は黙った。

この山が今シーズンまだ解禁になっていなかったこと、そして本来なら初心者が軽装で登るような場所ではなかったことは、さっき松橋から聞いたばかりだった。

「たぶん、そんな偶然が重ならなくても、正彦の中には前からどこかで何かの機会を待つような、そんな気持ちがあったんだと思います。出かけることを誰にも言わないようにしたのも、装備をみんな彼が準備してくれたのも、離れた時荷物をほとんど持っていってしまったのも、たぶん……。この吹雪は本当に予想できないものだったんですか？」

「直接の予報は出ていませんでした。ただ、各地の様子や雲の状況等からみて天気が大きく崩れる可能性はありました。たぶん、山に詳しい人なら登るのを控える状況だったでしょう」

そう松橋は答えた。

「彼は移動しながら携帯電話の気象情報サイトで天候の変化はチェックしたと言っています」

「途中で今三時半だからと言ってました。わたしはぼおっと聞いていただけで何も気づかずにいたけど、腕時計を置いていったのに時間がわかったのは携帯電話を持っていたからだったんですね」

それなら助けを呼ぶ方法はいくらでもあったのだ。そう思うと正彦の「意思」が身にしみる気がした。

そして腕時計……。思い出の品、この腕時計も尚子とともに置き去りにされた……?

「彼は……、そのう、なんて言ってるんですか。わたしのことは」

松橋はためらっていたが、尚子の目を見て仕方なさそうに、ここだけの話ですが、と前置きした上で言葉を選びながらゆっくりと話し始めた。

「憎んでいるとか、前から殺そうと思っていたとか、そんなことではないようです。ただ……」

「ただ?」

「重荷に感じていた、と。あなたの愛情の強さが最初は嬉しかったけれど、いつも頼られ依存されているような気がしてだんだん気が重くなってきた、と言っているそうです。別に気になる女性もいたのは事実だが、あなたを裏切って二股かけてつきあっていた、というわけではないらしい。ただ結婚もあまり現実感を持って考えてなかったので、その話題を何度も出されるのも煩《わずら》わしかった、と」

「……そうなのかも、と思ったこともあった。でも、それならそう言ってくれればよかったのに」

なぜ、そこから一足飛びに?

「言おうと思ったが、あなたが自分を信じて疑わないように見えて、言えなかった、傷つけたくなかった、というようなことを言っているようです」

少しだけ、わかったような気がした。いつも優しい、そして優柔不断なところのある正彦。他人を傷つけたくない。いや、傷つけざるを得ないような場面に自分が直面したくない、そんなところが彼にはあったと思う。そんな場面を避けて、逃げて、とりつくろって……。

そうしてずるずると逃げ場を失っていったのだろうか。


そう、同じ結末を狙うのにしても「下山して助けを呼んでくるから待っていて」と言っておいて帰りを果てしなく遅らせる、という方が嘘も少なく無理がなかったかもしれない。でも彼はそう言えなかった。尚子自身、正彦の危険もわかりながら「すぐにそっちへ行く」と言ってほしいのが本音だったのだから。彼を追いつめたのはわたし?

思いは声にならず、代わりに松橋に訊ねた。

「なぜわたしたちのことがわかったんですか」

「あなた方が山へ入ったことは、彼のもくろみ通り誰にも気づかれませんでした」

松橋が答えた。

「しかし、今あちらの部屋にいるパーティーが隣県から尾根《おね》伝いにこちらの山に迷い込んでいたのです。県警に救援要請があって、救助隊が出ました。念のため他の登山者がいないかどうか確認していたところ、偶然あなた方の通信を傍受したのです。最初は我々も何が起こっているかわからなかった。しかし雪原から彼の姿を見て、彼の行動と傍受内容との辻褄《つじつま》があわないことがわかりました。本部と連絡しあなたの居場所を特定したり麓に人の手配をするのに時間がかかった上、ことがことだけにあなた方に直接トランシーバで呼びかけることを控えたので、ご心配をかけてしまいました。後はご存じの通りです」

「運が良かったんですね」

尚子はため息をついてから急いで、

「松橋さんには本当に感謝しています。生命を助けて頂きました」

と続けた。

「当然のことです。仕事ですから」

「でも、皆さんだって命がけで、こんな大変なことを——」

「自分は山が好きですから。日々山の仕事なのに、休日もつい登ってしまうくらいで。このぐらいのことは何でもありません。どうぞご心配なく」

豪快な笑顔を見せた松橋に、尚子の顔も少しほころんだが、下を向いて、

「わたしはもう山はちょっと無理です……」

そう呟いたので、松橋も、それは当然のことでしょう、と慰めた。

「彼は……、どうなるんでしょうか」

「難しいところです。実際彼が口をつぐんだままだったら、どうしようもなかったでしょうが。『自力では無理だと思い助けを呼ぶために下山したんだ』と言い張ることもできたんですから、彼自身やはり気が咎《とが》めるところがあったのでしょう、何もかも話す気になったようです。ただ

……」

　松橋は尚子の顔を見て気の毒そうに言った。

「あなたには辛い話を聞かせることになってしまいました——勿論、わたしたちの話だけではにわかに信じがたいという思いがおありでしょう。落ち着いてからお会いになって直接話してみては……」

「もう彼に会うつもりはありません」

　尚子はもう一度言った。

「わたし、お話を聞いて何かとっても納得がいってしまって……。直接確かめたいとも思わないし、彼が今後どうなるのかもあまり気にならないんです。情の薄い女だと思うでしょう？　あっ、そうは思わないですよね。そうじゃないからこんなことになったんだもの」

　尚子は笑おうとしたがうまくいかず、意に反して語尾は変な風にかすれた。

　これまでずっと泰然として見えた松橋が少しあわてた表情になった。

「あなたは何も悪くありません。人を一心に思うのが間違ったことのはずがない」

　松橋はびっくりするような強い口調で言った。

「悪いのは全て彼の方ですよ……。あ、いや失礼」

　そうかと思うと今度はますますあわてた様子で謝っていたが、それが正彦を非難したことをなのか、思わず語調が強くなり過ぎたことをなのかはよくわからなかった。

「違うんです」

と尚子は言った。屋根の上、雪に埋もれたまま両手でNの信号を送り続けているあの人形の姿が目に浮かんだ。

「彼が悪いとかわたしが悪いとか、裏切られて悲しいとか、そんなこともういいんです。ただ彼の心の動きもわからないで、いえ、わかろうとしないまま恋人気取りでいた鈍感な自分、都合のいい幻想にすがりついていたバカな自分が情けなくて、みじめで……。なんかもう、笑っちゃいますよね?」

尚子の目からようやく涙が一滴こぼれて頬を伝った。

アイランド

1

ひろくひろく青い空に浮かぶ雲みたいに、となりの島がぽっかり浮かんで見える。ここと同じようにみどりの木々が生い茂っているけれど、もやがかかってぼんやりしている。見まわすと、そんな島々がぽつりぽつり遠くの方まで散らばってる。その上を高い空がどこまでもひろがっている。

浮かんで見えるけれど、島は決して浮いているわけじゃないってお姉ちゃんは教えてくれた。島はしっかりと海の底で大地とつながっているの。でもあたしたちは海の底には行かれない。だからここで暮らすしかないのよ、とお姉ちゃんは言う。ここはひろい海のまんなかのほんのちっぽけな島なんだから。

となりの島まではどれくらい遠いの？　とぼくが訊くとお姉ちゃんは考えて、何百メートルかはあるよ、と言った。

ぼくだって一メートル二十センチはある。それくらいなら飛び込んだら泳いでいけそうな気もする。

ぼくがそう言うとお姉ちゃんは少しこわい顔をして、ぜったいにむりだからね、そんなことしちゃだめよ、と言った。ぼくももちろん本気じゃなかったから、うん、ってうなずいた。お姉ちゃんは十歳。ぼくが二つ年下だからって、何もわかってないって決めつけ過ぎるときがあるけど、たいがいは優しい。

ぼくたちは島のまんなかへんに位置する小山の上にすわっていた。小山って言ってもほんとうに低くて、大きな土のこぶみたいなものだけど、島の全体がいちばん見渡しやすいところだ。町にいたときはこんなにいっぱいの草や木が一つのところにあるのを見たことがなかった。本でしか見たことがなかったような、いろんなきれいな花や変わった植物がここにはある。

みどりの森の中を曲がりくねった道が走っていて、道ばたにはまるで歩いていくぼくたちを案内するみたいに色とりどりの花が咲いている。左まわりにゆっくりと道をたどっていくと、背の低い木々が増えていって、見晴らしがまたよくなってくる。その辺りにきれいなお花畑があって時々大きなちょうが飛んでいる。

それからもう少し歩くと左がわ、つまり島の内がわの小山にまたぶつかる。一周しても二十分もかからないくらいの小さな島。ちょっと見ただけだとわからないけど、まんなかの小山の間にとても小さな谷間のようなところがある。ほんとうは島を一周する太い道からそこへ行く道もつけられているのだけれど、入り口が目立たない上、初め少しだけ急な上りがあるので、けものたちもあまり近づいてこない。

そんな森の中の谷間にある小さな小屋のような家でぼくたちは寝泊まりすることが多かった。このうちはお父さんが作ったの？　とぼくが訊くと、お姉ちゃんは、あたしたちが島に来たときからここはあったでしょう？　と言った。ここに来てからそんなに時間がたっているわけじゃないのに、ぼくは前のことをどんどん忘れていく気がする。でもそれでいいんだ。毎日生きていくだけでせいいっぱいなんだから。ぼくとお姉ちゃんしかいないこの島で。

2

ぼくとお姉ちゃんがこの島で暮らすようになってもうどれくらいになるだろう。

ぼくたちは行くあてもなく「ひょうりゅう」してこの島にたどりついたんだとお姉ちゃんが教えてくれたけれど、どうやって島まで来たのかおぼえてない。あの町の港から、船を出したのかな。それとも「みっこう」をしたんだろうか。そして船が沈んでしまったのか、それとも夜中にボートをぬすみ出して抜け出したんだろうか。眠っている間にお父さんにおんぶされていたらしく、気がついたらぼくたちは島にいた。

そう、初めはお父さんとお母さんがいた。でもお父さんは助けを呼ぶために海へ出てそれきり帰ってこなかった。お母さんはお父さんが戻らなくなってから少し気が変になってしまったのだという。そしてお父さんの後を追っていなくなってしまった。この海でお父さんをさがせるはずなんかないのに。

お姉ちゃんはお父さんもお母さんももう死んだと思った方がいい、と言った。ぼくは少し悲しかったし、もしかしたら生きてるかもしれないじゃないかと思った。もしかしたら、遠い島に、いやもしかしたら昔住んでいた国に、流れついたかもしれないじゃないか。そしてぼくたちをみつけに来てくれるかもしれないじゃないか。

ぼくはそんなことを言ってみたけどお姉ちゃんは首を振って、

「そんなこと期待するとかえってつらくなるでしょ」

と言った。「あたしたちはここでせいいっぱい暮らしていけばいいのよ」

うん、とぼくはうなずいた。

ここには食べられるものもちゃんとある。小さな家も。日ざしをさえぎるみどりの木々。天気のいい日に寝ころがる草地。気が向いたら木に登ってくだものをもいで食べることもできる。

朝ごはんが終わると、勉強の時間だ。

ここにはもちろん学校なんかないけど、お姉ちゃんは、勉強しなきゃだめよ、と言う。字をおぼえるのはとても大事なことだそうだ。本はお姉ちゃんが読んでくれるし、その他に読まなきゃならないものはない。お姉ちゃんとぼく以外に人はいないし、ゆうびん屋さんが来るわけでもないから手紙を書くこともない。字をおぼえてもしかたないんじゃないの、と言うと、お姉ちゃんはむずかしい顔をして、

「いつかあんたを迎えに来る人がいて、もとの世界に戻らなきゃいけなくなったら、字がわからないと暮らしていけないからね」

「お迎えなんて期待するなって言ったじゃん」

「期待はしなくていいの。でももしもってことがあるから」

「お姉ちゃんは？　お姉ちゃんがいれば平気だよ」

「姉ちゃんはここから離れない。ここにずっといるから」

「じゃあぼくもここにいる」

だから勉強しなくていいでしょ？　というつもりだったけど、お姉ちゃんは軽くぼくをにらんで、勉強は勉強よ、と言った。

お姉ちゃんは本を何冊か持っている。『ロビンソン・クルーソー』というそのうちの一冊をお姉ちゃんはよくぼくに読んでくれる。ぼくはその本で字を覚えた。お姉ちゃんはここに流されてくる前、ぼくたちの生まれた国で小学校に行っていたんだ。それでお姉ちゃんは字がよくわかる。お姉ちゃんは学校で一番成績がよくて、友だちもたくさんいたらしい。

ぼくたちのように、ロビンソンは「ひょうりゅう」してきて島で暮らしている。ロビンソンは自分で家を作り、ちょぞう庫を作り、野生ヤギをみつけて飼い、道を作った。

ぼくたちは自分で家を作らないですんでよかった。この小さな家はやばん人が作ったものだろう、とお姉ちゃんは言った。やばん人はせっかく家を作ったのに住まないの？　どこへ行ってしまったの？　とぼくが訊いてもお姉ちゃんは返事をしなかった。お姉ちゃんにだってわからないことがあるんだ。

やじゅうが来る時、ぼくたちは隠れなければならない。やじゅうにみつかったらおしまいだ。ぼくたちは引き裂かれてしまうだろう、とお姉ちゃんは言う。

ここに来る動物にはおだやかなのもいる。動物の食べ残しをもらうこともある。動物の子どもなら姿を見られても平気だ。

でもお姉ちゃんはとても用心深い。例えばトイレ。日中は地下の洞くつの中でもできるけど、夜は地上でなければだめよ、とお姉ちゃんは言った。そして森の奥深く、大きな岩の脇に穴を掘って、トイレを作った。野生の動物はおしっこを木の幹にかけてにおいをつけて自分のなわばりを示すのだそうだ。だけどぼくたちはとても弱いから、他の動物にみつからないように、トイレも目立たないところにしなければならない。遊んでいて急におしっこがしたくなったとき、まわりに誰もいないとわかっていると、つい近くの木におしっこしてしまいたくなる。がまんできなくてほんとにしてしまったのがお姉ちゃんにバレるとこっぴどく叱られる。

でもお姉ちゃんが用心深いから生きてこられたんだ。ぼく一人だったらぜったいむり。

3

お姉ちゃんがぼくに、食べものをとりに行くよ、と言った。ぼくたちは地底の洞くつの入り口に向かった。

食べものをさがすには、地上で野生の動物たちの食べ残しをもらったり、果物をとったりするか、この洞くつに入るかのどちらかだ。

お姉ちゃんがむかし持っていた『ちていりょこう』という本の話をしてくれたことがある。地球の中心をめざして、火山のふん火口にある穴から、洞くつを通って地底の奥深くを探検する三人の男の人の話だ。何日も迷路のような道を通りぬけて地底に下っていくと、ものすごくひろい場所に海があるのでイカダを作ってその海を渡り、とんでもない大きな植物や、きょうりりゅうに出会ったりする。

海やきょうりゅうはみつからないけど、この島の地底もびっくりするほどひろがっている。地底に向かう洞くつに入って十歩も歩くと、道は大きく折れ曲がって日の光は届かなくなる。洞くつの床には木々はもちろん、草の一本もない。つるつるの道を歩きながら、だんだんと地底深くに降りていく。

細い洞くつを抜けると、とても奥行きのある場所に出る。ぼくたちのいる島の地面の下にこんなにひろい洞くつが広がっているなんて初めは思いもしなかった。

洞くつはぼくの目の高さくらいの壁で細かく仕切られ、入りくんだ道が続いている。天井はあまり高くない。

地底は食べられるものがいっぱいだとお姉ちゃんは言う。でもゆだんしちゃいけない。ここは地上よりずっとずっとあぶない場所。たくさんの種類のけものたちでいっぱいの場所なんだ。地上はどちらかといえばおだやかな動物たちが多いけれど、地底はそうじゃない。小さな動物や優しい目の動物もいるけれど、動きの速いのもいれば、からだが大きくて鼻息が荒くてくさい息を吐くやじゅうたちもいる。

「おそわれたり食べられたりしないの?」

ぼくが訊いたとき、お姉ちゃんはこう答えた。

「けものをおそれてる様子を見せてはいけないの。まるで関心ないように堂々とした態度で歩いていれば、あたしたちをおそったりはしない。あたしたちもあんたたちと同じ、ここで暮らしてる動物なんだから、ここにいるのは当然って感じで」

お姉ちゃんはその通りやってみせる。急がないで、あわてないで、まるで近所にお買い物に来たみたいに、ゆっくりとあちらこちらに目をやりながら、でも他のけものたちのことなんて気にしてないように。

ぼくは最初なかなかうまくできず、あわててあちこちを見てしまったりした。そうするとまわりのけものたちもあやしそうにぼくを見た。でもお姉ちゃんが気がついてそばに来て、ぼくの手を引いてにっこりして歩き出すと、けものたちも安心するのか、思い思いの方へ散っていく。

どんな食べ物がみつかるかはその日によって違っていた。お姉ちゃんは安心して口に入れていいものとそうでないものを教えてくれた。安心して食べられるものは少ししかないし、そればかり食べてはいけない。動物にはなわばりというものがあるから、あたしたちが一つのところで食べ続けるのは危険なんだ、とお姉ちゃんは言う。少し口に入れたら、しばらくはその場所をはなれ、時間を空けてからまた戻ってくる。あたしたちは地底の生き物ではないんだから、自分たちのなわばりを作ることはできない。おくびょうにならなくていいけれど、ひっそりとすばやく食べものを手に入れなければならないの、と。

この日はめずらしく肉を食べることができた。でも歩きまわっても洞くつにほとんど食べるものがない日もある。そんなときはむりしないで地上に戻る。ぼくがおなかをすかせて寝てしまっても、目をさますとお姉ちゃんが食べ物を出してくれる。きっとぼくが寝ている間に、お姉ちゃんは一人で地底に行っているんだ。

地底の世界はぼくが行く洞くつの奥、さらに地下深くに続いているんだってお姉ちゃんは言う。そういえば島というのは、全体の十分の一しか海の上に出ていなくて、残りの九は海に沈んでいるものなんだとお姉ちゃんが前に教えてくれたことがあった。どんどん下に行けばもっといろんな世界があり、食べるものもいっぱいあって、いつかは地球の中心にたどりつくの？と訊くと、お姉ちゃんは首を横に振った。

地下に行けば行くほど危険になっていくのよ。『ちていりょこう』の主人公たちでさえ、地底の大きな海より下までは行けなかった。地球の奥深くに近づくと、どんどん熱くなっていって、岩がもえてどろどろにとけているかもしれないんだって。

地球の中心は、あたしたちの世界じゃない、恐ろしいところなの。

だからできるだけ洞くつの奥には行かない方がいいの。なるべく緑に包まれたこの島の上にいた方が。そうお姉ちゃんは言った。

島のはしの方には大きな池がある。大雨が何度も降ったから水がたまったんだろうか。小動物たちが喜んで池で遊んでいる。ぼくもいっしょに池に入りたかったけど、昼間はだめ、とお姉ちゃんは言った。水着も着替えもなくて、他の動物から自分を守れないから、と。

夕方になるとお姉ちゃんは上から下までぼくの服を脱がせ、自分の着ているものと一緒にきれいな水でごしごし洗った。そして木の枝にずらりと並べて干した。それからが水浴びの時間だった。島にはせんたくきもおふろもせっけんもないので、服も自分もきれいにするにはちょうどいいんだって。夏の池はちょっと変なにおいはするけど、水はすんでいるし、冷たくないので、泳ぐと気持ちいい。動物たちもいなくて、池はぼくたち二人のものだ。ばしゃばしゃ思い切り水をはねかして遊びまわる。

気がつくとお姉ちゃんの姿が見当たらなかった。しばらく待ってもどこからも出てこない。もしかしておぼれちゃったんじゃ——と心配になった頃、池の向こうのはしでお姉ちゃんが、ぷあーっと息を吐きながら顔を出し、そのまま立ち上がった。今まで見たことないくらい、本当に気持ちよさそうな顔をして大きく伸びをしたお姉ちゃんの白いからだを月の光が照らす。

「おぼれたと思ったよー」

そう言うぼくを見て、にっと笑うとまた両うでを耳にあてててすうっと水に入る。水の中をすべるように泳いでいくお姉ちゃんはまるで昔絵本で読んだ人魚みたいだとぼくは思った。

4

次の日はよく晴れていた。すっかりかわいた服を身につけて、ぼくはお気に入りの小山の上にすわっていた。動物たちもいなくて、ぼくはのんびりと遠くをながめた。

ここと同じようなみどりにおおわれた一番近くに見える島だって、ほんとうはとても遠くて、行くことはできそうもない。でもあの島にもこんな木立があって、小山があって、もしかしたらぼくたちのような人が住んでいるのかな。

そんな人はいないってお姉ちゃんは言う。こんな暮らしをしてるのはあたしたちだけよって。でもぼくはそんなことわからないって思う。

「町のことがなつかしい？　町に帰りたい？」

お姉ちゃんは少し心配そうな顔をしてぼくに訊いた。

ううん。ぼくは首を横に振る。来たばっかりの時はよく夢を見たけど、最近はあんまり。

そう。お姉ちゃんはほっとした顔でうなずいて、昔のことはあんまり思い出さなくていいの、と言った。あたしがあんたを守ってあげるから。ぜったいに守ってあげるから。

お姉ちゃんがいなくなってから、ぼくはとなりの島をまたながめた。お姉ちゃんはああ言うけど、ぼくはやっぱりとなりの島にも人がいるんじゃないかと思っていた。ぼくたちと同じような子どもだけのきょうだいだろうか。頼りになるお姉ちゃん、もしかしたら強いお兄ちゃんが弟を守っているかもしれない。

あっ、むこうの島で今何かが動いたような気がした。白い点のようなもの。もしかして人間？ ぼくは大きく手を振ってみた。相手の反応はわからなかった。

それでもあきらめずに手を振っているとお姉ちゃんが戻ってくる足音がしたので、今日はやめにすることにした。お姉ちゃんはきっとよろこばないって気がしたから。

ある日、空を見上げたぼくはびっくりした。色とりどりのたくさんの丸いものが飛んでいた。ぼくはあわててお姉ちゃんを呼びに行かなくちゃと思ったけれど、その丸いものから目をはなすことができなかった。まるでわたり鳥の群れみたいに、それはぼくたちの島の上を通りすぎていった。お姉ちゃんを呼ぼうと思ったとき、丸いものの一つが背の高い木にひっかかった。ぼくはそれをつかまえようと走り出し木によじのぼった。あせって足をバタバタさせたので、幹に巻いてあったワラが細かく飛び散った。

丸いものから長い糸が出て小枝にからまっていた。それをほどくとまたふわりと飛び立ちそうになったけど、ぎりぎりでつかまえることができた。

それは赤い、ぼくの頭より二まわりくらい大きくてやわらかいものだった。

お姉ちゃんはそれほど驚いている様子はなかった。

「風船よ」

お姉ちゃんは言った。

「空気より軽いガスが入ってるから空に浮くの」

「誰がとばしたんだろう。あんなにいっぱいとんでくるなんて、きっとあんまり遠くないところからだよね。もしかして、あの島かな？」

ぼくはとなりの島を指さした。

お姉ちゃんはあまり関心がなさそうに、さあね、と言った。

ぼくはこっそり手紙を書いた。

「こんにちは。ぼくはしまにすんでいます。木がいっぱいはえていて、おれんじやぱいなっぷるがなっているしまです。おとうさんとおかあさんはいなくなったけど、おねえちゃんがいっしょなのでへいきです。よんだらおへんじください」

お姉ちゃんには言わなかった。知ったらいやがるだろうと思ったからだ。

ぼくは前にも一度手紙を書いたことがあった。ひらがなをおぼえたての頃、紙のきれっぱしに何度も失敗して「たすけて」とだけやっと書けた。ちょうどビンが岸辺に落ちていた。ぼくはそのビンに紙切れを入れてふたをして、海に投げた。

お姉ちゃんにそのことを話した。喜ぶと思ったら、お姉ちゃんはこわい顔をして怒り出した。

「どうして勝手にそんなことしたの？　だいたいビンなんてどうして持ってたの？」

ぼくは何でそんなに怒られるのかわからなかった。

「誰か昔のやばん人が置いてったんじゃないの？　それとも、海から流れついたのかも」

そうしてお姉ちゃんの顔を見た。

「手紙書いちゃいけなかったの？　だめかもしれないけど、万一どこかに流れついて誰かがひろってくれたら」

お姉ちゃんはぼくの顔を見た。怒ったのを後悔してるみたいだった。

「今度からかならずあたしに相談してからにしてね。だいたいただ『たすけて』だけ書いたってあたしたちがどこにいるかだってわからないんだから。どんなことを書いたらいいかお姉ちゃんが考えてあげるから」

「お姉ちゃん、島の住所がわかるの？」

お姉ちゃんは困った顔になり、知らない、と言った。でもとにかくなんでもあたしにまず話してからなの。

それでその話はおしまいになった。

その後、手紙を書いたことはなかった。お姉ちゃんは考えてあげると言っていたけれど、本当はあんまり気乗りしてないのがわかってたから。お姉ちゃんは町に戻りたくないんだ。

次の朝、お姉ちゃんを起こさないようにそっと起きると、ぼくは手紙を風船の糸にくくりつけて岸辺から空に放った。風船は最初頼りなさそうにぼくのまわりをふわふわしていたけど、やがて少しずつ岸を離れて沖の方にとんでいった。

「風船なくなってるね」

お姉ちゃんは朝ごはんの時言った。

「ほんと？　結んでおいたのに、また風にとばされていっちゃったのかもね」

ぼくは少しどきどきしながら言った。

お姉ちゃんは、そう、と言っただけでそれ以上何も言わなかった。ぼくも何も話さなかった。

もしかしたら手紙の返事が風船にくっついてどこかから届くかも、としばらくの間は期待してたけど、また風船がとんでくることはなくて、ぼくもいつのまにか気にしなくなっていた。

5

同じような日がいつまでも続くような気がしていたけど、少しずつまわりは変わってた。

大雨が何回か降ったと思ったら、いつのまにか池は干上がっていた。あんなに暑かったのに、明け方は少しひんやりとする日が多くなってきた。

もともと島に吹く風は強かったけど、その風が肌ざむく感じられるようになった頃、お姉ちゃんは少し口数が少なくなり、何か考え込んでいるようなことが多くなった。

ぼくがくしゅんと小さいくしゃみをした朝、お姉ちゃんはなにか決心したみたいに話し出した。

「あんた、島を出たい？」

ぼくはとまどった。ここを出ることはできない。ここで暮らしていくしかない、とくり返し言っていたお姉ちゃんの口からそんな言葉が出るのは久しぶりだった。

「もうすぐ冬が来る。ここで今まで通り暮らせるかどうかわからないの。真冬になったら凍えてしまうかもしれない」

ぼくはぶるっとふるえた。それは凍える話を聞いたからじゃなかった。島の外のことをこれまでよく思い浮かべていたけど、ほんとうにここを出ることを考えるとこわくなった。

「島にいたい」

お姉ちゃんは自分で訊いたのに、ぼくの答えが意外だったみたいだった。

「そう――」

「このままお姉ちゃんといっしょならいい」

お姉ちゃんはしばらく黙って考えていたけど、わかった、このままここにずっといようね、と言った。

「だいじょうぶ？」

自分で言ったのにぼくは急に心配になった。

「うん。姉ちゃんがなんとかするからね」

お姉ちゃんはぼくを安心させるように、にこっとしてうなずいた。

「そうと決まったら、やんなきゃならないことがあるから」

どうするの、と訊いたぼくに、洞くつに行ってくる、とお姉ちゃんは答え、いっしょに行くよ、と言うぼくを止めた。

今度はちょっとだけ危ないことがあるから、あんたは待ってなさい。お姉ちゃんの帰りが遅くなっても、さがしに来ちゃダメよ。お姉ちゃん必ず戻ってくるから、いつもの場所でじっとして動かずにいて。

そう言ってお姉ちゃんは出かけていった。ぼくは言うことを聞いてじっと待っていた。

お日さまが傾き、見渡す限りの空が真っ赤に染まってもお姉ちゃんは帰ってこなかった。ぼくは心配でたまらなくなったけど、お姉ちゃんの言いつけを守ってじっとがまんしていた。お姉ちゃんに何かあったんじゃないかっていう気持ちをいっしょうけんめい打ち消した。お姉ちゃんは強いんだ。何があってもだいじょうぶ。自分に言い聞かせているうちにぼくは眠ってしまった。

目がさめるともう日が出ていた。ぼくは小さな声でお姉ちゃんを呼んだ。返事はなかった。ぼくは起き出して、島のあちこちをさがした。もうお姉ちゃんの言いつけを守るどころじゃなかった。人もけものも誰もいなかった。お姉ちゃんも。

日が高く昇って、少しはあたたかくなってきた頃に、ぼくは地底への道を下った。一人で通れるかどうか不安だったけどだいじょうぶだった。

折れ曲がりながら下っていくうす暗くて細い洞くつの途中にやじゅうがいた。どきっとしたのを気づかれないように、目を合わせないように、ぼくは通り過ぎようとした。じっとこっちを見ているのがわかったけど知らないふりをした。

もうだいじょうぶ、と思ったとき、急にうしろから押さえつけられた。口をふさがれ声が出ない。毛むくじゃらの顔が押しつけられ、臭い息がかかる。ぼくはそのまま暗いやぶの中に引きずられていった。

食べられちゃう、と思ったとき、とつぜん、けものがかん高い声で吠え、ぼくを押さえる力が抜けた。顔を上げるとこわい顔をして長い棒を手に持ったお姉ちゃんが立っていた。お姉ちゃんがどこか急所をけりつけたらしく、やじゅうはうなり声を上げて苦しんでいた。お姉ちゃんは続けて棒で何回もなぐりつけた。

ぼくは這ってけもののからだの下からお姉ちゃんの後ろに廻った。お姉ちゃんはぼくの手をしっかり握ると、やじゅうに向かってぼくにわからない言葉で何か叫んだ。それから、ぼくの手をつかんで駆け出した。

もう安全、という所まで逃げて息をついてから、お姉ちゃんはぼくを見た。

ぼくは約束を守らなくて怒られると思ったけど、お姉ちゃんは叱らなかった。かわりに、ごめんね、と言った。

昨日の夜どうしても地上に戻れなくなって、心配したよね、ごめんね。

うん。ぼくは涙をふいた。でも何をしてたの？

冬にそなえてじゅんびをしてたの。そう言ってお姉ちゃんは手に入れたもののかくし場所に案内してくれた。たくさんの食べ物を入れたふくろと、大きな動物の毛皮があった。

さむさから身を守るものがほしかったの。もうだいじょうぶよ。

もう地底には行かない？

うーん、全然行かないってわけにはいかないけど、もうこんな危険なことはないからね。

ぼくたちは何度かに分けて、にもつを地上に運んだ。

もうほとんど地上ではけものの姿はみかけなくなっていた。たまにいても急いで姿を消した。

きっとけものたちも冬眠のじゅんびをしているんだろう。

6

ぼくとお姉ちゃんは冬ごもりのじゅんびをした。お姉ちゃんが持ってきた二人分の毛皮はとてもあたたかかった。

動物みたいに冬眠できればいいのにね、とぼくが言うと、お姉ちゃんは、そうね、と笑った。

エネルギーをちょっとでもむだづかいしないように、なるべく食べるのとトイレ以外からだを動かさず過ごした。

お姉ちゃんはいろんなお話をしてくれた。

冬眠している動物たちに、春が来た、と知らせにやってくる女神の話。

大きな洞くつを探険する男の子たちの話。その話では、ロープが外れて二人の男の子が地下の深いところを流れる川のそばに取り残されてしまうけど、勇気と助け合う気持ちでピンチを乗り越えて助かるんだ。

何日も過ぎた。ほんとはもう春が近いのよ、とお姉ちゃんは言っていたけど、ますます寒くなっていた。

寒くてぞくぞくするのに、ほっぺただけがあついような気がして、なんだかぼんやりしていた。熱があるみたい。お姉ちゃんはそう言って、ぼくの口に食べものを運んでくれた後、冷たい水でハンカチをしぼってぼくの頭にのせ、毛皮をからだに巻いてあたたかくしてくれた。ゆっくり休めばだいじょうぶ、と言うので、ぼくはなるべく寝て過ごしたけれどなかなか熱は下がらないみたいだった。ときどき気がつくと、いつもお姉ちゃんは心配そうにぼくの顔を見ていた。

ぼくが半分夢の中のように過ごしている間、お姉ちゃんはときどき出かけていった。食料を手に入れてくるためだった。まるで冬眠してるみたいだ、とぼくは思った。

お姉ちゃんは黙ってぼくの世話をしてくれて、文句を言うこともなかったけれど、ぼくがなかなかよくならないのが本当に気がかりなようだった。ぼくが眠っていると思ったのだろう。ふとひとりごとのようにつぶやいた。

「あたしがあんたに無理させたから、こんなことになっちゃったのかな」

ぼくは目を開けられなくてそのまま寝たふりをしていた。

「お母さんに、連れていってもらった方がよかったのかな」

お姉ちゃんは小さな声で言った。お姉ちゃんらしくない自信のなさそうな声だった。

そんなことない。ぼくは声を出せなかったけど、心の中で言った。

ぼくたちはどっちの方から流れてきたんだろう。島に来る前のことってあんまり思い出せなくなっている。ごみごみしたせまい町の中の、せまくてお日さまの光があんまり入らない家にいたのをぼんやり思い出す。まわりじゅうがそんなちっちゃな家ばっかりだった。

家のうしろをくさいにおいのするどぶ川が流れていた。皆が投げ入れたゴミがしょっちゅう浮き沈みしながら流れていった。ぼくがかみ終わったガムを包んで投げ込もうとすると、お姉ちゃんに止められた。

「あんなにたくさんゴミが流れていって、川の終点で溜まって山になっちゃうんじゃないの？」

「川には終点はないの。川はだんだん大きくなって、その先には海がある。海はとっても大きいからゴミがどれだけ流れてきたって平気なくらい。とってもきれいなの」

「行ってみたい」

いつか行けるよ、とお姉ちゃんは言った。

近所の子たちは皆すぐ大きな声でどなって、乱ぼうで、こわかった。お父さんもお母さんもあの家ではいつもいらいらしてきげんがわるかった。でもそんな家にもどうしてかいられなくなって、皆でちょっとずつのにもつを持って、外の、道ばたや公園で寝たりもした。

近所のいやな子たちにいじめられそうになったときも、お母さんがわけのわからないことで急に怒り出したときも、お姉ちゃんがいつもかばってくれた。

ぼくはお母さんが島からいなくなる少し前のできごとを思い出した。

何がその前にあったのかはおぼえてない。ぼくが何か言ったことでお母さんは突然かーっとなったみたいだった。そういうことは前にもあって、そんなときのお母さんは謝っても言い訳を言っても何も耳に入らないらしかった。その時もお母さんがぼくをにらみつけてずんずん近よってくるのを見て、ぼくはこわくて身動きもできなかった。

その時お姉ちゃんがぼくとお母さんのあいだにとび込んできて、お母さんに何か言った。お母さんはそのまま思い切りグーでお姉ちゃんのほっぺたをなぐった。お姉ちゃんはお人形のようにふっとんでたおれた。ぼくもなぐられると思ったけど、お母さんはあんまり強くなぐったので手をいたくしてしまったみたいで、手をあげるのをやめて向こうへ行ってしまった。お姉ちゃんは今もその時のいたみが残っているらしくて時々ぼくにかくれて、左目のあたりを押さえている。もしあの時お姉ちゃんがかばってくれなかったら、ぼくはどうなっていただろう。

この島に残ってよかったんだ、元気になったらお姉ちゃんにそう言おう。そう思いながらぼくはうとうとした。

それからまた何回も何回も寝たり起きたりが続いた。

ある朝、目ざめるとなんだかいつもより気持ちがよかった。だるくなくなった気がした。もう起き出していたお姉ちゃんに、そう話した。お姉ちゃんはうれしそうな顔になった。久しぶりに風があたたかく感じた。

「冬をのり切ったの。もうだいじょうぶ」

そう言ってお姉ちゃんは水を汲みに行った。めずらしくはなうたを歌っていた。

ぼくはすわったまま風に吹かれていた。いい気持ちで、これから何でもできそうな気がした。

あんまり気持ちがよかったので、ぼんやりしてしまったぼくは、その気配に気づかなかった。

気がつくと、ぼくはけものたちの群れにかこまれていた。冬の初めにおそわれたような毛むくじゃらのけものはいなかったけれど、皆目つきが鋭くてからだが大きかった。ぼくはにげ出そうとしたけど、すぐにつかまえられてしまった。

お姉ちゃんがつかまったら大変だ。

お姉ちゃん、にげて、と叫ぼうとしたぼくはショックを受けた。向こうから何匹ものけものに押さえつけられたお姉ちゃんが引きずられるように姿を現したからだ。お姉ちゃんは引っ掻いたりかみついたりして抵抗していたので、けものたちも困っているようだった。

お姉ちゃんはぼくの方を見た。望みをなくしたようなかなしい目をしていた。

けものの一匹が言った。

「いったいこんなところで何をしてるんだ？　こんなに高いビルの屋上で？」

けものみたいな叫び声を上げながら引きずっていかれるのが最後に見たお姉ちゃんの姿だった。

7

気がつくと白いおおきなベッドに寝かされていた。ベッドはやわらかくて、シーツは清潔な匂いがして、気持ちがよかった。

二人の男の人――今はけものには見えなかった――が部屋の中で話していた。ぼくが起きていることに気づかないようだったから、そのまま眠っているふりをした。

「それにしても、あんな小さな子ども二人が何か月もあんな場所で暮らしてたなんて――地上百五十メートル以上、五十階の超高層ビルの屋上庭園で」

「最初、何を言ってるかわかりませんでしたよ。『島』とか『地底の洞くつ』とか『海底』とか。自分たちが無人島で暮らしてると思い込んでいたとはね」

「地上のことなんか目に入ってなかった。見渡す空に突き出た幾つもの摩天楼《まてんろう》の屋上緑化――自分の住む場所と同じようなそれを海に浮かぶ島々のように思ったんだな」

「でもどうしてあんな所に」

「初めは親と一緒だったようだ。仕事を失い住む所がなくなった父親と母親がとりあえず寝起きできる所を探したが、地上の公園はどこも先住者で一杯だったり、ホームレス掃討作戦の対象だったりで行き場がなかった。それで上まで上がったわけだ。しかし父親は家族を背負っていくのが面倒になってしまったようで、一人でいなくなってしまった。もともと精神状態が不安定だった母親は子どもを置いて夫を捜しに地上へ降りたが、みつからずにいるうち、いよいよ悪化して病院に収容されていた。今も入院しているが子どものことにはまるで関心がないようだ。もともと子どもを叩いたり邪険にしたりは日常茶飯事だったらしいので、子どもたちも母親がいなくなったことで思いの外動揺しなかったらしい」

「それにしても誰にも気づかれずに——それに飲み食いだって」

「天気のいい日はあの屋上でお弁当やお菓子を食べる人たちも多かったようだからな。捨てられた食べ残しをこまめに拾っていた。植えられた樹木の中には果実をつけるものもあったので、もいで食べていた。勿論それだけでは足りないので、下の階のショッピングセンターに降りていっては、試食品を食べたり持ち帰ったりしていた。上層階の、それも裏手の方の階段を利用する者はほとんどいない。フロアが広大な上、食料品の店舗が複数の階にわたっていたので、一つ所を同じ子どもがうろついていると思われないように日ごとに出没するスペースを変えていたようだ。屋上庭園はあまりきちんと管理されていなかったので、緑が繁《しげ》って森のような体《てい》をなしていた所もあり、その中の人があまり近づかない四阿《あずまや》を彼らは寝起きの場所にしていた。人の多い時は自分たちの荷物を裏に隠し、開園時間が終わって見回りの警備員も姿を消す夜、そこは彼らだけの島になった。

日中はあたかも親がちょっと目を離しているだけの子どもたちの風を装っていた。急がず、不安そうな顔を見せず悠々としてれば疑われたりしない、と姉の方が言っていた。要は態度だ、と。試食に手を出す時も堂々として、店員とは目を合わせず、見られてると思ったら近くの大人に近づき、無言のままあたかも連れられているように振る舞った。

彼らにとって他の人間は人間でなく獣だった。姉が弟にそう吹き込んだようだね。初めはごっこ遊びだったのだろう。でも特殊な環境の中でそれを続けているうちにだんだん自分たちでもそれを信じるようになったのかもしれない。ここは島だ、自分たち以外の生き物は全部獣だ、と」

「弟はともかく姉の年でもそんなことがあるんですかねえ」

「姉はどこまで信じていたかわからない。彼女の方も、周りの話をまるで受けつけず、わたしたちは島で暮らしてたんだ、屋上って何？　と頑《かたくな》に言い張っていたが、自分たちが生き延びるための作戦を常に考えていたのは姉の方だ。一方で、弟を守るため、弟が信じた物語を壊さないように、かなり努力したようなことも口にしている。

信じてたのか、信じてなかったのか、簡単にどちらとは言えない気がする。彼らは島で暮らしてると本当に思っていた。一方で、そこが高いビルの上で、獣と呼んでいたものたちも本当は同じ人間で、同じ言葉をしゃべってるんだということも頭のもう一方の側ではわかっていたんではないだろうか。ただ心の中でその二つの考えがつながり統合されていなかった。そんなこともあるんじゃないだろうか。

過去の生活がよほど悲惨だったのだろう。誰も信じられないと思うような、そんな暮らしをしていたのだろう。だからすんなり、周りは獣ばかり、という物語を受け入れたのだ」

「彼らに注目した人は誰もいなかったんでしょうか」
「ビルの関係者の話では、夏頃に真下の道路に上からガラス瓶が落ちてきてバラバラに壊れたことがあったらしい。幸い誰もケガをすることはなかったが、壊れ具合から、相当高い所から投げ落とされたと推測されていた。無神経な誰かがゴミを投げ捨てたんだろうと思われたが、弟が助けを求めるつもりでやったことだったようだ。

それから、あの屋上をたまに利用していたホームレスがいた。この男は変質的な嗜好があって、姉の不在で不安になって階段を降りてきた弟を襲ったが、間一髪姉が駆けつけて助け出したようだ。男はよほどひどい目に遭わされたらしく、屋上に行くことはもうなかったが、地上で軽犯罪を犯し逮捕された時に、あのビルの屋上に子どもが住んでいる、と訴えていたそうだ。その時は酔っぱらってるんだろうぐらいにしか思われなかったようだが。

ちょうど寒い時期に入り屋上が閉鎖される直前だったのも二人には幸いしたかもしれない。姉は真冬を乗り切る方策を早くから考えていた。保存できそうな食料を少しずつ盗み出して溜めていた。防寒着を普通の売り場から盗むのは難しいと考え、特設会場で山積みされたバーゲン品のフェイクファーのコートを狙ったが、捕まりそうになって地上近くまで逃げなければならなくなり、その日のうちに屋上に戻れなくなってしまったこともあるようだ。

いよいよ屋上が閉鎖され外界から隔絶された時期は、冷え込むとコートにくるまりくっつきあってなるべく動かず消耗を避けていたんだ」

「十歳の子がそこまで考え行動してたなんて信じられませんね」

「それだけ用心していた彼女だが、暖かくなり安心して気持ちが緩んだんだろう。まだ小春日和で、本格的な冬はこれからだったのに。不用意に自分たちの身をさらし、とうとう発見されてしまった」

「二人の『島』から引き離される時、姉は大暴れして抵抗してましたね。まるで手負いの野獣みたいだった。よくそこまで心を許して話してくれましたね」

「ぺらぺらしゃべってくれたわけじゃないよ。本人の方から出るのは『放っといてほしかった』って言葉ぐらいで、質問への断片的な答えをつなぎ合わせて推測したんだ。心を許すどころか彼女の心は我々への、いや大人への憎しみで一杯だろう。彼女が考えているのは弟のことだけだ。逃げること——弟を逃がすことをあきらめた彼女は、彼が大事に扱われているかどうかだけを気にしていた。万引したのは全て自分で、弟にはやらせてない、とも言っていた。彼が失敗して捕まったら元も子もないのだから、おそらくそれは本当だろう。

ただ、いずれにしても発見されるのは時間の問題だった。地上十階程度ならいざ知らず、超高層ビルの屋上緑化と維持には高度な技術が必要とされるそうだ。上空の風や直射日光に耐えるには植物の種類も選ばなければならないし、目につかないよう土の中に支柱を設置して支えたり、乾燥や風対策として幹にワラや特殊な布を巻いたり、といった工夫が行われる。あのビルは昨年から経営主体が変わるなどして、屋上庭園の管理が途中からルーズになっていたので、二人も発見を免れていたけれど、あのままでは庭園自体が荒れて住めない状態になっていっただろうし、見直しがあってきちんと管理されるようになればすぐにみつかってしまっただろう。あれだけの期間生活できたのは奇跡的な僥倖《ぎょうこう》でしかなかった」

「実際これからどうなっていくのでしょう？」

「弟の方は小さいだけあって新しい環境を受け入れる柔軟性はありそうだ。時間をかけた丁寧な生活のケアは必要なのでそういう場を考えていくが、医療の必要性はもうあまりなさそうだ。姉にそれを話したら少し安心したように見えたんだが……。

『弟のことをお願いします』と言ったきり口をきいてくれなくなった。それさえわかればもう何も話すことはないということなんだろう。もう目も合わせず、こちらの声が聞こえていないようにさえ見える。まるで孤独な島に一人戻ってしまったように。

彼女の心に声を届かせるにはこの病院では足りない。児童精神科の病棟がある病院に転院させるしかないだろう」

「難しい子ですよね。ぼくは最初しか見てないけど。弟の方はまだ素直な子どもらしい感じもありましたけど、あの女の子は、垢《あか》だらけで身体は黒ずんでて臭いのは仕方ないとして、顔立ちもいかにもブスったれて可愛げがない上に、しかめっつらしてこっちを睨み続けてて、正直言ってちょっとこっちもたじろいじゃう感じでしたよ。人格もだいぶ歪《ゆが》んでしまってるんじゃないですかね」

「間違ったことをしたはずはない、とは思ってる。着たきり雀《すずめ》で、やせこけて汚れ切って——夏は屋上の隅のプールに夜入って風呂代わりにしていたようだが——あれは人間の生活じゃない。あのままでいいはずはなかった。『あんな所にいちゃいけない。安心して暮らせる場所を用意するよ』と話した。だが、あの子は『あそこはあたしたちの島。あそこがあたしたちの国なの』と言った。その時あの大きな瞳に映った激しい怒りを思い出すと、まるで自分が余計なことをしてしまったような気持ちにさせられるんだ」

ぼくはとちゅうからもう話を聞いていなかった。ぼくたちの島の生活はまちがってなんかなかった。ぼくたちはあれでよかったんだ。それにお姉ちゃんのことをあんなふうに言うなんて。お姉ちゃんは優しかった。そしていつだってぼくを守ってくれたのに。

ぼくはあの池にとび込んで泳いだ真夏の夜のことを思い出す。

月の光の下で、すべるように水をくぐって自由に泳ぎまわってたお姉ちゃん。お前たちなんか何もわかってない。お姉ちゃんは強くて、優しくて、まっ白で、まるで人魚みたいにきれいなんだ。お姉ちゃんを返せ。ぼくのお姉ちゃんを返してよ。

It’s only love

1　あたし

披露宴が終わり、バッグと引き出物を両手に下げた人々の群れでホテルの廊下は一杯になった。"2011. 1. 15 Happy Wedding" と極彩色のネオンが点灯する噴水の広場から四方に散らばっていく人々の中、同じテーブルのメンバーが身をよじりながらあたしに近づいてくる。水族館の大水槽を泳ぐ魚たちのようだ。

「カナ先輩綺麗だったね」

「背高いしスタイルいいから映《は》えるよね」

「眼鏡かけてないと別の人みたい」

「いいなあ。あたしも早く結婚式したい」

「あんたは相手を探すのが先でしょ」

「ミユウちゃんだって」

あたしとチコ以外は全員現役女子高生のテーブルだった。魚というより小鳥が囀《さえず》るように話す四人に、チコが、

「あんたたち相手がいりゃ誰でもいいわけじゃないの。ちゃんと式を挙げてもらえるような相

手を慎重に選ぶのが大事よ」

「さすがチコ先輩、社会人」

「でもカナさん、ほんとちょっと玉《たま》の輿《こし》って感じですよね。つきあってるなんて知らなかった。前のあの人だったら――」

「うっさいんだよ」

再び始まった囀りを、今まで口をきかなかったもう一人の少女が不機嫌に遮《さえぎ》る。一瞬白《しら》けた雰囲気が漂ったが、すぐ立ち直った子が、

「何だよピッカ、そんな声出さなくても。お前、式の間もなんかブスっとしてさ、めでたい席なのに気分わりーよ」

「こんなとこで前の人とかの話はしないもんなのよ。あんたも常識ないよ」

ふだんから反《そ》りの悪い二人だが、年長らしくチコがたしなめて場を収める。

その後は無難な会話が続いた。

「祝電の時カナさん泣いてたよね。花束とかの時平気だったのにね」

「え、あの時あたしも泣いちゃった」

「あたしもあたしも」

ホテルを出た所で、あたしは皆と反対の方向に足を向けた。

「二次会行かないの?」

「うん。明日早いから。皆によろしくね」

手を振って別れる。夜風がわずかに肌寒くて、足を早めようとした時、聞き覚えのない男の声に呼び止められた。振り向くとブラックスーツに白ネクタイの軽そうな男がヘラヘラ笑って手を振っていた。

「はい？」

「さっきの披露宴で一緒だったんだけど、新郎側友人で、出し物やったの見たでしょ？　俺真ん中」

そういえば何かくだらない替え歌かなんかがあったような気がしなくもない。一言も聞いてなかったけど。

「そうでしたか。ご苦労さま」

相手は一瞬がっかりした顔になったが、

「君たちのグループ、高校の友達って紹介されてたよね？　それにしては年がバラバラな感じだったね。もしかして部活の仲間とか？」

面倒になったあたしは相手の言葉を遮って、

「何か用ですか？」

「いや用ってわけじゃないんだけど、君あのグループの中でもダントツに可愛かったからさ――」

「忙しいんで。失礼します」

あたしは男に背を向けて歩き出した。勘違いにもほどがある。背後で、冷たいなあ、という声と苛立たしげな舌打ちが聞こえた。

早足で歩きながら携帯を確認すると三通もメールが来ている。面倒なので最新のだけ目を通す。

「ミッキーへ。夜中でもいつでもいいので連絡ください。待ってます」

いろんな呼ばれ方をしてきたが、これは最低の部類。そんな愛称で呼ぼうとする時点で論外の男だ。ポケットの中で三通まとめて削除しているうちに人の多い交差点に出た。信号を待っていると携帯電話が鳴った。しつこいな。

あたしは電話をとって無愛想に、はい、と言った。

相手はピッカだった。

「誰かと一緒じゃないですよね」

「違うよ」

「相談したいことがあるんです」

「二次会に行ったと思ってた」

「理由つけて抜けてきました」

面倒なことの予感がしたが仕方がない。あたしは待ち合わせ場所を決めて、信号をわたらずに歩き出した。

終夜営業のファストフード店は若い男女で一杯だった。隅の二人がけの席にあたしたちは薄そうなコーヒーのカップを持って座った。間の抜けたあだ名に似ず、セーラー服を着た高三のピッカは人目を惹きつける美少女だった。しかしその目立つ顔立ちが今は暗く沈んでいる。コーヒーに口をつけないまま、彼女は真剣な目であたしを見た。

「キラ先輩、やっぱり来ませんでしたね」

悪い予想が当たった。あたしは気づかれないようにプラスチックの蓋をしたカップの陰で膝に向けて小さくため息を吐き出す。

「忙しいんじゃないの。仕事変わったって話だし」

あたしの答えに満足いかないようにピッカは言葉を重ねる。

「キラさんそんな人じゃないと思うんです。仕事はキャバクラになっちゃったけど。意外と義理がたいし、カナさんとは長いつきあいなんだから、そういうとこ大事にする人だし。卒業してからも行事とかいつも来てくれたじゃないですか」

「あなたはどう思ってるの」

ピッカは真剣な表情で、

「女だと思うんです」

クールな雰囲気が、数年前社会現象になるほどの人気を博し映画化もされた少年マンガの主人公に似てる、と誰かが言い出したことからそのあだ名がついた彼は確かに美少年だった。もう二十一歳だから少年とは言えないけれど、背がもう少し高ければモデルだと言っても皆信じるかもしれない。父親の顔を知らず、フランス人とのクォーターである母親は、彼を放ったまま、始終いろいろな男のところに行っては帰ってこないという話で、それなりの苦労があったはずだが周りには感じさせない。誰にでも愛想がよいが、本当のところどこに気持ちがあるのかほとんどの子にとっては謎で、そのことはよく話題になっていた。一度は同じ学年の女の子と真剣につきあっているという噂が広がって大騒ぎになったが、あっという間に別れてしまった。たいがいの人よりは事情を知っていたと思うあたしにしたって結局彼の本意はわからなかった気がする。

「年上の彼女と交際してるって噂があるんです」

ピッカが言った。

「それが、水商売の変な女らしくて。一緒に歩いてるのを見たって人がいて」

「歩くぐらいするでしょ、彼なら誰とでも」

「そんなレベルじゃないみたいです。ぴったり腕組んでしなだれかかって、頬にチュッとかされてるのを見た人もいるって。キラ先輩だらしないように見えて、一線引いてるとこあったじゃないですか」

「そうなんだ」

あたしはさして驚きもしなかった。ピッカとは見方が違う。昔は昔。今は彼も社会人なんだから、そんなこともあっておかしくない。水商売イコールだらしない、みたいに直結しているらしいピッカの短絡的なところも気に入らなかった。

「あなたが直接彼に訊いてみたらいいんじゃないの？」

素《そ》っ気《け》なく答える。

ピッカは薄く笑った。

「もう訊きました。わたしなんか相手にされませんよ。まるで子どもみたいに扱われて」

彼が高校に在学している頃から、彼女が彼にアプローチしていることは知っていた。憧れの対象ではあっても、とても相手にしてもらえないと思われ、遠巻きにされているようだった彼。そんな彼にストレートに気持ちをぶつけたのも「ピッカならわかる」と周りも認めるところだった。実際彼とピッカなら皆が認める似合いの美男美女カップルだったろう。しかしその想いはいつも空振りに終わっていた。

「訊いてほしいんです」

ピッカは言った。

「わたしのことはもういいんです。ただ、心配なんです。キラ先輩みたいな凄い人が変な女に引っかかってだめになっちゃうんじゃないかって。余計なおせっかいってわかってるんですけど。わたしじゃ何を言っても笑ってかわされるだけなんです」

「あたしなら訊けるって？」

あたしは反問した。

「ええ。やっぱり社会人だから――チコさんにお願いしようかって迷ったんだけど、やっぱり」

チコと同列に扱われたのはいささか心外だった。チコは真面目で思いやりがあり、よく気を廻す子だが、彼とは役者が違う。

「あの子には無理よ」

「じゃあ？」

ピッカの表情が急に明るくなった。

「そううまくいくとは限らないからね」

「それは仕方ないです。お願いします」

つい引き受けてしまったような形になった。

何度も頭を下げるピッカを早々に追い払い、あたしはため息をついた。

なんでこんな、仕事でもない、一円にもならないことを、ほんと柄でもないのに。

まあとにかく彼に会ってみればいいか。あたしはダストシュートにカップを放り込んだ。

2　俺

「キラくん、ティッシュ切れてるよ」

更衣室からかかった声に、

「すいません、買い置き持ってきまーす」

答えて駆け足で倉庫に行こうとすると、休憩室の丸テーブルの前で、アリスちゃんが携帯電話とにらめっこしながら、キラくんちょっと相談があるんだけどー、と間延びした声で話しかけてくる。ごめん、ちょっと待ってて、と返事してそのまま俺は倉庫にダッシュする。

とんぼ帰りしてアリスちゃんの「まーだー？」という声に、もう少し、と返して更衣室のドアを叩く。いいよ開けて、という声を聞いて、中に入るとお呼びのベルさんは着替え途中なので、なるべくそっちを見ないようにしながら、持ってきました！　はい！　と手を伸ばしティッシュボックスを渡す。ありがと、という返事を背中で聞いてドアを閉めると、

「ハーイ、キラくん、あたし今日イケてる？」

全身ブランド品に身を包んだ元気一杯のチエミちゃんが高い声で呼びかけてくる。

「今まで見たうちで最高にイケてる」

と一度たりとも真剣に見たことがないチエミちゃんに向かって請け合うと、やったー、と小学生のようにはしゃいだ声を出しながら、更衣室に入っていく。

店の電話が鳴った。とると苦しそうなガラガラ声が、キラくん？　あたしわかる？　と訊いてくる。一瞬のうちにキャスト全員の声を頭のメモリから引っ張り出し、そこに風邪声の補正をかけて、ガムさんですよね、風邪ですか？　と訊くと、相手はほっとしたようだった。

「ごめん、何とか行こうとしたんだけど動けなくて、インフルエンザだって医者に言われてさ」

「大事にしてください。無理しなくていいです。誰かお休み中の子に声かけますから」

下手に来られて他のキャストや客にでもうつされたらえらいことだ。なお謝りつづけるガムさんの電話を早々に切って、ホワイトボードの彼女の欄に書いておいた○を消し、ｄと書き込んだ。アリスちゃんがこっちをちらりと見て、ガムさんダウンしたんだ、とさして興味なさそうに呟く。

俺は今日お休みしているメンバーの顔を思い浮かべる。それぞれ家の都合や旅行や性格を考えると、今から呼んですぐに来てもらえそうな子はいない。だが風邪で何日か休んでいたジュンちゃんがそろそろ良くなっている頃だ。愛読している雑誌から、仕事仲間にはＪＪと呼ばれているこの子はすぐ近くに住んでいる。さっそく電話してみる。

「ジュンでーす」

明るい第一声にほっとする。これは脈があるかも。

事情を説明すると、ジュンちゃんは、じゃあたしお店行くよ、風邪治ったし、どうせヒマしてたし、と言ってくれたのでほっとする。電話を切ってジュンちゃんの欄の×を消してＲと書き込み、ようやくアリスちゃんの脇に座る時間ができた。

どうしたの？　と訊くと、アリスちゃんは、店長から営業メールもっと頑張って出せって言われてるんだけどさあ、何書いたらいいかわかんないんだよね、あたし国語の成績１だったし、と言う。

うーん。俺は考える。

「肝心なのはさ、『自分だけ』ってことかな」

「自分だけって？」

「お客さんはさ、他の客とは違う、自分個人に関心もってくれてると思いたいし、逆に自分だけにちょっとアリスちゃんの素のとこ見せてくれた、って思うと嬉しいんだよね。だから皆に通用しそうなこと書くんじゃなくて、仕事とか趣味のこととか聞いたら後でメモっといて、〇〇さん月末は仕事の締めで大変でしょうね、とかゴルフの話とっても面白くてアリスも興味が湧いてきました。今度連れてってほしいな、とか書くといいんじゃない？」

「ゴルフなんて全然興味ないいんだよね。ほんとに誘われたらマジ困っちゃうし」

「いいんだよ興味なくても。相手を喜ばせてあげるのが仕事なんだから。誘われたら『ごめんね仕事休めないから店に会いに来て』って書けばいいの」

「ふーん。そんな一杯書けるかな。字間違えそう。素をちょっと見せるっていうのは？」

俺はアリスちゃんをまじまじ見て、閃いた。

「アリスちゃんのありのままを出せばいいんだよ。あたしは国語が苦手でこれまであんまり字書いたことなかったけど、こんなにたくさん文字打ったの〇〇さんが初めてです。いっしょうけんめい書きました。字が間違ってるかもしれないけどごめんね、とか」

「そっか。間違いを入れた方がいいの？」

「大丈夫。普通に打ってれば自然に間違えるから」

携帯とにらめっこを始めたアリスちゃんを置いて席を立つと、暗い顔をしたダリアさんが、そっと近づいてきて、囁《ささや》くような声で、

「キラくん、わたし今月ノルマがこなせそうもないの。どうしよう。やっぱり向いてないのかなあ」

「そんなことないですよ」

俺はきっぱり答える。

「ダリアさんは向いてます」

「でも最近同伴も減ってるし、やっぱりわたし性格が暗いから」

「ダリアさんみたいな真面目で純粋なキャストをお客さんは本当は一番求めてるんです。今日は注意して、いいテーブルにつけますから」

最後は耳元で囁くとダリアさんはちょっと安心した顔になった。

「ありがとう、キラくんに話すとほっとする」

ダリアさんを笑顔で送り出すと店長がやってきて、今日は誰が、とボードを覗き込み、JR？　国電か？　というので、店長、そのギャグの有効期限約二十五年前に切れてます、と返しておく。

そこへ勢いよくドアが開いて、当のジュンちゃんが飛び込んできた。

「あ？　JJもう大丈夫なんか？」

そう言う店長に、

「ジュンちゃん復活でーす」

そう言って投げキッスを送り、更衣室に入っていく。

俺はもう一度、キャストの一覧に○や×やその他俺が適当につけた記号を書き込んだボードを見る。まだ来ていないのはエリちゃんだけか。最近顔色悪かったな。

思った時に、玄関のドアがゆっくり開いて、遅くなりました、とエリちゃんが入ってくる。案の定体調が悪そうだ。

「エリちゃん、大丈夫? 具合悪いんじゃないの」

うん、大丈夫、と言いながらもエリちゃんは足取りが重い。

「無理しちゃだめだよ。最近がんばり過ぎなんじゃないかな。いいよ、休んでも」

エリちゃんは驚いた顔になり、でも、と。

「大丈夫、俺がうまく言っとくから。自分の身体を一番大事にしなきゃ」

エリちゃんは健気な笑顔を浮かべ、

「本当に大丈夫。キラくんにそう言ってもらえるだけでなんか元気出る」

「本当? 具合悪くなったらいつでも言ってね」

そう言って俺はポケットに入っていたサプリメントを取り出して渡す。

「これ、結構効くから。俺もきつい時使ってるんだ」

「ありがとう。キラくんもこういうの呑んでるんだ」

「うん。疲れがたまってときどきふらつくことがあるよ。お互い大変だけど、乗り切ろうね」

「わかった」

エリちゃんを見送り、ふうっと息をついたところを、

「人事管理ご苦労さん」

後ろから声をかけられた。振り向くと、ど派手なお姉さんがニヤニヤしながら腕組みして立っている。この店では古株のフミカさんだ。

「あんたってほんと調子いいよね」

「仕事ですから」

「よく口からでまかせ次々出てくるよ」

「でまかせじゃないっすよ。みんなに気持ちよく働いてもらうのが俺の役目だし」

「うん、あんたが来てから皆結構前より生き生きしてるよ。でも頭の軽い子ばっか機嫌とってて疲れない？」

「軽いのはいいんですけど、でも正直疲れたまってんのは本当ですよ。わかってくれる人がいるとほっとします」

フミカさんの目を見て言ってみる。フミカさんはふふっと笑って、

「引っかかんないよ、あたしは」

鼻で笑う大人の女、らしくそう言いながら視線を外す、その瞳に微かな揺れを見てとる。

店長が呼んでいる。酒類の用意だ。俺は、本当ですよ、とつけ加えておいて、駆け出す。

ま、あんたにわかってほしいわけじゃないけど。

酒を出し、女の子を各テーブルにつけ、もろもろの雑用をこなし、手が空くと外でちょっと

客引きもして、いつものようにあわただしく夜は過ぎていった。

帰り道、遠くの子たちを車で送る準備をしていると、ケータイが鳴った。

「遅くなる?」

「大丈夫。一回り送ったら帰れる」

簡単に答えて切る。

順繰りに女の子をマンションの前に落としていく。今日の最後はエリちゃんだった。マンションの前に止めると、エリちゃんはちょっとぐずぐずしてから、

「キラくん今日はありがとうね」

ひと呼吸置いてから、遠慮がちな声で、

「疲れてるでしょ、ちょっとお茶一杯飲んでく?」

俺は、ありがとう気遣ってくれて、今日は店の片づけまだあるから、と言う。エリちゃんは名残《なごり》惜しそうに車を降りた。

またケータイが鳴った。

「牛乳買ってきて」

「へいへい」

俺はアクセルを踏んで家のそばのコンビニに向かった。

3　あたし

仕事を早く上がれた日、あたしはピッカに聞いた彼の職場があるという繁華街を訪ねた。気乗りはしなかったけれど、彼の相手がどんな女なんだろうという好奇心がないわけではなかった。

学校の推薦を受け、就職は地元のそこそこの会社だった。在学中に資格も幾つかとり、パソコンを達者に扱えて人あたりもいい彼は職場でも歓迎され、順調だったと聞いていたが、前ぶれもなく突然辞めてしまった。理由を訊いてもはぐらかすばかりで今ひとつ判然としない。まあこの不況の中せっかくの就職先を長続きしない子が彼の仲間うちでも少なくない。三流の商業高校なのだから、せめて確保した勤めはしばらく死守した方がいいと卒業生の一人としては思う。卒業してすぐ就職したわけでもないあたしに言われたくないかもしれないが。

メモを見ながら、辿《たど》り着いた住所に「ビューティフル・ワールド」というそのセンスのない名前の店はあった。開店前の時間。無愛想な女が出てきた。可愛い系の化粧をしているが三十代に入っていそうだ。こちらの全身を眺め回し値踏みしたようだった。仕事探してるならあと三十分ぐらいしたら店長来るから、とぶっきらぼうに言った。

違うんです。知り合いがここで働いてるって聞いて。あたしは彼の名前を出す。

女はちょっと驚いた顔になった。

「へえ、彼の女？」

「まさか」

なんだ違うのか、とつまらなそうに言った女は中の方に、ねえキラくんいる？　と声をかけた。買い物行ってるよー、と間延びした声が中から聞こえてきた。

「──だって」

と女はあたしの顔を見て、待つ？　と訊いた。

「待ちます」

そう言うと意外そうな顔をしたが、じゃあ好きにすれば、と言ってあたしの脇を通り抜け外に出ていった。

手持ち無沙汰でしばらくそのまま立っていると、女が戻ってきた。中に入るのかと思ったがすぐに入らず、煙草に火をつける。

「あんたは？」

一瞬何のことかわからなかった。女はシガレットケースを持ち上げて、

「吸う？」

「禁煙しました」

そう。女は深く息を吸い込んで煙を吐き出すと、

「彼に騙された？」

「いえ」

ふと疑問に思い、訊いてみる。

「彼よく問題起こしてるんですか」

「別に。でももてるからね。顔も綺麗だし、気配りできるし仕事できる子だから」

どうやら事情通のようだ。せっかくだから訊いてみる。

「彼女はいるんですか」

「女がいるって話は聞かないなあ」

相手は言った。

「知らないだけかもしれないけど。外で何してるかなんてわからないからさ」

「お店の中では？　女性たくさんいるんですよね」

「あの子は心得てるからね。バカなことはしない。店でつきあうのはNG。罰金百万ってことになってる。まあほんとのとこ、それでもボーイに惚れちゃう子とか年中出るけどね」

「あなたも？」

女はフンと鼻を鳴らして、

「あたしはプロだから――ああ、待ち人来たよ」

鼻唄を歌いながら帰ってきた彼があたしを見た。一瞬ぎょっとした表情が浮かんだがすぐ掻き消して笑顔を見せる。

「どうしてこんな所まで？」

「ちょっと話したいことがあって。新しい仕事のこともよく知らなかったし」

あたしはちらりと女に目をやった。女は好奇心一杯の表情を見せていたが、肩をすくめて、じゃ、ごゆっくり、と言って建物の中に姿を消した。

「こんな仕事してって？　あんたらしくないな。だいたいここで働いてるってどうして？」

こちらの出方を探る目。

「あなたのこと心配してる子がいるのよ」

「ピッカだろ？」彼はため息をついた。

「あいつが俺なんかのことを考えるのは時間の無駄だろ」

「断られたって言ってた。こっぴどく。いい子なのに」

言っててバカバカしくなった。いい子だから、悪い子だから。何の意味もない。そんなことを自分が口にしていることが。

案の定、彼は苦笑いしていた。結婚式に緊急の用事で出られなくなり、代わりに祝電を打った仲間の名前を挙げて、

「彼女なら言いそうなことだけど、あんたの口から出るなんて」

どんなダメ恋愛でも、片想いでも、どこかに、ほんのちょっとは輝いてる瞬間があると思う、というのがその彼女の持論だ。曰《いわ》く、「わたしなんか恋愛は恥ずかしい失敗ばっかりだけど、そう思うと一つ一つに違った意味がある気がして、どれも全部を忘れてしまいたくはないんだ

よね」

あたしならさっさと忘れたい。無意味なことに時間をとりたくない。

図星を指されたあたしは自虐的な気分になった。

「変な女とつきあってるらしいって」

「それこそ大きなお世話。誰とつきあおうが俺の勝手。そうピッカに言っといていいよ」

「心配してるんだよ。あなたのことを、ただ」

「心配されるようなことは何もないさ」

「なんで前のとこ辞めちゃったの?」

「飽きた」

「こんな夜の仕事じゃ身体もきついし、バンドの練習だって夜でしょ」

「バンドなんてとっくにやめたよ。俺もう社会人だし」

軽そうな笑顔が微かに歪《ゆが》む。

「今の仕事、俺には向いてるんだ――もう忙しくなってくるから」

会見はおしまい、と明らかに感じさせるきっぱりした言い方で話を終了させつつも、昔ながらの笑顔を見せ、また、そっちにも顔出すよ、とウインクして手を振った。

これ以上何か言っても無駄だろう。あたしは踵《きびす》を返した。

いつだって彼は予告なくふらりとやってくる。それでも後輩たちには歓迎されていた。こちらから会いに行ったのは初めてだった。

義理は果たした。でも何か苦いものが胸につっかえている気がした。

4　俺

部屋の前まで帰ってきて鍵を取り出してから、ふとノブに手をかけてみる。案の定ドアはあっさり開いた。中が何となく酒臭い。

「鍵かけとけって言ってんだろ不用心だな」

靴を脱いで入りながら言うと、

「ごめーんキラくん」

酔って舌足らずな彼女が布団の上から返事をする。

「そんな呼び方すんなよ」

「いいじゃん。皆そう呼んでるんでしょ」

「皆はそうでもあんたには嫌なんだよ」

「なんで差別するのよ。それにあんたなんて言わないで。生意気よ。ガキのくせにさ」

「何て呼べばいいんだよ」

「マコちゃんって呼んでよ」

「やだね」

「何よ意地悪」

真面目に相手していられないので、チラシやケータイや化粧道具がぶちまけられたテーブルの上を片づけながら答える。毎日毎日よく汚くできるもんだと感心する。

彼女はまだ何かぐだぐだ言っていたが、急に言葉が途切れたと思うともう眠っている。軽くいびきをかいて無防備な様子を見て、布団をかけてやる。玄関から順番に脱いでは放り出したらしい服やバッグを拾い集め、部屋の隅に放ってから冷蔵庫を開け、残り物を適当に炒《いた》め、ラップをかけてテーブルに載せておく。やれやれだ。

一時間もあればいつでも引っ越し準備が完了できる、モノの少ない俺のアパートだったが、彼女が転がり込んできて以来、手前の部屋は万年床《まんねんどこ》が敷かれ、モノで埋め尽くされている。それでも俺が寝ている方の畳の六畳まで侵食してこないのは彼女の最大限の努力なのだろう。

だいたい俺は他人を部屋に入れる習慣がない。一人暮らしをするようになってからここに招いた奴はほとんどいない。高校時代の女友達が一人寄ったことがあるが、そいつは昔から一途に別の男に尽くしていて俺を男とは見ていない。だからこそ上がってもらうにも気を遣わないで済んだわけだが。

高校時代といえば――。

ほとんど何も置いていない和室の隅に立てかけたテレキャスター、ほとんど存在を忘れかけていたエレキギターに目が留まったのは、二、三日前の思いがけない来客のせいもあっただろう。

店まで訪ねてくるようなタイプとは思わなかったので驚いた。あげくバンドの話をするなんて全くびっくりだ。うるさく言うような女じゃないが、バンドを快く思ってはいなかったようなのに。

俺はテレキャスターを取り上げた。チューニングも適当に、ミニアンプにコードを突っ込んで、何となくネックを握ると指が勝手に動いて昔バンドでやったことのあるアルカトラスの"Jet To Jet"のリフを刻んだ。

中学の仲間とバンドを始めた時、最初はドラムを叩いていた。楽器が買えなかったせいもあるが、なり手のいないパートを引き受ければいいというつもりもあった。あまりにも下手な連中の下支えでリズムをキープするのに特に不満もなかったが、休憩時間に何となくギターに触れているとギタリストが目を丸くして、お前ギターやった方がいいんじゃないか、と言った。ツインギターの曲が文化祭の演目にあったため、軽い気持ちで人から楽器を借りて一曲だけギターを弾いたら、受けまくった。自分も悪い気はしなくて、高校に入ってからもう少しまともに弾ける連中と組んだ時にはギターをやることにした。当時バイトで買ったのがこのテレキャスだ。バンド仲間がヘヴィメタ好きということもあり、俺は皆のリクエストにお応えして派手なライトハンドやピッキングハーモニクスを披露してやった。それもあってかどうかバンドはなかなかの人気でグルーピーがつくほどだったが、俺自身は正直言うと、マーシャルアンプで歪ませた轟音でどれだけ早く弾けるかを競い合うようなことはだんだん子どもっぽく感じるようになっていた。

下の階から天井をどつく音がした。彼女がときどき夜中にミスチルとかをかけて踊り出したりすることもあって、最近かなり顰蹙《ひんしゅく》を買っているようだ。俺は手を止め、ギターを元の位置にたてかけた。

5　あたし

仕事の都合でちょっと間が空いてしまったが、何とか都合を合わせ、あたしは下校途中のピッカと駅に近い喫茶店で会った。億劫《おっくう》だったけれどこの前彼に会った時のことを説明した。彼の反応についてはピッカも予想していたようでがっかりした顔はしなかった。

「だからもうあきらめるのね」

そう言ったあたしの言葉を聞いていないかのように、新しい情報があるんです、とピッカは言った。

「彼女ってこの間——あの土曜日、結婚式のパーティーに来てたらしいんです」

「なんでわかったの」

「式やパーティーの段取り考えるのに、双方の友達が結構集まったことがあって——カナ先輩のうちもいろいろ複雑だから身内だってほとんど式に来てなかったじゃないですか——キラ先輩もいたんですって。その時旦那さんの後輩の子が、キラ先輩に目をつけたらしくて、終わってからちょっと声かけて。相手にされなかったけど、印象に残ってたんだって。それが後になって偶然キラさんがいかがわしい店の前にいるのを見かけたって。声かけようと思ったら彼女らしい人と話してた。その相手が見覚えがあると思ったら、結婚式に来てた人だって。名前わかんないけど、印象に残る人だったから覚えてたって」

ふーん。あたしは首を傾げた。

「あそこに来てた彼の知り合いなんて限られてるでしょ」

新婦側の関係者はたいがいあたしもわかる。女性のほとんどは彼より年下だし、チコにしても他の子にしても水商売ではない。すると新郎側関係者だろうか。カナに気を遣って、新郎は広く薄く人を呼んだようだ。その中にその彼女が偶然交じっていたのか。

首を捻《ひね》るあたしにピッカは申し訳なさそうに、

「又聞きだから詳しいことはわからないみたいなんですけど」

「なんでそんな話をあなたが聞いたの。又聞きって誰から」

そう言うとピッカは気まずそうな顔をしていたが、

「カナさんに聞いたんです」

「訊きにいったの？　花嫁に」

「新居にお立ち寄りくださいって書いてあったし」

「それは社交辞令っていうのよ」

「知ってます。でも」

あたしは触れないつもりでいたが、ピッカの方から口にした。

「キラ先輩はカナさんのこと好きなんだと思ってました」

「そうなんだ。彼は全然そんな素振り見せなかったと思うけど」

敏感な子だなと思う。絵に描いたような優等生のカナ。彼女が当時人目を忍んで他校の男子とつきあっていたことを知る者は少なかったが、一学年下でプレイボーイ然とした彼の、彼女への想いに気づいている者はもっと少なかったはずだ。ピッカが彼をみつめていたからこそわかったことだろう。

社会に出て、カナが何故《なぜ》彼氏と別れ、玉の輿と言われた新郎のどこに惹かれて何を思ったのか、披露宴のつまらない馴れ初め紹介には出てこない。そして誰よりも長くカナを知っていたかもしれない彼のことも。

「カナさん結婚前にキラさんと会ったらしいです。カナ先輩の方から訊いたって。そしたら、もうカナさんのことは思ってないって。別に好きな人がいるって」

「気を遣ったんじゃないの。結婚するんだし」

「カナさんは彼が本気で言ってたってわかるって言ってました。幼なじみみたいなものだから、ずっと小さい頃から見てるからって。わたしうらやましい。わたしももっとキラ先輩のこと昔から知っていたかった」

ピッカの声は少し強くなった。

あたしにはわからない。それが幸せだろうか。かえって苦しいんじゃないか。

彼は高校の三年間を走り抜けるように過ごしていた。頭も悪くなく、運動神経も優れていたが、勉強もほどほどに、体育祭等では活躍するものの部活には入らず、アルバイトに勤《いそ》しみ、バンドを組んでライブハウスで時々演奏して結構な客を集めていた。関心の向くままに行動し、何をやってもそれなりにできるから、もっとがんばれば才能が花開くのでは、と思われたが何事にものめり込むことがなかった。ちゃらんぽらんにも見える彼のことを心配するチコに、注意してやってよ、と言われたこともある。

あまりそういうことが好きでなく、ほとんど口出しはしなかったが、後から思うと、社会に出たら多くをあきらめなければならないことを、彼は早くから知ってそうしていた気もする。

彼は軽薄な浮気者のように振る舞っていたけれど、実のところなかなか人に気を許さない少年だったと思う。長いつきあいの女の子が他にいないわけではなかったのに、彼がカナにだけ惹かれたのにはきっとそれなりの何かがあったのだろう。それが何だったのかあたしにはわからない。三年間、彼とは比較的口をきく機会が多かったが、あまり内心に踏み込む話をすることはなかった。高校を卒業していくカナに餞別《せんべつ》になるものを渡したいけど何がいいと思う？と彼があたしに訊ねたのも、多少事情を知っているというだけでなく、たぶんあたしがあまり余計なことを訊いてこないとわかっていたからだろう。

呼び出されて行った木々に囲まれた芝生の上で、彼はもう用意してあった品物を二つ取り出し、どっちがいいと思う？　と訊いてきた。彼が何を用意したのか、あたしがどう答えたのか、彼がその通りにしたのかどうかも覚えていない。彼は自分なりの答えを最初から持っていたような気がする。

そこからは見えない海から吹き上げる風が森を揺らし、彼は黙ってそっぽを向いて立っていた。いつもややシニカルな笑顔と会話を絶やさない彼にしては長い沈黙だった。まるであたしには聞こえない誰かの声を聞いてでもいるように。

あたしは立ち去るべきなのか、何か話しかけた方がいいのか迷ったが結局何もしなかった。一人になりたければ自分からそうするだろうし、何かいいことを言ってほしいのであればきっとあたしを呼びはしなかっただろう。彼は彼なりにカナへの気持ちを整理しようとしているのだ。

風が止まり夕凪になって、彼が帰ろうか、と言うまでの短い時間、あたしは黙って彼の風景の一部になっていた。

「キラ先輩その彼女と、変な女と一緒に住んでるんじゃないかと思うんです。騙されてるんです、きっと」

「彼は騙されるようなタマじゃないわよ。それに確かめようもないでしょう――あたしこれから友達と呑む約束してるから」

「男の人ですか」

まるで咎《とが》めるような顔をしたピッカに、

「女よ。幼なじみなの」

何でそんなことまで訊かれなきゃならないんだ。席を立つ素振りを見せたあたしに、

「これ」

ピッカは小さな紙切れを押しつけてきた。

「何？」

「キラさんの住所。カナさんに聞いたの」

「あなたが行ったらいいんじゃない？」

あたしは少し意地悪な気持ちになって言った。少しいらいらしていた。なんであたしに持ってくるの。あなたはなんか勘違いしてる。そこまではあたしの範疇《はんちゅう》じゃない。

ピッカは黙ったままあたしの目を見ていた。

あたしは口から出かかった言葉を引っ込めた。

どうしてそんなにひたむきな表情で、一つの想いを持ち続けていられるのだろう。

あたしには理解できないし、したくもない。ただ、かつて自分の気持ちを抑え込みがちだったこの子が、ここまで強く訴えるようになったことに驚いてはいた。

「考えとく」

あたしは目をそらして立ち上がった。

6　俺／あたし／彼女

雲間から日が覗き、久しぶりに心地良い日だった。真っ昼間だし下の家もそれほどうるさく言わないだろう。この間中断されたテレキャスターを取り上げ、何を弾こうかと考えた俺はふと思い出した。

高校の放課後の教室、夕方だった。文化祭を前にあちこちで準備のざわめきが聞こえていた。帰ろうとしていた俺だったが、教室に誰もいなかったのでふとした気まぐれでギターを構えた。文化祭のステージともライブハウスとも関係のない曲。

俺が一人の時聴いていたのはヘヴィメタなんかじゃなく八〇年代ＵＫのネオアコとかニューウェーヴの音で、中でもとりわけザ・スミスのジョニー・マーのギターが好きだった。カッティングとアルペジオとメロディーがないまぜになったような彼のプレイはフロントマン、スティーヴン・モリッシーのバッキングであることをあまり気にしていないかのように自在に歌い、それだけで音楽として完成されていた。

気がつくと彼女が教室にいた。何かの用事があったらしい。

「いい曲だね」

彼女がそう言った。

「それにとっても綺麗なギター。あの間奏みたいなところ」

「ここのとこ？」

俺が短いその一節を弾いてみせると彼女は、そう、そこそこ、と嬉しそうにした。

意外だった。彼女は日頃からエレキギターの音は好きじゃないとはっきり口にしていたのだ。

「結婚する男友達に、『あんなバカな女と一緒になるなんて』って言う情けない男の歌なんだ」

俺が訊かれもしないのに解説すると彼女は、そんなに格好よく弾いてもらったら情けない気持ちも浮かばれるかもね、と言った。

その時の曲、ザ・スミスの"William, It Was Really Nothing"のギターを俺は弾き始めた。

それでインターフォンが鳴った時出遅れた。はあい、と答えて、無造作にドアを開ける音がした。

＊＊＊

建物が取り壊された後の更地が目立つ人気がない町を歩き、ようやく尋ね当てたアパートの玄関先で、あたしはびっくり顔のその女を見た。確かに華やかな美人だが、化粧もなく髪も乱れて寝起きらしい肌を見れば、彼より、いやあたしより相当年上だとわかる。

いや、そんなことよりも、これって。

女の方は最初の驚きが去ると意外にも、こんにちは、と親しげににっこり微笑《ほほえ》んだ。あたしが何と言っていいかとまどっているうち、彼女は彼の名を呼んで、お客さんよ、と言った。

客？　不思議そうな顔で出てきた彼はあたしを見てあきれた顔になった。

「なんでこんな所まで」

迷惑そうな声に、女が、

「折角来てくれたのにそんな言い方ないでしょ」

たしなめるのを、彼は苛立たしげに遮った。

「引っ込んでてくれよお母ちゃん」


彼女は本当に寝ていたところらしかった。ベランダから日の射し込むフローリングにそのまま敷いてあった布団をずるずると奥の和室まで引っ張っていくと、じゃ寝るから、といったん姿を消したが、すぐにもう一度顔を出して「お茶ぐらい出しなよ」と言うのに、彼は「うるせえな」と邪険に返事をする。

それでも彼女の言う通り、彼がポットのお湯でお茶を入れてくれようとする間に、早くも和室からは寝息が聞こえてくる。

ベランダの向こうの正面にはビルが立っているものの、東側には見晴らしが開けている。小さな町工場やトタン屋根の民家の合間に見え隠れする川は、別方向から来たもう一つの川と合流して堤防に囲まれた河口に至り、その先に少しだけ海が見えた。

あたしは彼女と一度だけ会っているのを思い出した。彼の卒業式にやってきた時だ。

「就職して一人暮らしになってからは時々外で会うくらいだったし、引っ越すたび住所は知らせてたけど一度も来たことなかったのにな。半年前、突然転がり込んできた。雨の夜に酔っ払ってて、追い返して凍死でもされたら困るんで中に入れたらそのまま居着いちまった」

「なんでまた」

「男に捨てられたんだよ。いつものことさ。いつも誰かとくっついてて、別れるととたんにだめになる。結局一人で生活できないんだ。誰かがいないと。仕事も若い時から水商売しかしたことないからさ。家事もまるでできないし。前は別れてもすぐ次の男がみつかってたけど、最近さすがに年のせいか昔みたいにすぐはつかまえられないみたいだ」

「仕事変えたのお母さんのためなのね」

「昼の仕事だと完全に時間帯が逆になるからね、メシの支度したり、店まで迎えに行ったりするのも、こっちも夜の仕事の方が楽なんだ」

「そう……親孝行なんだ。でもあなたの人生は？　どうなるの？」

「別に先は長いし、今だけだよ。ずっと離れて暮らしてきたんだしさ」

確かに彼はほとんど親に育てられてこなかった。高校も親元を離れて卒業し、そのまま就職して自立したのだ。

「どうせそのうち別の男をみつける。そうすれば落ち着くんだ。それまでのことさ」

幼い頃できなかった分、今になって親子の時間を過ごしている、ということなのか。面倒を見ているのはまるきり彼の方だとしても、それでもいいと言うならそれでいいのだろうか。他人が口出しすることではないはずだった。あたしはまるでお邪魔虫に過ぎない気がした。おせつかい焼きは好きじゃない、だから今の仕事も向いてないんだ。さっさと失礼しなければ。そう考えてふと思い出した。

「皆が年上の彼女って思ってたのはお母さんのことだったのね。でもあなたがカナに好きな人がいるって言ったっていうのは、人妻になるカナへの心遣い？　まさかお母さんのことじゃないよね。あなたとお店の外で会ってるのを見られた彼女がカナの結婚式に来てたというのは見間違いだよね。お母さんが来るはずないもんね。結構若い彼女だったって話だけど――」

あたしは混乱して口を閉じた。

「お母ちゃんのわけないだろ」

「じゃあ誰？」

あたしはなんで今こんなことを追及しているのだろう。

一つ一つ違う輝き。それは皆一つだけの想い。

あたしにはわからない。そう心の中で呟きながら、何故か、ずっと昔から答えを知っていたような気がした。

別にわからなくていい。面倒そうな顔をしている彼が答えるとも思っていなかった。しかし彼は二回ぐらい何かを言いかけてはやめ、そして急に投げやりな表情になった。

「どうしてわかんないのかな」

「何がよ」

「好きな女はいるよ。あの結婚式に出てたし、店にも来た。ついこないだ。忙しくなるからって追い返したけど」

「はあ？」

鼻で笑って受け流すつもりだったのに、真正面からこちらをみつめる彼の瞳を見たら、笑えなかった。

つまらない冗談はやめて。そう言おうと思ったけれどなぜか言葉が出なかった。口の中が渇いているのを感じた。違う言葉が代わりにあたしの口をついて出た。

「あたし、あなたより七つも年上なのよ。それに……それに――」

瞬間、頭の中が真っ白になった。

ベランダの向こうに見晴るかす二つの河が合わさったその先、遠すぎて聞こえないはずの潮騒の音が、あたしの耳の奥で鳴っていた。

襖《ふすま》が開いて彼の母が再び顔を出した。

「あーやっぱあんまりよく眠れない。二度寝はだめだあ」

伸びをすると、あたしの顔を見る。

「さっきはごめんなさい、お久しぶりなのにろくにご挨拶もしないで。ほんと息子がお世話になって」

彼は意外そうな顔をした。

「お母ちゃんこの人誰だかなんて覚えてないだろ？」

彼女は笑った。

「忘れるわけないじゃん大事な人を。卒業式で会ったもん。あんたの先生じゃないの」

＊＊＊

口に出すつもりはなかったことをつい勢いで言ってしまった。俺にしては珍しいことだと思う。しかし、いつもクールだった彼女のこれほど動揺した表情は初めて見た。まるで何か俺の見ていない別の風景を見てるようだった。そこまで驚かなくてもいいような気がするけど、それを見られただけでもいいと思った。

どうせ無理なことなんだから。

いくら卒業してたからって。もう世話になってないからって。法律が邪魔するわけでもないけど。俺はどうでもいい。俺にはなくして困るほどの評判もない。

困るのは彼女の方だ。万一俺たちが一緒になるようなことがあったら、どう話しても表面しか物を見ない連中は彼女に非難がましいことを言い、下らない噂を立てるだろう。

いつもの彼女に戻ったら、俺もジョークだと言おう。ただちょっとの間、困らせたかっただけだと。そう自分に言い聞かせながら、でも俺は彼女の口元から目が離せなかった。一言も口をきかず、微かに震えているその唇が開く時、彼女は何を言うのだろう。

俺は思わず彼女をみつめて、その言葉を待った。

悲しみの子

1

「すみません浜野《はまの》さん、ちょっといいですか」

呼び止められて、県の女性相談員は立ち止まった。

声をかけてきたのは福祉局ホームページ上のイラスト付き掲示板コーナーをチェックしていたボランティアスタッフの女子学生だった。

ここは県民センターのフロアの一部を使ってNPOが運営する「ハートランド・コミュ」の事務局で、浜野も県職員ではあるが、無給のボランティアとして顔を出している。

子どもや若者の自由なイラストやポエム、短文を随時募集し原則全て掲載するこのコーナーは、もともといじめや虐待・人間関係で悩む子どもたち自身からの相談を受けつける必要性が叫ばれたことから始まっている。当初は電話相談の窓口を設けたが相談は乏しく、多くの子どもに周知し自然に声を聞くにはどうしたらいいか、と担当者がアイデアを絞《もう》ったあげく、作られたものだった。

青少年支援のNPO法人に委託し、流麗なタッチのアニメ絵に彩られたホームページは予想を超えて好評を博し、日夜たくさんのティーンエイジャーが思い思いの絵や詩を投稿する人気コーナーとなった。仰々《ぎょうぎょう》しい相談窓口の宣伝よりも、皆の好きなアニメのキャラを描いたり、創作ポエムを載せたり、その感想を返したり、という中に悩みを抱えた子たちの訴えが垣間見えるのではないか。そんな仮説のもと、スタッフはページ内を巡回し、適宜《てきぎ》コメントを返したりしながら、特に心配な子は非公開のメール相談に誘導したりしている。

しかし本来の狙いであった悩み相談的なものはやはり少なく、圧倒的多数の屈託のない投稿に埋もれているのが実際だった。とりわけ、二十一世紀最初の五輪がオリンピック発祥の地アテネで開かれた今年は、柔道や体操で日本選手が活躍した上、女子マラソンでも二大会連続の金メダル獲得ということで、十月も終わりが近づいても、祝賀ムードの投稿が多かった。

福祉や心理の専門職を常時それらのチェックに充《あ》てる余裕はなく、法人のボランティアスタッフが気になる投稿をみつけると、これまたボランティア的に日替わりで入っている県内の福祉機関のスタッフに知らせ対応を委ねるのが現状だった。

かつては文学少女であり、アニメやコミックにも夢中になっていた浜野のことを思い出した高校時代からの友人に、スタッフが不足しているから是非手伝ってと熱く訴えられ参加することになったが、あまり出番はない。四十を過ぎ、本来の職場である隣の総合家庭相談センターでもベテラン職員として責任が重くなっていることを考えると、どこまで続けられるやら、というのが本音だった。

「見てくださいこのイラスト」

トリちゃん、と仲間から呼ばれているその元気のいい女子学生は、ＰＣの画面を指さした。

そこには投稿されたイラストの一枚が映し出されていた。

　中心左側にはスポーティーなパンツ姿で短髪の女の子、右側には慎ましやかな着物姿の女の子の二人が手をつないで立っている。左側の子のさらに外側には背広姿の男性が少女のもう片方の手を引っ張ってどうやら連れていこうとしているようだ。一方右側には華やかな金髪の女性が和装の少女の片手を引いている。両側から引き離されようとしている二人の少女はわずかに苦しそうな表情に見える。綺麗に描かれているだけに不穏な雰囲気が伝わってきた。

「この子よくイラストを送ってくれるんですけど、これまではもう少し明るい感じだったのに、今回印象が違います。何か訳ありじゃないでしょうか」

　福祉学科の四年生で、その道に進みたいのだというトリちゃんは勢い込んで言う。

「訳ありっていうと？」

「この子たちは綺麗に描かれてますけど、表情は暗いですよね。なんだか苦しそう。大人の男と女はそれぞれを引っ張っていこうとしている感じ。無理矢理な感じで表情が硬いです。これはお父さんとお母さんだとしたら、もしかして二人は離婚してそれぞれ一人ずつ子どもを連れていこうとしているけど、姉妹は離れたくないと思ってるってことなんじゃ」

　浜野は画面を眺めた。

「あなたの言うことも一理あるけど、何かポエムとかコメントはついてないの？」

「ないです」

「そうするとこの絵だけでなにか言えるとか、こちらから介入するとかは難しいわね」

「でも、何かはあると思うんです。メールアドレスに『何か心配があるなら相談に乗るよ』って返信してあげるだけでもいいんじゃ」

「こちらからメール送る場合の基準があるの。なんでも返信してたらきりがない」

トリちゃんは不満そうだったが、それ以上は言ってこなかった。しかし顔には、こういうメッセージを拾い上げてサービスにつなげていくのがそもそもこのコーナーの意義なんじゃないの、と書いてある気がした。いや、それは自分自身の思いなのだ。疲労が重なり、自分が後ろ向きになっているのはわかっていた。

真直ぐな女子学生の瞳から目をそらしたくて、浜野は、また何かあったら教えて、とだけ言って踵《きびす》を返した。

2

法条《ほうじょう》宏《ひろし》は、実家の玄関に入ると膨れ上がった両手のボストンバッグ、背負っていた山歩き用のリュックサックをドスンドスンと投げ出すように下ろし、大きく息をついた。音を聞いて飛び出してきた母親の清子《きよこ》が、まあまあこんなに重たいものを、と言って、自分で運ぶから、と言うのも聞かず、荷物を摑んでよろよろと奥に運んでいく。いいって言ってるのに、と思いつつも、この家に入るといつもほっとした気分になる。里帰りする、とはこういう気持ちになるということだろうか。

もちろんこれは意味がまるで違う、一方通行の帰省なのだ。ボストンには残っていた自分の衣類や身の回りのものを残らず詰め込み、リュックは家に置いてあった仕事関係の書類や本、パソコンなどで一杯になっている。家具は処分するなり転出先に持っていくなりアンナが好きなようにすればいい。

光《ひかる》には、できるだけ自分の大事なものはまとめてこちらに移すよう言ってあるが、まだあちらに残っているものは多い。光の心もまたそうだろう。アンナのような母親であってもすぐに切り捨てるということは十二歳の光には難しいかもしれない。でもそれは時間が解決していくはずだ。宏には、自分が光を育てていく親としてふさわしいという自負があった。光を第一に考え、彼女にふさわしいものを与え、育ててきた。男親だからだめだとは言わせない。光もわかってくれているはずだ。アンナではない。問題は――。

荷物を奥に運んだ清子が台所の食卓でお茶を入れてくれて、今夜はごちそうにしようね、と言う。子連れで実家に帰ってくるというのは年の行った両親からすれば頭の痛いことのはずだが、もともとアンナのことを好いていなかった清子にとってはむしろめでたいことのようだ。

「光ちゃんのものも早く全部こっちに運んでしまいなさいよ。後腐れのないようにした方がいいんだから」

そう言う清子に、そうは言っても、あっちの考えもあるし、母親なんだから顔を合わせないわけにもいかないからな、と答えると、清子はきっとなって、

「光ちゃんは法条家の子なんだから、母親に会わせる必要はもうないでしょう」

「そうは言っても――アンナが引っ越したり、正式に離婚が成立するまではなんだかんだ顔を合わせないわけにはいかないさ」

親の性急さにたじたじとなりながら宏は答えた。

清子が夕飯の買い物をしてくるから、と玄関を出ていってしばらくした後、台所と居間を隔てる扉がそっと開き、光が顔を出した。

「おばあちゃん出かけたの？」

ああ、と答えると光はどこかほっとしたように戸口をすっとすり抜けて入ってきて、椅子を引いて座った。

「パパのものはみんな運んじゃったの？」

「ああ――おまえの方はだいたい整理できたのか」

「う、うん。パパが買ってくれた本とか、ラケットとか、みんな二階の部屋に運んだ。洋服はまだだいぶ残ってるけど――」

光は探るように宏の方を見た。

「似合わない服は置いてきていい。光がほしいのをまた買ってあげるから」

「わかった」

「後で公園に行ってテニスやろうか」

宏が誘うと、片づけが区切りついたらね、それまでお父さんも部屋で休んでたら？　と光は答えた。

お言葉に甘えてひと休みするか、と十数年前に家を出てからも手をつけず残していた自分の部屋に入ろうとしたが、ふと忘れ物に気づき、食卓に戻ったのは光が居間から再び入ってきたのと同時だった。光ははっとしてわずかに身を捻《ひね》り、抱えていたものを宏の目から遠ざけようとしたように見えたが、それがいけなかったのか手を滑らせ、それらを床に落としてしまった。拾おうと身をかがめたのを止めるように、いいよお父さん、と言う光の声は狼狽《ろうばい》していたが、時既に遅く宏は一本のVHSテープを手にとっていた。

「クリスティン××年七月十五日日舞《にちぶ》発表会」とやや不揃いながら丁寧な楷書体で書かれた文字はアンナのものだった。気まずい沈黙が流れた。

「あの、あっちの家はDVDプレーヤーばっかりで、もうビデオデッキがないじゃない？　あっちじゃどうせ見られないんだからって、少し持ってきたの。お母さんもいいって――」

「お母さんは関係ない」宏は言った。「お母さんはもういないと思うんだ。光はお父さんと、おじいちゃんとおばあちゃんとこれからこの家で暮らすようになるんだから」

光は珍しく少し逆らうような口調で、

「でも、お母さんは言ったの。『クリスティンはあの人――お父さんのことよ――の娘でもあるんだから、彼にも忘れられては困るの』って」

「クリスティンの名前はもう出すな」

穏やかに言うはずが、つもりよりも強めの声が出た。

光はそれ以上何も言わなかった。顔にほんの少しだけ抗議の表情が浮かんだ気がしたが、黙ったまま、宏の持っていたテープをとると、後は振り向かず自分用に用意されている二階の部屋をめざして台所を出ていった。

宏はため息をついた。その名前を聞くのは自分だって辛いのだ。

彼は煙草に火をつけようとして、食卓の下に、さっき光が落としたテープがもう一本落ちているのに気づいた。きっと滑って入ってしまったのだろう。

そう思って拾い上げる。「×△年七月三日公園で水遊び光クリスティンパパも一緒」

日にちこそ近いがこちらはもう何年も昔に彼が自らビデオカメラで録画したものだった。

その頃のことを思うと宏の胸には痛みが走った。この映像を撮った頃、そしてアンナが懸命にインデックスに文字を書き込んでいた頃、こうなるとは二人とも予想もしなかったはずだった。二人ともが同じ思いで無邪気に遊ぶ我が子の姿を追っていたはずだったのに、なぜこんなことに——そう思いかけて宏は首を振った。もう考えても仕方ないことなのだ。

3

帰ってみると、夫に由来するものがことごとく家からなくなっていた。彼女の留守中に荷物を引き揚げたようだ。

アンナはほっとした。もちろんいつまでもこの家にいるわけにはいかない。今の別居状態はあくまでも一時的なものだ。わたしとクリスティンのために早々に新しい家を借りなければならない。

娘のことを考えて一瞬アンナはどきりとして、リビングを覗き込んだ。夫が荷物と一緒に連れていってしまったのではないか、そんな不安がよぎった。

クリスティンはリビングのソファにちゃんと大人しく座っていた。安心しつつも、そんな不安にかられるのは、娘も荷物もいっしょくたに自分の都合ばかりを優先しそうな宏のせい、と思うと腹も立つ。

結局はこの家を建てたこともそうだ。借家住まいの頃宏は、実家は隣県だから日常的に訪ねてきたりはしない、通勤を考えてもY県を離れるつもりはない、と明確に言っていた。それは決して嘘ではなかったが、実際家を建てる話になってみると、場所選びから構造、間取りまで、アンナの意思はほとんど通らなかった。親の援助を受けているんだからある程度仕方ないだろう、と宏は彼女の主張を意に介さず、自分たちの収入に見合った家を、という彼女の考えは問題にされなかった。

確かに建った家は立派で綺麗だった。交通の便こそ決してよくなかったが、自然に囲まれた立地にこぎれいな庭、洒落《しゃれ》たエントランス、広々したフローリングのリビングと、南から陽光が射し込むゆとりのあるダイニングキッチン、家族一人一人に日当りのよい個室。初めて家に入った時はアンナもそれなりに嬉しかった。

しかし初日から夫の母親の電話がかかってきた。アンナとしても自分なりに気を遣って接していたつもりだが、やんわりと彼女の振る舞いや家の片づき具合、家具選び等について苦言が呈された。最初は仕方ないと思ったが、電話は度重《たびかさ》なり、まるで彼女の行動がわかっているかのようで気味が悪かった。だんだんアンナは電話機のディスプレイに実家の市外局番が表示されるたびに気分が悪くなってきた。

いつ鳴るかわからない電話を気にするより、予定を立てて実際に来られる方がいいと心にもない誘いもしたが、お邪魔になってはいけないから、と体《てい》よく断られ、結局はまた電話だ。夫に訴えても、気にかけてくれるのになぜ文句を言うのかと逆に咎《とが》められる始末。クリスティンがいなければとうに別れていただろう。何故《なぜ》か二人の間で離婚の話が本格的に出てから電話はなくなったが、遅過ぎたのだ。

電話が鳴ってアンナはびくりとしたが、ディスプレイを見て受話器をとった。アンナの母親からだった。

「ええ……クリスティンは元気よ……もちろん、宏さんに渡したりしない。大丈夫よ。だってあの人はクリスティンのこと何もわかっていない。知ろうともしないの。口先だけで、本当は関心なんかないのよ……新しい家をすぐみつけるわ。仕事がなかなか休めないから……ううん、そっちにはやっぱり行けない。仕事を変わるのは大変だし……心配しないで。すぐかたがつくと思うから。一段落したらあの子を連れて遊びに行くから……じゃあ」

電話を切ってアンナはため息をついた。父母はアメリカ人だが、大の親日家であった商社マンの父親は、三十代半ばで日本勤務となると、職場こそ全国を転々としたもののそのまま日本に居着いてしまい、母親の方もこの国が気に入ったようだ。おかげでアンナは旅行でしか本国を知らず、日本語の方が英語より得意なアメリカ人となった。職場の関係で実家のそばに越せないのは本当だが、親に心配をかけたくない気持ちの方が強い。離婚話は母に言ったほど順調に進むとも思えなかった。

クリスティンは広いリビングの大きなガラステーブルに参考書を積んで勉強していた。明らかに外国人にしか見えないというほどの異質さではないが、アンナから受け継いだ栗色の豊かな髪と色白の肌、引き締まった身体は母親のひいき目を抜いても同年代の少女たちの中で一際目立つ。しかしその目立った見かけと裏腹に、彼女はもの静かな和風の少女だった。自分が少しかじったことのある日本舞踊を習わせたのはアンナ自身だったが、クリスティンはとても気に入ったようで熱心に通い上達した。

家の外から微かに話し声が聞こえていた。夫と義母の会話を思い出してしまうが、気のせいだ、と自分に言い聞かせる。

「宏さんはほとんど自分のものは持っていったみたいね」

「うん」

アンナは背の高いリビングボードに目をやった。ガラス戸棚の中に置いていた宏のお気に入りのブランデーやスコッチの瓶も、磨かれたクリスタルグラスも持っていったようで残されたものが目立つ。中に小さなマグカップが二つ並んでいた。何か幼稚園の園外行事の時に使うために買ったのだったか、一つには「ひかる」の名が、もう一つには「くりすてぃん」の名が大きく書かれている。

「光の名前が書いてあるものまだ残ってたのね」

アンナが何気なく言うと、クリスティンは少しあわてた顔で、

「いいよね。そこにまだ置いておいても」

と問いかけてきた。いいのよ、別に、という答えにほっとしたクリスティンの表情を見て、アンナの心はちくりと痛んだ。

クリスティンは光の名はもう口にしない。母が聞きたくないのを知っているからだ。娘を悲しませていることに気は咎めている。しかしもうどうしようもないのだ。

4

N県T町の福祉相談票より
【相談者】法条清子
【相談主訴】アメリカ人の嫁が孫を虐待する
【内容】息子がアメリカ人の妻と別れることになり、実家に来ている。住民票も移したが孫の住民票は移せていない。母親（＝妻）が納得していない。子どもを手放そうとしない。昔から

子どもの気持ちをまるで考えず嫌がることを強制した子育てをする人。これは虐待というんじゃないですか。親権を争ってますけど、虐待している母親には親権は行かないですよね。よく調査してください。

N県T町福祉課よりY県C市子ども家庭課への連絡

「(前略) こういう祖母からの相談があったんですが、父親の旧住所を調べたらうちでなくY県さんの方ということで……一応そちらで調べてもらえませんか」

C市境町　坂詰《さかづめ》主任児童委員よりC市子ども家庭課への報告

「週末で役所の方が動けないし戸籍課に文書の照会もできないっていうことで、わたしの方にとりあえずご連絡頂いたようなんですが、わたしも法条さんのご家族は直接存じ上げないんで……地区の民生委員さんに伺ったりしてみたんですが、確かに法条さんという方が何年か前に立派な家を建てて越してこられたんですが、近所づきあいがほとんどなく詳細はわからないそうです。ご近所からは、お正月に母と娘がお揃いで着物を着て歩いているのを見たが、親子の外国人らしい容姿と装いのいささかのミスマッチがかえって美しさを増し印象的だった、という話を聞いたことがあるそうです。お母さんは声が大きくはきはきしているようだが、特にきつく叱っているという話は聞こえてこないです。一方で民生委員さんご自身は、この家から父親らしい人が、光ちゃんというボーイッシュでスポーティーな格好をしたお嬢さんとテニスをしに行くのかラケットらしいものを持って出かけていくのを見かけたことがあるという話でした。娘さんは『ひかる』さんと呼ばれていたようです。お父さんはごく優しそうに見えたそうです」

Y県総合家庭相談センター電話相談票より

【相談者】匿名（離婚予定のアメリカ人女性）

「あの……今度離婚することになって……夫はもう自分の実家に帰ってるんですが、娘の養育のことがまだはっきりしてなくて――はい、わたしもフルタイムで働いているんで、経済的な問題はありません。え？　彼の浮気とか暴力とか？　そういうことはないです――もちろんわたしだってないですよ。性格の不一致っていうんですか、生き方の問題なんです……。

わたしの方で親権はとれるでしょうか。夫方の実家はひどくわたしを非難していて、一人で子どもを育てられるような女じゃないって言ってるみたいなんです。わたしの方は実家も遠いし……ええ、実はわたしアメリカ人なんです。それで夫の親はわたしをもともと毛嫌いしてたんです……ええ、一般的には、裁判所で親権を争う場合、母親が有利なんですか。ああよかった。特に小さい子の場合、ですか。うちは小学六年生なんですけど。ああ、年齢が上になるほど本人の意向が重視されるんですね。それは大丈夫です。娘はわたしのそばにいたいんです……。ああ夫自身ですか？　親でなく？　あの人はクリスティンのことなんか全然考えていないんです。彼女の気持ちを思ってあげようとしない……」

【相談員所見】離婚後の親権についての相談。「クリスティン」と「ひかる」という娘さんたちの名前は断片的に出ていたが相談者は匿名で、詳細を訊く前に何か連絡が入ったらしく切れてしまったが、かなりこじれているらしく心配である。

5

宏が帰宅すると、光は居間にいた。清子が作った夕食は半分ぐらいしか手がつけられないままテーブルの脇に寄せられ、ノートパソコンの画面に見入っていた。Outlookが開いており、誰かとメールのやりとりをしていたようだ。

光は宏の方を見ると、お帰り、と言って何気なくパソコンを閉じた。

「食事ならおばあちゃんと一緒に食堂の方でとればいいだろう」

「うん、そのつもりだったんだけど、あんまり食欲がなかったから、時間ずらしてもらったの。それで、テレビ見るつもりだったから。食堂で好きなの見るとおばあちゃんに悪いでしょ？それでこっちへ」

居間は光以外ほとんど使わなくなっている。大型の液晶テレビはスタンバイの赤いランプも点灯しておらず、口実のようだ。宏があの大画面のテレビを買った時には既に家族一緒に見ることなどほとんどなくなっていた。

アンナは専門家に相談しているらしい。親権を争うつもりなのか。彼はそんなに心配していなかったが、清子は不安になったらしく、役所に相談に行ったようだ。

清子のアンナ嫌いには彼自身辟易《へきえき》するところもあるし、それが結婚生活をだめにした一因であることは否定できない。実家との関係は一線を引いて、原則こちらの家庭に踏み込んでこないように、と清子には念を押したのだったが。なかなか理屈通りには行かず、アンナにも気の毒な面はあった。

しかし今となってはそんなことは言っていられない。彼が今守らなければならないのは光なのだ。そのためには他の何を犠牲にしても仕方がない。

アンナは何をしようとしているのだろう?

6

キッチンに立って夕食の準備をしていたアンナはあまりの静けさにふと不安になった。

火を消して廊下に出、娘の居室を覗いてみるが彼女の姿はない。

「クリスティン?」

あわてることは何もないと思いながらも名前を呼ぶ声がわずかに揺れる。

リビングのドアを開けるとクリスティンはテーブルのパソコンの画面をみつめていた。

何見てるの？ と問うと、少しあわてた様子で、

「別に、大したものじゃないの」

と言いながら、画面をスクロールしている。

何気ない風で覗き込むと、可愛いイラストがたくさん描かれた何かのホームページのようだ。

まあ何を見ていてもかまわない。ここにいてくれれば。

クリスティンは不思議そうな顔をして、なあに、ママ？ と問う。アンナはほっと息をついた。

自分でも心配し過ぎの気もするが、ちょっと見当たらないと彼女が連れ去られてしまったのではないか、という不安にかられる。夫は社会的地位もあり、強引に実力行使するタイプではないはずなのに。一番怖れているのは彼がクリスティンを連れ出したまま更に転居して行方がわからなくなってしまうことだった。法律には詳しい人だ。こちらが住民票を辿《たど》って行方を探れないような方法も知っているかもしれない。彼女が自分のそばにいたいのはわかっているけれど、優しい娘のことだ。夫に切々と訴えられたら断ることができなくなるのではないだろうか。

夫はもともとは優しい人だった。だから姑《しゅうとめ》の気持ちもとても重んじる。それは悪いことではない。自分がその姑に疎《うと》まれる嫁の立場でなければ。

ぱたんとPCを閉じたクリスティンが、ママ、テレビつけてもいい？ と訊く。

「いいよ」

アンナはうなずき、目の前のリモコンを拾って手渡そうとしたが、クリスティンは笑って、それ違うよ、と別のリモコンを取り出し、大画面のプラズマテレビのスイッチを入れた。

買ったはいいがほとんど見てもいない新型テレビ。自分は忙しくて操作さえおぼつかない。子どもが小さい頃は、旧型の不格好なブラウン管のテレビを家族みんなで見ていたのに。ずっと日本で暮らしてきたのに異邦人という思いが抜け切らないアンナは早く自分の家庭を持ちたいと願っていた。そしてリビングは団らんの象徴だった。どうしてこうなってしまったのだろう。夫はどうするつもりなのだろう。

7

浜野相談員は、担当の時間が終わって帰り支度をしかけていた女子学生を呼んだ。

「トリちゃん、この間あなたが言っていた絵のことなんだけど」

トリちゃんは不思議そうな表情で振り向いて、どうしたんですか？　と反問した。

浜野はためらいつつ説明した。

「このところ、ちょっといろんな相談があってね」

一つ（と思われる）の家族をめぐって、父方の祖母から隣県の町役場への相談があり、C市境町の主任児童委員に調査が依頼されたこと、一方、総合家庭相談センターにたまたま入った離婚をめぐる電話相談の内容がこれと重なることを、両方の部門を束ねる課長がたまたま発見した。

「ちょうど週末でC市に住民票を調べてもらうことができなくてまだ確実にはわからないんだけど、どうやらこういうことらしいの」

法条、というこの家族は日本人の夫とアメリカ人の妻が離婚前提で別居しているが、光とクリスティンという娘がいるようで、この二人の親権をめぐる争いになるようだ。

「子どもたちはどう思っているんでしょうか」

「それはわからない。そこであの絵がもしかしたら、と思ったの」

トリちゃんがぽんぽんとキーボードを叩くとデスクトップの画面にあの絵が表示されたので、浜野は驚いて、速いのね、と言った。

「いえ、すぐ呼び出せるようにしておいたんです。メールアドレスはわかるので、こちらからメールしてみましょうか。もしかしたら、と思って、コメントをつけておいたんで、連絡が入るかもって予測はしてるかも」

そう言うが早いかトリちゃんはメールソフトを呼び出すと文章を打ち始めた。

浜野はざっと目を通し、一つ二つ言葉を直しただけでOKを出した。

「ありがとう。引き止めてごめんなさい」

「わたし、少し残ってますよ」

「ううん、それじゃ悪いし、すぐには返事も来ないだろうから」

「大丈夫です。この後友達と待ち合わせがあるんですけど、だいぶ時間が空いてるんでちょうどいいです」

トリちゃんは交替で来た男子学生に、わたしもうしばらく端末見てるから、他の仕事やってくれる？　と頼み、席に戻った。浜野は彼女の近くに座った。

「よくたくさんの投稿の中からその子に注目したわね」

「いえ、もともとわたしが覚えて当然の子だったんです。わたしの名前の由来をわかってくれた子なんで」

「トリちゃんの？　そういえばお名前もちゃんと聞いてなかったわね。鳥居《とりい》さん？　それとも服部《はっとり》さんとか？」

トリちゃんは一瞬きょとんとした顔をしたが、笑って、

「わたし、名前にトリ関係ないです。ここに来てる学生はみんなニックネームで呼び合ってるんで」

それは知っていたが、他の女の子が使うニックネームがたいがいマーズとかスピカとか外国語っぽかったので、てっきりこの子は本名由来なのだと思ってしまっていた。

「じゃあトリは――」

トリちゃんはちょっと恥ずかしそうな顔になって、

「えーと、『トリスタン』のはずだったんですけど」

「あ、『トリスタンとイゾルデ』の？」

「いえ、みんな当然それだって思うんですけど、わたしとしては、パトリシア・マキリップっていうファンタジー作家の『イルスの竪琴』っていう異世界ものの三部作に登場する女の子のつもりだったんです」

「あ、言われてみれば、わたしも読んだことあるよ。昔過ぎて忘れてたけど」

「ほんとですか？　嬉しい。ここの子たちあんまり知らないんです」

トリちゃんは少女トリスタン登場の場面を熱心に語った。愛する人、島国ヘドの領主を捜すため乗っ取った船で発見した密航者は、船酔いに苦しむみすぼらしい少女のなりをしていたが、ヒロインはその上品な面差しに恋人の面影を見る。あなたは誰なの？　という問いかけに少女は「ヘドのトリスタンよ」と答える。そう、彼女は彼の妹――。

意志強固で大胆な姫君の名前をとってみたものの、皆覚えられず、結局頭をとってトリちゃんと呼ばれる羽目になったらしい。

でも、時々ホームページ上で書く文章やコメントに「トリスタン」のサインをしていたら、「もしかして『イルス』のトリスタンからとったんじゃないですか。わたしは彼女が大好きです」というコメントとともに、凛々《りり》しい少女姫のイラストが届いた。それが彼女だった。

「『ゲド戦記』ならしっかり読んだんだけどな。心理学の教授に、この本はユング心理学をベースに書かれているから是非読みなさいって薦められて」

「相手の真の名前を知ることで支配することができるってやつですね。マキリップも『ゲド戦記』の影響を受けてると思うんですけど」

「でも普通はトリスタンって男の名前よね。『トリスタンとイゾルデ』でも、アーサー王の円卓の騎士でも」

「ええ、イゾルデとからむのも、円卓の騎士も一応同一人物らしいですけど、確かに伝説では男の名前ですね。でもあえて姫に男の子っぽい名前をつけたのもマキリップのセンスかな、と」

「そうね。でもトリスタンってもともとは『悲しみの子』っていう意味みたいよ」

「えっ、そうなんですか」

「王子だけど、父親がいない悲しみから、お母さんがつけたって聞いたことがある」

トリちゃんは目を丸くした。

「わたし、知りませんでした」

おしゃべりしている間に、ディスプレイに新着メールがあることが案内されていた。アドレスはhikaruから始まっていた。トリちゃんはキーボードを叩く。

「トリちゃん。メールありがとうございました。絵を真剣に見てくれたんだってわかって嬉しかったです。こんなことは初めてでした」

トリちゃんは浜野の方を見た。

何も声を潜める必要はないのに、浜野が声を落として指示を出すと、トリちゃんはたちまちカタカタとキーボードを打って、浜野の合図で送信した。

「あなたのことを教えてください。あなたは中学生ぐらい？」

「小学六年生です」

「何か辛いことがあるのかな？……。学校のこと？　いいえ。お友達？」

「いえ」

「おうちのことかしら」それまで瞬《また》く間に返信をくれていた光が少し沈黙し、それから、

「そうです」

一言だけが返ってきた。まるで小さな声で囁《ささや》いているかのようだった。

それから少しずつ少しずつ薄皮をはがすように慎重に浜野は質問を考え、トリちゃんはそれに沿いつつ、趣旨を呑み込んで自分なりの問いかけを含むメールを送信し、光は返信してきた。

父と母が仲が悪くて……。いえ、もう別居してるんです……。離婚するっていって……。どうしたらいいのか……。

あなたはどうなったらいいと？　お父さんお母さんが仲直りしてほしいということ？

もうそれは無理だと思う。

自分の中ではどちらと一緒に暮らしたい、ということがあるの？

その問いへの答えは意外だった。

「いなければよかった！　自分なんて」

浜野は焦《あせ》る気持ちを必死で抑え、自分がいなければいいって思うほど苦しいのね、と答えた。

苦しい。苦しいです。じっとしていられなくなる。

居場所がないって感じ？

居場所はあるはずなのに、ここがここじゃないっていうか、ここにいるのにいないような、だんだん気分が悪くなって、めまいがしてくるみたいで。

あなたを助けたい。会って話ができない？　ここに来てもらえたらいいけど。

でも、家のことだから。行くのは難しい。

無理なら行ってもいい。

家がわからないでしょう？


浜野はためらったが、決意してトリちゃんに指示した。

ごめんなさい。わたしたちはあなたが思うよりあなたのことを知ってる。

どういうこと？

あなたのお祖母さんとお母さんがそれぞれ相談の電話をかけてきてる。あなたは法条光さんでしょう？

おばあちゃんが言ったのね。

わかるんだ。光さんはお父さんと実家に来たのね。

まあ、そうだけど、でも全然家に帰ってないわけじゃない。

そうなの。お母さんからはクリスティンさんは元の家に残ってると聞いてた。県境を越えて行き来してるなんて大変ね。

たぶんそれも終わり。お父さんは週明けには裁判所に行くって言っている。

週明け？　もう明日だ。

引き裂かれてしまう？

「姉妹離ればなれになるのが辛いのよね。あなた方のご両親はそれぞれ自分の気に入った方の娘を連れていこうとしている――あなたがお姉さん？　それとも妹なの？」

しばらく間が空いてから返信があった。

「違う。そうじゃない」

トリちゃんと浜野は顔を見合わせた。

「違うって？　何が違っているの？」

「ごめんなさい誰か来たから。またメールします」

それきりメールは途絶えた。

浜野は困惑して、思わず助けを求めるようにトリちゃんの顔を見た。

「どういうこと？　何がそうじゃないの？」

トリちゃんは考え込んでいる様子だった。

「クリスティンさんは女性的だけど、光さんはスポーティーでボーイッシュな子ということでしたよね。もしかしたら」

「もしかしたら？」

「――家まで、行ってみたらどうでしょう。相談が入っているってことは住所わかるんじゃないですか？」

浜野は驚き、当惑してトリちゃんの顔を見た。トリちゃんは黙っていつかのように真直ぐ浜野の顔を見返した。

「わかった。事務所休みだけどデータは見られるから」

浜野はうなずき、同じ建物内にある総合家庭相談センターの事務室に向かった。

8

「光」

宏の呼ぶ声に返事はなかった。居間は今しがたまで人がいた様子で灯もつけっぱなしだったが、光の姿だけが見えなかった。

テーブルの上で光愛用のパソコンのディスプレイが流線形の色彩を放っていた。キーボードに触れると、県のホームページにアクセスしたままになっていた。宏の知らないサイトだった。なぜこんなページに？

ダイニングから、二階へ。家中を見回った。誰もいない。清子と買い物にでも行っているのならいいのだが、と思ったところへ電話が鳴った。清子からだった。

光は一緒かと訊こうとする前に、清子の方から、光ちゃんは洋菓子と和菓子だったらどっちが好きだったかねえ、と問うてきたので質問するまでもないのがわかった。

清子が家を出る時には光はいつものように居間でパソコンを操作していた。特に変わった様子はなかったという。

何かあったの、と訊いてくる清子を適当にごまかして宏は電話を切った。ちょっと外に行っているだけだろう。自分に言い聞かせながらも言い知れぬ不安が募るのを感じていた。

＊＊＊

電車は最初混み合っていて、二人は無言で揺られていたが、終点に近づくにつれ、乗客の数が減り、ようやく低い声で言葉をかわせるようになった。

「あなたのさっき言ってたことだけど……」

トリちゃんは顔を上げた。

「光さんはボーイッシュな子だ、と民生委員さんは言っていたそうですね。わたしたちは光さんの声を聞いたわけじゃありません。自分たちを描いたイラストを見て、メールを読んだだけ。わたしたちは光さんのことを勘違いしてたのかもしれません」

「というと？」

「二人は姉妹じゃなかった。光さんは実は男の子なんじゃないでしょうか？」

返事しようとした時電車が大きく揺れた。思わず窓の外に目をやった浜野は、暗くなっても灯の少ない外の風景を見て、ずいぶんこの辺って田舎なのね、と呟いた。

「そうですね。この辺はほとんど県境みたいです」

トリちゃんの返事を聞いた浜野の頭に浮かぶものがあった。

＊＊＊

アンナは次々と部屋のドアを開けては娘の名前を呼んでいたが応答はなかった。ただ買い物にでも行っただけならいいけれど、まさか連れ去られた？

そこまでのことはしないだろうと思っていたが、現にクリスティンの姿を確認できないと心配な気持ちが高まるばかりだ。アンナは半ばパニックになっていた。何か手がかりは？　最近あの子はパソコンをいじっていることが多かった。誰かとメールのやりとりをしていたのか？　履歴が残っているだろうか？

アンナはリビングに戻ってきた。入り口で人の気配を感じ、娘が戻ってきたのかと思って急いでドアを開き、そこにいるはずがない人の姿を見た。

「宏さん――あなた何してるの。こんな所で、今頃」

怒気をあらわにしたアンナの言葉に、一瞬たじろいだ宏だったが、気を取り直したように言い返した。

「いてはおかしいというのか。時間のことか。今日はたまたま仕事が早く終わった」

「話が違うでしょう」

「お前こそ勝手じゃないか。融通をきかせろ。大変な時なんだから」

「大変ってあなたのせいでしょう。クリスティンをどうしたの」

「お前こそ光を」

二人の声がかぶさるように響き、そして互いに何かがおかしいことに気づいた。

その時玄関が開く音がした。宏とアンナは競うように、リビングの南の扉を開けて、玄関ホールに出た。

暗い中に二人の人影が立っていた。

「光」

宏が呼んだ。

「クリスティン」

アンナが叫んだ。

闇の中から進み出たのは一人の少女だった。

少女は静かに口を開いた。

「わたしの名前を呼んで」

返事はなかった。

少女は足下に目を落とし、再び口を開いた。変わらず静かな口調だったが、微かな苛立ちが混じっていた。「呼んでくれないのね。二人でつけた名前なのに」

そしてもう一度顔を上げると、両親を正面からみつめ、そして言った。悲しみを超えた、誇りある姫君のように、毅然とした声で。

「わたしは法条光クリスティン。お父さんとお母さん二人の娘よ」

9

少女とトリちゃんの後ろに立っていた浜野相談員は、前に出た。

啞然としている両親に、浜野は自分とトリちゃんを県の福祉局の相談員、と紹介した。トリちゃんが学生ボランティアであることまで説明しなくてもいいだろう、この際。

道々トリちゃんの推測を聞きながら浜野はもっとシンプルな可能性があることに気づいた。『イルスの竪琴』全編の鍵を握る存在――「偉大なる者」は、複数の名前を使い分けて、既に主人公たちの前に現れていた。『ゲド戦記』の主人公は真の名前である「ゲド」と通称名の「ハイタカ」、二つの名を持っている。そしてゲドが解き放ち、彼を追い回す敵――影は彼自身のもう一つの面なのだ。

「わたしたちはお嬢さんからメールで相談を受けていました。切羽詰まった気持ちでいるのがわかって、突然ですが直接お訪ねすることにしました。先程まで外で直接お話を聞いていただいの事情はやっと理解できたと思うのですが、まだ確かめられなかったところもあります。この家は光クリスティンさんの家族が住んでいて、お父さんは実家に出ていったんだと思っていたのだけれど」

両親は顔を見合わせた。父親の方が口を開いた。

「間違ってはいません。ただ――」

「実家はそこです」

母親がリビングの向こうを指さす。

滑らかな栗色の髪と黒い瞳を持つ、明らかに母親の血を引いた、外国映画の子役のように人目を惹く容姿の少女がうなずいた。

「おばあちゃんたちは前からそこに住んでる」


「二世帯住宅。でもちょうどリビングのその辺りは県境。そちらはN県なんですね」

浜野は呟くように言った。

「お父さんの実家はもともとN県の端っこ、Y県との県境に面した所にあった。お父さんとお母さんが家を新築する時、ちょうど隣に土地が空いているということで、ここに家を建てた」

「わたしはいやだったのよ」

母親が呟く。

「それだけならよかったけれどついでにリビングを北端に持ってきて、実家とドア一つでつながるようにしてしまった。無理矢理の、県をまたがる二世帯住宅ってわけです」

「そんな家って建てられるんですか？」

トリちゃんが質問したので浜野は答えた。

「県境に建っている家とかホテルって意外とあるのよ。玄関のある所が住所地になって、固定資産税は面積に応じてそれぞれの県に支払うらしいけれど、ここは二つの玄関がそれぞれの県に面しているからやっぱり別の住所ってことになるのかな」

「名目上は二つの県に別の家が建っている扱いです。住民票も別になっています」

父親が言った。浜野は続けた。

「国を越えて愛し合われたお二人は、互いの国の名前らしい名前をそれぞれ選び、一つの名前にした。日本の戸籍にはミドルネームがないので、彼女のように日本名と外国名をつなげて一つの名前として届けている人はそれほど珍しくはない。ただその後が問題でした。

お二人はただ一人の娘を自分の思いに近づけようとした。跡取り息子を望んでいた実家の意を汲んで、男の子のように強く育てようとしたお父さん。女性らしく育てたかったお母さん。お二人の気持ちは離れ、やがてお二人が呼ぶ娘さんへの愛称さえ相容れないものになっていきました。目撃された時期がかなり違っていたから、お父さんに合わせて髪型を短くしていた時と、お母さんに合わせて伸ばしていた時と、見た感じがずいぶん違っていたのね。そして彼女はお父さんとお母さん、それぞれが望む娘になろうと必死で努力した。まるで二人、娘がいるかのように」

少女は絞り出すように話しはじめた。身をよじり拳は固く握られていた。

「がんばったのに、お父さんとお母さんは別々に暮らすと言った。でもどちらもわたしを連れていくって。裁判になるはずだけど、待ちきれなくて、お父さんは荷物をまとめて実家に移した。そうしてわたしにも来るように言ったけど、できなくて。

お父さんもお母さんもこれは別居だって言って。互いに会わないように、ドアの向こうとこっちに住んでいるんじゃないように振る舞って。互いの声も聞こえない振りをして。お父さんとお母さんは働く時間がずれていたから、お母さんがいる時はこの家に、お父さんのいる時は実家側になるべくいるようにしたけど」

一気に吐き出すように喋った少女の肩をトリちゃんが抱いた。

「限度があるから、二つの家の真ん中にあるこのリビングで過ごすことが多くなった。お母さんといる時はお父さんは出ていってしまってお母さんと一緒に暮らしているように、お父さんといる時は、お父さんと一緒に実家に戻ったように、できるだけ振る舞ったのでしょうね。お父さんもお母さんもよかれと思ってそうされたんでしょう。でも娘さんのお話を伺っているとお二人がまるで、彼女の、光クリスティンさんの半分しか見ていないみたいに聞こえてしまいました」

浜野がそう言うと、父母は一斉に喋り出した。

可哀想なことをしてしまった、こんなことになるなら、あの時こうしていれば。

わたしのせいにするの。あなたがこうしてあげたらよかったのに。

少女は耳を塞ぐ。

「光」

「クリスティン」

「お前の気持ちを一番大事にしなさい」

「わたしたちのどっちをとるのか、あなたが決めていいのよ」

少女は首を振った。

「無理。どっちも嫌」

振り向くと玄関を飛び出していった。トリちゃんが素早く後を追った。

浜野はため息をついた。

「ご両親にはまだ十分理解して頂けていないように思います。彼女の気持ちを大事にするということは、彼女に決める責任を、どちらかを捨てる責任を負わせることじゃないんです。お二人が大人としての判断をされるまで待つために、彼女には少し時間と距離が必要なのかもしれません。とにかくよく話し合ってください」

浜野も踵を返し、二人の後を追った。

玄関には、娘を追いかけることもできず、ただ立ち尽くす両親と長い沈黙だけが残された。

さよならシンデレラ

1

五月の朝、七時過ぎ。家のそばの道をぼんやり歩いていたリコは、自転車に乗ったカイエのママに声をかけられて、あわてて、おはようございますっ、と返事をした。

化粧は落としてるにしても、朝からカバンも持たずに歩いてるあたしを不思議にも思わないのがカイエのママらしい、とリコは思う。

「早いのね。リコちゃんの学校遠いもんね。凄いね私立受かって。さくら——桜の郷《さと》女学園、だっけ。制服素敵よね。うちの子もがんばってくれればいいのにのんびりしてるから」

「カイエはあたしなんかよりずうっと優秀ですよお」

カイエのママの前では何も考えなくてもつい昔のままの口をきいてしまう。

相手の手前、駅に向かうような素振りで別れた。カイエのママはそのまま自転車で職場である博物館へ向かう。のんびりしてるのは、あの人の方だ。リコが私立中学に入ったのはもう二年前。リコもカイエももう中学三年生なのだ。

まともに通っていればの話だが。

リコはカイエのママの後ろ姿が見えなくなるまで待ってから引き返し、十二階建てのマンシヨンのエントランスに入った。エレベーターのボタンを押し、八階を押す。何年か前社宅を出て借りた自分たちの部屋だ。

玄関の鍵はかかっていなかった。不用心。舌打ちしながら中に入り靴を脱いでいると、出てきた母親がびくっと立ち止まり、小さな声で、お帰りなさい、と言う。おどおどした態度にいらいらする。

遅かったのね。こちらの顔色を窺《うかが》うような口調に返事もせず、母親を押しのけるように真直ぐリビングに入り、ソファにドンっと腰を下ろして、リコは煙草に火をつけた。弟たちはまだ寝ているようだ。

動かないリコを見て、母親は時計を見る。「いいの……？」

「疲れてんだよあたしは」

リコは吐き捨てるように言った。

「あんなとこやめてやる」

母親は焦《あせ》った様子で「そんなこと言わないで。気持ちはわかるけど、今はあんたが行ってくれてるのだけが頼りなんだから」

「うるっさいんだよ」

母親はため息をつき、

「お父さんはともかく、せめてお姉ちゃんだけでも帰ってきてくれればねえ」

百回は聞いた繰り言だ。優秀で母の自慢だった姉は高校で急に崩れて男と駆け落ちし、大金を払った有名私立校は除籍になった。ときどき連絡はあるものの、どこに住んでいるのかもわからない。

母親は社宅の人間関係から周りとはりあい、娘たちの受験に夢中で、父親との関係はずいぶん前から冷えきっていた。父親はそれでも唯一関心を持っていた長女に裏切られると、早々に浮気相手と家を出ていった。最初のうちは金を送ってきたが今はそれも途絶えている。

金、金、金。とにかくお金が大事。

リコは不意に立ち上がった。うろたえた様子の母親につかつかと近寄ると、エプロンのポケットから、もぎとるように一万円札何枚かを摑み出した。

「あたしの金だ」

「だってそのお金がないと」

「うるせえよ」

リコがどなると母親は黙った。

面白くないのでバッグを持って帰ってきたばかりの家を出た。後ろから母親が訴えるように何か言っているのが聞こえたが無視した。

県道沿いのファミレスでまずいコーヒーを啜《すす》り、一寝入りしていたリコは、鳴り続ける携帯の着信音で起こされた。

「あ、リコさんですか?」

一つ下で地元の中学に通うユキだった。一年生が二人、駅前の商店街のゲーセンで港中学のグループに取り囲まれたのを、逃げ出した一人が知らせに来たという。すぐ行くよ、と言って電話を切る。

町で一軒だけのゲーセンは山側と海側の両方の不良中学生のたまり場になっている。何となく暗黙の了解で、それぞれが大勢集まる曜日や時間帯はずれているが一触即発の状態は続いている。

駆け足で店の前まで来ると、ユキと鉢合わせになった。すみませんこんなことで、と言うユキを制してそのまま暗い店の中に入る。

カウンターの前を素通りして奥に向かう。店番のバイトらしい若い男は見て見ぬふりなのか無関心なのか、そっぽを向いてメダルを磨いている。

店の隅に明らかに異様な集団がいた。客は他に全くいない。港中の制服を着た女が六人、こちらに背中を向けている。逃げ場をなくして涙目になっていた二人の一年生がこちらの姿をみつけて生き返ったような表情になり、六人が一斉に振り向いた。どれもこちらよりも数段化粧が濃く、とても中学生には見えない。

リコとユキが近づいていくとそんな六人の間に動揺が走った。

やばい。リコだ。どうする？　ユキもいるし。

「おはよ。こっち来いよ」

リコがまるで登校時の挨拶のように気軽な調子で一年生に呼びかけると、救われた顔になった二人が進み出た。相手のグループは止めることもなく、道を空けた。

「何かされてないか」

リコが一年生に言うと、

「いえ、大丈夫です。『集金中だ。協力しな』とか言われたけど、払ってないです。お金ないし」

指さしたので、リコはお札が覗いている封筒が載った隅っこの小さな丸テーブルを一瞥《いちべつ》してから、

「美化ボランティアか難民支援か知らないけど、募金活動はてめえの中学だけでやりな」

面白くなかったらしい一人が、アケミよしなよ、と仲間の止めるのも聞かずにつっかかった。

「てめーみどり中の二年か三年か？　口出しすんじゃねえよ」

「あたしはみどり中じゃない」

リコがあっさり認めたので、相手は虚をつかれたようだったが、それなら、と言いかけたのを遮《さえぎ》って、

「あたしはどこの中学でもねえよ。ただ数で脅かそうとしてるバカを見ると可哀想で、少し頭を刺激してお利口にしてやりたくなるだけさ」

余裕ありげなリコの態度に他の五人は既に気圧《けお》されていたが、アケミだけが、顔を紅潮させて、今にも飛び出してきそうな勢いだ。隣の子が、アケミの腕を軽く摑んで無言で制しようとするのを、チエ止めんじゃねえよ、と苛立たしげに振り払って言う。

「算数できねえみたいだな。その一年坊二人入れても四対六だ。数かぞえらんないんじゃねえの？」

リコはフフッと笑って、あたしの得意科目は体育だ、と言った。港中の六人が身構える。誰かの裾が引っかかって丸テーブルが倒れ音を立てた時、

「五対六だけど」

入り口の方から静かな声がして、振り向くと、みどりが丘中の制服を着た細身の少女が腕組みをして柱にもたれかかっていた。

げ、カイエだ。あいつマジヤバいよ。どうするチエ？　港中のメンバーがよりいっそう小さな声で囁《ささや》き合うのも耳に入っていない様子で少女は続けて言った。

「それに一応教えといてやるけど、今日はお巡りが商店街巡回してる。あんたら中学さぼってんだろ。軒並《のきな》み補導だな」

「お前たちだって同じだろ」

「あたしたちは今日テストで早帰り。ただの健全放課後中学生だよ」

六人は顔を見合わせ、これ以上この場にいるのは得策でないと判断したらしかった。余裕があるように装いつつも店を出ていく姿は明らかに浮き足だっていた。まだ心残りな様子のアケミの腕を引っ張ってチエが最後に出ていった。

「遅えんだよカイエ」

リコが呼びかけると、少女は腕組みを解いて近づいてきた。薄い化粧をして一見アイドルか

と思うくらいの整った顔立ちだが、目つきは鋭い。頭にアクセントをつけたその呼び名はもののはずみでついたようなあだ名だが、誰も本名を思い出さないほど、カイエの名は通っている。

「午前中から元気だこと」

「まあちょうどいいタイミングで、お巡りの話を持ち込んでくれたからよかったさ。あっちの方が人数多かったから、やるとなったらちょっと派手なことになっただろうし。そろそろ来る？」

来ない、とカイエはあっさり言った。ユキが驚いて、

「カイエさん、まさかの嘘ですか？」

カイエは面白くもなさそうにふっと笑った。

「あたしは嘘ついてない。お巡りはさっきこの辺りを通ってとっくに港町の方に抜けてった。カロリー余ってるあんたと違って無駄なエネルギー使いたくないんだ」

「あたしは代謝がいいんだよ、お前みたいな低体温女と違って」

挨拶代わりの悪態をやりとりしながら、リコはさっきより落ち着いている自分を感じていた。いつだって強気に、時にははったりをかまして生きてる。でも明日のことはわからないし揺れることもある。そんな時いつも淡々と変わらないこの幼なじみがそばにいると、怖れることなんか何もない気がしていた。

「また連中に会うかもしれませんから、ちょっと場所変えましょう」

ユキが言った。

「ああ。見境なく町中で金をかき集めてるような奴らとはなるべくつきあいたくないからな」

億劫《おっくう》そうに乱れたテーブルや椅子を直しているバイトの兄ちゃんを置いて、五人は商店街を山側に抜け、バス通り沿いのカフェに入った。繁華街というほどの所もない小さな町だが、そこそこに人の集まる駅の周辺はどの中学の縄張りというわけでもなく、互いの行動範囲がぶつかり、もめ事が起こりやすい場所だ。町の山側と海側を分けるバス通りにあるこの店までは港中のグループはめったに来ない。

ユキが軽率な行動をしたアミとマミの一年生二人に注意している。

「まあこれから気をつけな。なんか好きなもの頼んでいいから」

リコが言うと一年生たちは歓声を上げる。名前だけでなく見た目もよく似た二人は頑張ってメイクしているがこんな時の表情は至って幼い。

「リコ先輩っていつも気前いいですよね。お金持ちなんですかあ」

「まあな」

「いいなあ、おうち何やってるんですか」

お前たちリコ先輩にうるさくすんな、とユキが二人を黙らせる。カイエは、あたしには関係ない、というように頬杖をついて窓の外を眺めている。

リコはさりげなく席を立った。外に出て母親のＰＨＳに電話した。受話器から賑《にぎ》やかな音が聞こえてくる。母親は昼前から夜まで店にいる。

「たまには早く帰ってガキの面倒ちゃんと見ろよ」

「だって帰りたくてもそんな簡単に帰れないんだよ」

母親がそう言うことはわかっていた。電話を切ってちぇっと地面に唾を吐く。

店に戻ると、ユキが、そうそう、と、

「見かけない男がリコさんとカイエさんを捜してたらしいんです」

「男？」

カイエは興味なさそうに眉を上げただけだったが、リコは気になった。

「中学生だと思うんですけど、近所で、声をかけられたって子が何人か」

「みどり中じゃないわけだ。どっかでカイエを見かけて一目惚れか？　よほどのバカか、大胆な奴だな」

「だってカイエさん凄い綺麗じゃないですかあ」

アミが口を出す。

「カイエの怖さを知ってれば、そう簡単には声かけらんないよ。こいつ情け容赦ないんだもん」

「あ、あたし聞いたことあります」

マミが言った。

「カイエさん昔の武術の達人だって。北の方の族とケンカになった時、槍だか薙刀《なぎなた》だかで突きつけられたナイフを弾き飛ばした上、一振りで相手の頭の皮切れるぎりぎりのとこ見切って髪の毛切り飛ばして河童みたいにしちゃったって。でもって、相手の返り血が顔についたのをペろっと舐めて、『次は首を飛ばす』って言ったら、族がびびって一斉に逃げ出したんで、カイエさんそれ以来『血まみれカイエ』って呼ばれてるって」

「カイエお前化け物みたいな評判立ってるな」

リコはにやにやした。

「そんな大げさなことじゃなかったのに、勝手に尾ひれや胸びれつけてる奴らがいるんだよ」

カイエはうんざりしたように言った。

「あたしはリコみたいにバカ力ないからさ。手抜いたらやられちゃうし」

「人をプロレスラーみたいに言うなよな。こんなに可愛いリコさんを。それにしてもカイエに目つけるなんて、どっかで番張ってる奴かな」

「いえ、なんか上品なおぼっちゃま風だったって」

「そんな知り合いいないぞあたしたちにゃ」

「町田《まちだ》とかって名乗ってたそうです」

「町田――マサト？」

リコとカイエは顔を見合わせた。

「思い出したんですか。凄い男なんですか」

「どこかの族ですか？」

「まさか、暴力団とか」

困った顔をしたリコに代わってカイエが答えた。

「違う。探偵団」

2

丘の上に同じ長方形の白い団地が延々と立ち並んだその向こう、運動公園のグラウンドの果てと森のずっと先、遠くに海が見える町で、リコとカイエが小学生だった頃、マサトは確かにクラスにいた。

斜面に雑然と立ち並ぶ小さな家々に囲まれた、くすんだ灰色の社宅に住むリコとカイエにとって、丘の上に広がる白い団地は何となく近寄りにくいよそよそしさを感じる場所だった。だから父親の転勤で団地に越してきたマサトと、小四のクラスで一緒になっても最初はあまり親しみを感じられなかった。

外遊びが好きでドッジボールやサッカーでも男子と対等以上の力があったリコには、育ちがよさそうで、勉強がよくできて読書家のマサトは自分と縁がなさそうに見えた。

マサトへの気持ちが少し変わったのはある雨降りの午後のことだった。委員会活動で遅くなっているカイエを待っている間、リコは退屈なので図書室で本を読んでいた。

「『エミールと探偵たち』か。面白い?」

急に後ろからマサトに声をかけられて戸惑ったリコは、うん、まあまあ、と当たり障《さわ》りなく答えた。

「ぼくも悪くはないと思うんだけどさ、なんか出てくる子が皆上品過ぎるところが何かなと思って。現実と離れ過ぎてるんじゃないかって」

上品過ぎて現実感ないのはあんたじゃないの、と内心思いながら、リコは訊いた。

「マサトくんはどういうのが好きなの？」

「まあ子ども向けならルイスの『オタバリの少年探偵たち』かな。戦争ごっこをする二つの男の子グループの対立と友情の話だけど、キャラクターがリアルっていうか、第二次世界大戦の後のイギリスが舞台で社会的な背景もしっかりストーリーに反映してるんだよね」

と、その戦争を実体験でもしたかのように語ったマサトは、つけ加えて、

「でもぼくは子ども向けの本は最近読んでない。やっぱり大人の読み物として書かれた本の方が面白いよ。名探偵のちゃんとした推理が出てくるしね」

「名探偵？　推理？」

「そう。名探偵は、人のちょっとした仕草や様子をよく観察して、隠された真実を見抜くんだ」

マサトはリコを見て、

「例えば、算数が好きじゃないとか、君には年の近い優しいお姉さんがいるとか、そういうことがわかる」

リコは目を丸くした。

「はあ？　誰かにあたしのこと聞いたの？」

「違うよ。初歩的なことだけど。君の算数の教科書のページの隅っこにちっちゃなパラパラマンガが描いてある。退屈だから、授業中にそんなの描いてるんだろ？」

ふーん。言いたいことはあったが、リコは次の質問に移った。

「お姉ちゃんのことは？」

「君が最近着始めたそのワンピースは、凄く可愛い服だけど少しきつそうなのに我慢してるらしい。自分用のなら君だって親にそう言うだろ？　お姉さんのお下がりだから、ちょっとサイズがぴったりじゃなくても我慢してるんだと思う」

「確かにこれ、お姉ちゃんのだけど、年が近いとか優しいとかは？」

「いくらお下がりでも流行《はや》りもあるし、そんなに昔のはとっておかないだろ？　それから、筆箱の名前、別の名前を消して君の名前が書いてある。リコって。前の字はよく読めないけど、大人の字じゃなくて、君の字でもなくて、やわらかい丁寧で綺麗な字だから、優しいお姉さんだろうって」

「マサトくんってなんか凄いね」

感心してリコが言うと、マサトはクールな表情を崩して嬉しそうにした。

勿論マサトの「推理」は大半間違っている。

教科書にパラパラマンガを描いたのはリコではない。同じ社宅に住む、隣のクラスの男子が教科書を忘れたというので貸してやったら落書き付きで返ってきた。勉強しないでアホな絵を描くだけなら借りにくんな！　と蹴りを入れてやったが、よく見るとなかなか笑える絵だったのでそのままにしていただけだ。でも確かに算数はあまり好きじゃない。

姉のお下がりが多いのはマサトの言う通り。でも字が綺麗だから優しいとか単純過ぎる。姉の字は確かに丁寧で、ペン習字も習っていたが、リコに対しては結構きつく当たるし、性格がいいとはとても思えない。

それでもマサトの物の見方は何か新鮮で面白くて、リコはその日からときどき彼と遊ぶようになり、そこにカイエも加わることになった。

マサトの探偵好きは本物だった。大人になったら何になりたいか、という話題になった時、リコが、あたし保母さん。小さい子好きだし、と言うとカイエは嫌そうな顔をして、あたし小さい子嫌い、と言った。じゃあ何がいいの？　と訊くと、専業主婦、と言う。

マサトくんは？　訊かれた彼は当然という風に「探偵」と答えた。日本の今の探偵は人捜しとか浮気調査とかしてるらしいけど、ぼくは本当の大事件を解決する探偵になりたいんだ。だから今のうちから訓練しておきたい。少年探偵団を結成しようと思う。君たちも入れてあげてもいいよ、とマサトは、大いなる栄誉を授けるかのような口調で言った。

あたし入らなくてもいいよ。カイエは小さく呟いていたが、マサトは続けて、

「でも女の子の方が多いのに少年探偵団はおかしいか」

あたし数えなくていいってば、と言うカイエの声は耳に入らなかったらしく、やっぱり少年少女探偵団にしよう、とマサトが言った。

結局長過ぎるので「少々探偵団」と呼ばれることになったその活動はそれなりに波紋を呼んだ。マサトは学校に、町に、あらゆるところに謎をみつけ、解き明かそうとしていた。

クラスメイトがなくしたシャープペンシルのありかから、団地で起こった空き巣事件の犯人まで、マサトの関心は幅広く向けられた。クラスのガキ大将丸山《まるやま》くんのしわざと疑われた割れた花瓶の原因を作ったのが、うっかり気づかずにいた副校長だと証明して喝采を浴びたりもしたが、勿論そんなことは例外で、実際のところたいがい推理は空振りに終わっていた。彼が考え抜いて校長室のソファの隙間に挟まっていると論証したはずの友達の消しゴムが、見落とされただけで教室の床に転がっているのをみつけた時などは、気の毒になったリコがわざわざ校長室に用事を作って潜入しマサトが来る前にそこに置いてきたくらいだった。

本人には言えないが、マサトが凄いのは推理力より想像力かも、とリコは思っていた。

保護者や地域の人を招いての学校祭でクラスの演《だ》し物に劇をやることになった時、『シンデレラ』をやろうという女子と探偵ものやアクションものをやりたいという男子が対立した。話し合いの司会をしていたリコが困ってマサトを見ると、彼は落ち着き払って、それじゃ合わせて一つのお話にしよう、と言った。

マサトの好きな『オタバリの少年探偵たち』は割ってしまった学校の窓ガラスを弁償するために、対立していた男の子のグループが協力して金集めをするが、せっかく集まったお金が無くなってしまい、片方のグループのリーダーの少年が疑われる。いったんは破綻しかかった友情だが、推理の力で疑いは晴れ、再び皆の協力で真犯人を捕まえる、という話だ。マサトは翌てきた。

朝、本当に二つの話をくっつけて、ガラスを割った孤児の少年とグループリーダーを一人の女の子（シンデレラ）に変え、盗まれたお金を追ってお城の舞踏会に潜入して王子さまに見初められ、犯人を突き止めるとともに王子さまと結婚して幸せになる、というシナリオを書き上げてきた。

リコは意地悪な姉の役、カイエは裏方で大道具担当、クラスで二番目に可愛い女の子がシンデレラで、例の冤罪事件でマサトに恩義を感じている丸山くんが町のチンピラである犯人役を引き受け、マサトの演出のもと、子どもたちは張り切って練習した。しかし本番直前にインフルエンザが流行してシンデレラや王子をはじめとする役者が次々とダウンしてしまった。めげないマサトは前日にシナリオをさらに書き替え、丸山くんに一人二役を指示して、王子こそ実は真犯人だった、というオチをつけた。急遽《きゅうきょ》シンデレラ役を言いつかったリコは大奮闘したが、ぶっつけ本番のために皆が混乱してハプニングが連続し、あげくシンデレラが脱いだガラスの靴で正体を現した王子の頭をひっぱたくというクライマックスで、ガラスの割れる効果音のカセットを鳴らすはずだった音響担当の子が間違えて戦争場面の爆発音を最大ボリュームで流したので、驚いた丸山くんがステージから落っこちてしまった。シンデレラが立ち尽くしていると、意地悪な姉に扮したマサトが飛び込んできて、シンデレラの手を引っ張って舞台から走り去った。担任があわてて幕を下ろしたが、観客はしばし呆然としていた。リコはそれ以来しばらく、見知らぬ大人や下級生から、あ、シンデレラ姫だ、ガラスのトンカチ持ってるよ、と指さされて閉口した。

マサトはリコの母には評価が高かった。勉強させたい母親には、団地の子、というフレーズは好ましいものだったので、リコはよく、カイエと団地の子と図書館で勉強する、と説明して遊びに行った。たいがいは嘘だったが、時には実際に丘を下って住宅街と畑の脇の道を通り、田舎町の真ん中よりちょっと南よりにある林の中の図書館に行った。そこに長居することはなかったが、行ったしるしにそれぞれ本を一、二冊借りると、往きとは別な、マサトの住む団地よりずっと古い県営団地の間をゆるやかに蛇行しながら延びる川沿いの道をのんびり歩いて戻ってきた。団地の一棟に一階が店舗になっている所があり、そのうちの一軒が駄菓子屋さんで、三人は時々そこでお菓子かジュースを買って、川沿いの小さなベンチに座って飲み食いしながらおしゃべりをした。

古い団地が途切れる辺りで川は東側に曲がり、バス通りの下をくぐって、海の方へ流れていった。いつもはそこで川に別れを告げ、急な坂道を登って家に向かうのだが、ある日三人は河口まで行ってみようと思い立った。日頃冒険心のないカイエも珍しく乗り気だった。

商店街を抜けて、北側に出て川に追いついた方がきっと近い、ということになり、三人は駅の方に向かった。バス通りを子どもだけで渡るのは一応禁止ということになっていたので、大人抜きで駅前商店街を通るのは初めてだった。

昼間から酔っぱらいがいたり、目つきの悪い中学生高校生のグループがたむろしている駅周辺を三人はちょっと緊張して歩いた。

リコはびくっとした。お肉屋さんの奥に羽根をむしられた鶏が吊るされていた。

「なんか可哀想」

そうリコが呟くと、マサトが、肉は皆食べるんだから、仕方ないよ、と答える。

「それはしょうがないけど、あんな風に吊るされてみんなに見られたら嫌じゃない？」

マサトはびっくりしたようにリコを見て、リコちゃんは鶏の立場からものを見ているんだね、と言った。

商店街を左に折れ、細い路地に入ると、もの憂《う》い目をして見たこともないほど短いスカートを穿《は》き乳房が今にも見えそうな緩い服を着た女が立っていた。リコは前に母と商店街に来た時、あっち側に入っちゃだめよ、と言われたのを急に思い出した。母は訳を教えてくれなかったけれど、とても嫌そうな声だった。リコがマサトの方を見ると彼は微かに顔をしかめ、女を避けてもっと細い路地に入った。

路地から路地を行くうち方向がわからなくなった。川に抜けられると思う道が急に袋小路になり、行き止まりに「ごみすてるな」という看板が立ち、それを目安にするように投棄されたゴミの前で、リコと同じか少し下くらいの、痩せて頬がこけ薄汚れたシャツを着た女の子が道に座り込んでいた。その子が尖った顎を上げ、鋭い目つきでこちらを睨んだので、三人はあわてて目をそらし、別の道に入った。でもしばらく行くと元の路地に戻ってしまう。迷路に迷い込んだみたいだった。

間違えずにこの迷路を抜け出す方法があるはずだ、とマサトが立ち止まって考え始めるのをやめさせ、元の商店街に戻ろうと決めるまでにひどく時間をロスしてしまった。

踏切を渡り、しばらく歩くと、商店街と直角に交わるサイクリングロードに沿って左に曲がり、再び川に出た時にはもう暗くなっていた。その辺りはもう民家もあまりなくて、町工場が多い殺風景な所だった。

どうしよう。

もう真っ暗だよ。土手は通れなくなってるし。

とにかく行くしかない、とリコは言った。行けるとこまで真直ぐ行って、行き止まりだったら横にずれて、また前に進めばいずれは海に出るよ。

言い合っているところにお巡りさんに声をかけられた。

結局河口には行けず、リコはその日塾を休むことになり、母親からだいぶ怒られた。

その頃からあまり遠出はしにくくなった。リコの塾通いが忙しくなったこともあり、少々探偵団の活動がやや下火になった頃、マサトは再び父親の転勤で転校していって、探偵団は解散となった。

＊＊＊

前日マサトの話が出たせいか、これまであまり思い出しもしなかった小学校の頃のことをリコは考えた。気取りやさんだったけど、トラブルのたびにいつも助けてくれようとしていたマサト。あれはあれで楽しかったけど、昔のことだ。あの頃仲が良かった子たちとは縁遠くなった。今もあたしの近くにいるのはカイエだけ。

ユキから連絡が入る。

「リコさん、ちょっと出てこられますか」

「どうした？」

「港中の、あのアケミとかいう生意気な女が殴られて病院送りになったそうです」

リコたちは前日に続き集合した。

「どういうことなんだよ」

リコが訊くと、ユキは困ったように、

「そんなにあたしも事情がわかってるわけじゃないんです。昨日リコさんが先に帰った後で駅前に救急車が来てたから、なんかあったのかな、って思ってたんですけど、ゲーセンを出てった後に、あいつ、仲間ともはぐれて一人になったらしくて、それで商店街から裏の川に抜ける細い道の途中で頭ぶん殴られて倒れてるとこを仲間がみつけたみたいです」

「ケンカでもしたのかな。あの女、血の気が多そうだったし」

「いえ、両脇の家に人はいたけど、騒ぎも何も聞いてなかったっていうんでケンカじゃなさそうです。それにアケミは金の入った封筒――あたしたちも見たやつだと思いますけど――を手に持ったままのびてたらしいんですけど、その封筒から、二万とられてたって」

「二万？　それじゃ強盗かよ」

「あの封筒もっと一杯入ってた。ケチな強盗だね」

そうカイエが呟く。

「あの女がどこからかき集めてきた金かは知らないけど、人さまのものに手つけるのはいけねえよ。誰だそんなことしやがった奴は」

「それが、あたしたちだって」

リコはユキを睨みつけた。

「バカ言ってんじゃねえよ」

ユキは臆せず淡々と、

「港中の奴らが警察に言ったんです。あいつを恨んでる奴の心当たり訊かれて、あたしたちだって」

「あんなこうるさいだけの女いちいち恨んだりするほど暇なわけないだろうが。あいつが目をさましてから訊けば誰がやったかなんてすぐわかるだろ」

「それが、結構ひどくやられたらしくてまだ意識不明らしいんですよ」

さすがにリコも驚いた。

「ひでーことするな」

「ユキ、詳しいね。どっからの情報？」

カイエが訊いた。

「あたしのいとこが港中にいまして。あたしと違って真面目にやってるんですけど、父親が県警にいるんで、聞き出して連絡くれたんです。とにかくそれで、警察もみどり中のあたしたちに話を聞きたいらしいです。奴らもあたしたちの名前ちゃんとは知らないから、それで手間取ってるだけで、そのうち連絡入るかもしれません」

リコは大きく伸びをした。

「くだらねえ。あたしの知ったことじゃないね」

そう言って立ち上がると、皆を置いて出ていった。

リコは土手を少し水面の方に降りた所に腰かけて煙草に火をつけた。山裾の県営団地の脇を流れてくる川は、町の山側と海側を分ける県道の下を潜り、駅に近いこの辺りでは商店街の裏に沿っていく。向こう岸には中華料理屋や一杯呑み屋があるはずだが、店の表側は多少なり客向けの華やかさがあるだろうに、こちらから見るとトタンが赤く焼け、いかにもうら寂れている。川に面した、人が辛うじてすれ違えるくらいの細い道がまるで舞台裏の通路のようだ。そこにたまに出てくるのは、荷物置き場代わりに置きっぱなしにしたポリタンクやらビールケースを取りにきては急いで戻っていく店員たちか、リコ同様気だるそうに煙草をふかすきつい化粧の女たちか、いずれにしても対岸に関心を向けることはいっさいなく、リコにとっては気楽な休憩場になっていた。

何となくバッグを開けてみると可愛いブックカバーをつけたポケットサイズの本が出てきたので、何だっけと開いてみると、単語帳だった。姉とは大違いの無名校だったけれど、やっとのことで受かったのが嬉しくて、それなりに勉強しようと気合が入ってた頃が遠い夢のようだ。

くせがついていたのか、とりわけよく眺めていたページが開き、黄色いマーカーで線を引いた単語たちが目に飛び込んでくる。Rのページだった。

"Riko"のRだ。"Resurrection"(復活・蘇生)のR。"Rebirth"(再生)のR。

そして、"Reenter"(復学する)。

リコがふっと息をついた時、

「勉強中か。意外と真面目だな」

男に声をかけられた。内心どきりとしたが、顔には出さず、

「休みの日まであたしたちの監視かよ。こんな田舎町まで」

男は苦笑したようだった。

「生活指導、いや支援のための巡回と言ってほしいな――休日にも制服着てるのか」

「着るもんないんだよ。悪いか」

「いや地域で何を着るのも自由なんだが、制服で煙草はまずいだろ。こんなところを人に見られたら」

「別にどうでもいいさ」

「どうでもよくはない」

リコは男を睨み、唇を歪《ゆが》めた。

「そりゃそうだよな。あたしがぱくられたら、あんたらも困るもんな」

「それはそうだ。お前は十四だからな」

「何をいまさら」

鼻で笑うリコを男はしばらく黙って見ていたが、声を変え、改まった調子で言った。

「お前はうちをやめた方がいい」

リコは一瞬目を見張り、それから、ニヤッと笑った。

「退学勧告ってやつか？　『あなたは桜の舞女学院にはふさわしくない生徒です』ってか？　笑っちゃうね。面白い冗談のつもりかよ」

「冗談じゃない。真剣な話だ。ちゃかすな」

「あんたからそんなこと言われるなんてな。サボってもなけりゃ先輩たちにも気を遣ってる。そうだろ」

「お前の評判は悪くない」

男は認めた。リコは強盗事件のことは耳に入ってないようだと見てとり、

「じゃ、いいじゃんか。校長は？　チクったのかよ」

「山田《やまだ》校長は何も知らない。彼は人を疑わない」

「あんたの独断かよ。じゃあやだね。あんたたちの迷惑なんて知ったことか。あたしはせっせと登校するよ。がっかりだね。あんたはもうちょいものわかりがいいって思ったのに。所詮管理屋なんだよな」

一瞬何か言いたげな表情が浮かんだがそれはすぐに消え、男は冷徹な表情に戻った。

「お前たちの管理が俺の仕事だ。女学院を危うくするようなことがあればそれを排除するのもな——考え直すなら今のうちだ。いつまでも続くことじゃない」

男が去った後、立ち上がったリコは吸殻を地面に投げ捨て踏みつけた。単語帳の表紙に視線を落とし、それから草むらに放る。思ったより大きな音がした。近くを歩いていた数人の小学生の視線を無視してリコは歩き出した。しばらくして振り返ると背の高い女の子が単語帳を拾い上げ、小柄で可愛い男の子が、何それ？　と訊いている。リコは知らんぷりしてそこから遠ざかった。

一番楽しく、何も考えずに遊んでいたのはあのくらいの年だったかな。思い出す。上流の方で遊んだこと。駅の周り、特にあの川の向こうの一角はいかがわしい所で怪しい外国人も多いから行っちゃいけないと言われ信じていたこと。今は、そこがただアジア系の人たちの飲食店と、水商売や風俗の店が集まっているだけだと知っているし、自分がもっと危険な所に出入りしているのもわかっている。

小学生の頃が遠い昔に思えて「リコちゃん」と呼ばれた時も、すぐにそれが現実の声だとわからなかった。

3

戸惑いながらリコは振り向いた。少し小柄でほっそりした、こざっぱりした白いシャツを着た少年が立っていた。

「覚えてないかな、ぼく昔一緒のクラスだった——」

「わかるよ。マサトくんでしょ。元気なの？」

もし彼に会うことがあったら、自分の見た目や口の利き方に、驚きあきれることだろう、と思っていたが、会ってみるとなぜか自分の声が小学生の昔のように聞こえ、自然と笑顔が出た。胸の中がほっこりあったかくなった。

お父さんの転勤でこの町にまた越してきたんだ、とマサトは言った。背はずいぶん高くなったけれど、昔のままの、都会育ちっぽくておしゃれな男の子だった。

学校はどうするの？　みどり中？　団地に戻ってきたの？　矢継ぎ早に訊くと、マサトはチッチッと顔の前で左手の人差し指を立てて振り、

「そんな話は後回し」

と言った。その仕草と言い方が、ちょっと気取ったかつての少年探偵そのもので、変わってないな、と思う。

「リコちゃん、今大変な立場なんだよね」

「何のこと？」

「強盗の疑いをかけられてる」

とぼけて訊き返したリコはいきなり核心に触れられて当惑した。

「まだそこまでじゃないと思うけど――どうして知ってるの？」

「君の仲間、ユキさんに聞いた」

「なんでユキを――」

「リコちゃんは、その――有名な不良になってるって聞いて、町でそれらしい子にリコちゃんを知らないかって訊いたら、彼女を紹介された。ちょうど困りごとがある様子だったんで訊いてみた」

臆せず構えずにいきなり町中でヤンキー女に話しかけて人捜しをして何となく受け入れられてしまい、慎重なユキの口を開かせてしまったというのはマサトの人徳かもしれない。

「ゲームセンターでぶつかった港中とみどりが丘中のグループしかお金のことを知ってる人間はいない。リコちゃん以外の子にはアリバイがある。これは結構まずい状況だよ」

「そんなの知らないよ。みどり中の子はそんなことするわけないから、港中のあいつらのうち誰かが嘘ついてるか、それとも関係ない誰かがたまたまあいつが金もってるのに気づいてやったんじゃないの？　いずれ本当の犯人が捕まるでしょう？」

「心配なのはそれだけじゃないんだ。リコちゃん、学校退学の話でてるんでしょ？」

「なんでそんなこと」

「丸山くんから聞いた」

「ええっ。あたし丸山くんにずっと会ってないよ」

「うん。彼、中学の野球部で活躍して今年はキャプテンだって」

「そうなんだ」

リコは目を丸くした。

「小学校の時はしょっちゅう悪いことして先生に怒られてたのにね。なんか懐かしい」

「彼も『リコちゃんとはずっと会ってない』って言ってた。けど、噂を聞いたって。心配してた。こんなことで疑いかけられてるって知られて、いろいろ学校間の争いに巻き込まれてることまで伝わったら、本当に退学させられちゃうかもしれない」

「――いいよ別に」

「学校は簡単にやめちゃだめだよ」

マサトは真面目な顔で言った。そりゃ確かに今教わってることがすぐに役に立つとか、自立して働いていくために即使えるとかそんなもんじゃない。でもそれが社会に出るためのパスポート作りってだけじゃなく、いずれどこかで生かされることがあるはずだ。

リコはマサトが話すのを黙って聞いていた。ちょっと芝居がかった話し方をいつもしていたマサトの真剣な顔を見ているのは何だか心地良かった。それから、

「もうだめなんだよ」

と言った。

「だめって？　学校が？」

「それもそうだけど」

リコの口調から何かを感じたのか、マサトは無理に話を続けようとはしなかった。二人は川

沿いの道を上流に向かって話しながら歩いた。小学校の時の出来事や、その頃の友達の近況の話ばかりだった。

バス通りの橋まで来た時、リコの携帯電話が鳴った。リコは電話の相手にぶっきらぼうに返事をして切ると、ごめん、もう行かなくちゃ、と言った。そして何か言いたげなマサトの先手を打つように続けた。

「久しぶりに会えて嬉しかった——あたしのことはそんな心配しなくていいからね、ほんとに」

リコは笑顔を作って胸の前で手を振ると、反対側を向いて大股で歩き出した。残されたマサトの表情を見たくなくて、振り返りはしなかった。

＊＊＊

「事態は思ったより深刻みたいだ。港中のあのグループにOBから金集めの話が来たのは前日の夜のことで、その子たちはあわててそれぞれ自宅から金を持ち寄ったところだった。カイエたちのグループの一年生にたまたま遭って金を無心したのは最初だったみたい」

マサトは、みどりが丘の運動公園の脇でつかまえたカイエに向かって、リコに説明しきれなかった話を伝えていた。

「じゃ、まだカツアゲして廻ってたってわけでもなかったんだ。殊勝な心がけじゃない。自分たちでまず賄《まかな》おうなんて」

「だから、その子が金の入った封筒を持ってたのを知ってたのは二つのグループのメンバーだけなんだ。それで彼女たちはあの後ずっと一緒にいた。途中でその子が急に態度がおかしくなって、後で合流するから、先行ってて、っていうんで、駅向こうの駄菓子屋で待ってた。それを店のばあちゃんが確認してる。いつもの子たちだから間違いないって」

「あたしたちも一緒だったよ。途中でリコが先に抜けたけど」

カイエは言葉を切った。

「まさかそれで？　リコが怪しいっていうの？」

「港中の、グループ以外の子で、リコが一人で商店街の裏の川沿いを歩いてるのを見た子がいるらしい。それで、リコがからんでるんじゃないかって話になってるみたいだ」

「リコがそんなはした金のためにくだらないことするわけない」

カイエは吐き捨てるように言った。

「勿論だよ。ぼくもリコちゃんがそんなことするわけないって思ってる。リコちゃんの無実を証明して真犯人を明らかにするつもりだ」

カイエは眉を上げた。半ば面白がっているように、半ば真剣な目をして、

「少年探偵復活ってわけね。でもそんなにうまくいくの」

「ぼくにはもう見当はついてる。でも確かめるには君の助けが必要だ」

「あたしの？　何をすればいいの？」

「港中のグループに直接訊きたいことがある。仲介してくれないか」

カイエは驚いたようだったが、うなずいた。

「役に立つかわかんないよ。あたしもリコと同じに連中からは嫌われてるから」

「うん。ダメもとでいい。時間がないから」

「時間？」

「きっと放っておいても警察は事実を明らかにするだろう。でもその間にあれこれさぐられたり、噂が立ったりするのが問題だ。リコちゃんは退学を迫られてるって聞いた。本人ももうあきらめてしまってるみたいだったけど、それはよくないと思う。そりゃヤンキーになって世間からは顰蹙《ひんしゆく》買ってるかもしれないけど、ぼくから見ればリコちゃんは何も変わってない。せっかく頑張って私立に入ったのにもったいないよ。考え直させたいんだ」

カイエはマサトの視線を外し、横を向いて少し考えるふうだった。

「リコは何て言ってた？」

「もうだめなんだって。あたしのことは心配しなくていいからって」

「リコの言う通りだと思う」

カイエの返事はそっけなかった。

「あなたにはどうにもできないことよ」

マサトはむっとした。

「カイエはずっとリコのそばにいるくせに、冷たいよ。君だってリコと同じことをしてて、公立だから退学の心配がないってだけだろ？　友達ならもっと考えるべきじゃないか」

カイエは答えなかった。ただ無表情のまま、連中に話をつけとく、とだけ言った。

＊＊＊

駅前商店街の東端近くにある古い珈琲店「ハーバー」の、煙草の匂いがしみついた壁際に座り、港中学三年のチエは腑《ふ》に落ちないという顔でマサトを見た。

「みどり中のカイエから頼み事だって言われたよ。あのヤバい女があたしたちに物を頼むなんてありえないって感じだから、あたしもびっくりした勢いでついＯＫしちまった。あの時一緒だった誰でもって言われたけど、二年生に任せらんないし、三年はあたしとアケミ以外はモンしかいなかったし、モンは自分の頭で考えてちゃんとしたこと答えるなんて無理だから――まあいいや。用件って何よ」

そう言いながらマサトのおごりのチョコレートパフェ（大）をすくって口に運ぶ。どぎついメイクとファンシーなパフェがちょっとミスマッチだ。

「どうもありがとう。他でもないリコちゃんのことなんだけど」

「あんたあの女の何なの?」

そう敵意をこめて睨んでくる相手にも平然とマサトは答える。

「ぼくはリコちゃんの幼なじみだけど、彼女の味方ってわけじゃない」

「じゃあ何よ」

「言ってみれば正義の味方、いや真実の味方ってところかな」

「はあ？　意味わかんない」

「わかんなくてもいいけど教えてほしい。君たちが倒れてる友達を発見した時と、友達が救急車で運ばれる直前で違ったところがあっただろ？」

「違ったところ？　そんなのねえよ」

「そんなはずはない。君たちは友達をみつけてそのまま救急車呼んだのかい？　倒れてるのを放ったまま？　顔も見ないで？　友達はうつぶせに倒れてたんだろ？　何が起こってるのか確かめようとしたんじゃない？」

「そりゃ、みつけたらすぐ駆け寄って抱き起こしたよ。誰だってそうするだろ？　そしたら顔色真っ白で頭から血が流れてて意識なくて手がだらんとして」

「封筒は？」

「え？」

「金の入った封筒は、手がだらんとしたなら下に落ちただろ？」

「落ちたりしない。封筒は初めから下にあったよ」

「なんで」

相手は思い出してきたようだった。

「封筒はアケミの体の下にあったんだ。最初気づかなくて、起こした時にわかったんだ。風で飛びそうだと思っていったん取り上げた。最初は大事な金だからこのまま預かった方がいいのかなと思ったんだけど、あいつの意識が戻ったら金のこと言うだろうし、勝手に持ってくとかえってマッポに変な目で見られたら困ると思って、戻そうとしたんだ。でも元に戻せないから、飛ばないようにあいつの手の下に置いた」

「重しにしたんだ」

「そういうこと──何が言いたい？　やったのはリコじゃないって言いたいのか」

「そうだよ」

困った顔になったチエは年相応の中学生に見えた。

「そんなこと言われても遅いんだよ。モンの奴がリコの学校に匿名《とくめい》でチクったって言ってた。あんたのとこのリコって奴はひどい不良で強盗やったって。つまんないことやめときなって言ったんだけど」

「リコちゃんはやってない。片がついたらもう一度君にも説明するよ」

チエは少し考えたようだった。

「わかった。あんたから連絡が来るまで他の連中にはこれ以上余計なことしないように言っとくよ。みどり中の一年坊に声かけたのはよくなかったと思ってる。あの時はOBから急に集金の話があってあたしたちも焦ってた──だけど」

チエの目がきつくなった。

「アケミはキレやすくて単細胞だけどいい奴なんだ。少なくともあたしにはね。あいつのことはおむつのとれない頃から知ってる。もしアケミにもしものことがあって、それがあんたの仲間のせいだったら、ただじゃ済まさない」

一回のコールですぐにカイエが出た。

「おかげで連中と話ができたよ。ありがとう」

「それで、何か手がかりが摑めたの？」

「うん。全部わかった」

4

「金の入った封筒はアケミさんの身体の下にあった。犯人は彼女を打ち倒した後ではお金を抜き取ることはできなかったんだ。無理矢理引っ張り出して、また戻すってこともありえなくはないけど、わざわざ二万だけ抜いて戻すっていうのも不自然だ」

「そうするとどうなるの」

「金は初めから抜かれていた」

「誰に、いつ？」

「ゲーセンでは金額は確認されていた。その後だよ。本人が抜いたとしたら、その金がみつからないのは変だ。その他の子に持ち出す機会はない」

「じゃあ、いないじゃない」

「いや、いる。お金の話を声高にするのを耳にしていた人物がもう一人。封筒はお札がはみだしそうな状態で目撃され、その後見られていない。店に置き忘れられた可能性が大きい。その封筒からこっそり二万を抜き取ることのできる人物」

「ゲーセンのアルバイトの大学生？」

「そう。彼は出来心で置き去られた封筒から金を抜いた。しかし予想外にもすぐにアケミさんは戻ってきて封筒を回収した。そして金額を呟きながらすぐに確かめようとしていた。あの状態では金を抜いたのは自分しかいないのが明白になってしまう。彼は彼女の後を追いかけた。後ろから襲って、とにかく、誰か外部の襲撃者が外で彼女を襲ったという事実を作りたかった。ところが予想外のダメージを与えてしまった」

このことをユキさんのいとこを通して警察に伝えた。それから問題は学校だ」

「学校？」

「港中の子が早まってリコのことを学校に匿名通報したそうだ。学校が動く前にそれは間違いだって、別に重要な容疑者がいて警察もそちらで動いているって伝えなくちゃいけない。なのに学校の連絡先がわからないんだ。学校名簿とかに出てこなくて、リコのお母さんに場所を聞いたから、直接行ってくる」

「リコのお母さんに？　ちょっと待って――もしもし、もしもし？」

扉を開いて客を送り出す。

「どうもありがとう。お世話さま、カエデちゃん」

そう言って階段を降りていく初老の男性に向かって、

「ありがとうございました。またいらしてくださいね」

元気よく挨拶をして、一分くらい待つ。この後はもう仕事はないはずだ。この朝の時間帯では。

ふだん営業時間中は使わないこの階段だが、ちょっと外の空気を吸いたくなって、暗く狭い螺旋を描く階段を降りていった。

疲れがたまっていて、外の道で何か言い争うような声がしているのが耳に入ってはいたが、意味が頭に入らなかった。

「お前が来るような所じゃない。ここは」

「リコちゃんの疑いは晴れたからって言いに来たんだ。リコちゃんを出してよ」

男はちょっと戸惑ったようだったが、すぐに合点が行ったようで、

「そんな名前の子はここにはいない」

「嘘つけ。リコちゃんのお母さんに聞いたんだ。毎日ここに通ってるって」

自分の名前が出ていること、知り合いの声であることにようやく気がついた時には階段を降り終えて、朝のひんやりした空気の中に、苦々しい顔をした黒い服の男とマサトが睨み合う路地に踏み出していた。

んだ。

「リコちゃん――」

階段の出口、「ファッションヘルス　桜の舞女学院」のポールネオンの前でリコは立ちすく
あたしはチキン。羽根をむしられ、肉屋の店先に吊るされたチキン。なぜだかそう思った。

いつも自信ありげなマサトがどうしていいかわからず、うろたえているのがわかった。

そんな少年探偵の姿を見るのが嫌で、リコは目を伏せた。彼が見たこともないだろう濃い化粧で大人を装って、きっとよく見れば中学生には見えないくらい肌がひどく荒れた自分の姿が映っているだろう彼の瞳も見たくなかった。

「なんでこんな所へ――」

「犯人はゲーセンのバイトの大学生だってわかったから、リコちゃんが変に勘ぐられる理由はもうないんだって、学校に変な情報が入ってたら取り消させたくって、でも連絡先がわかんなくて捜してた。

お母さんに電話したら、リコが通っているのはここだって、でもお母さんは酔っ払ってるみたいで言ってることがよくわからなくて――」

何か返事してほしい、という表情でマサトはリコの方を見たが、何を言っていいかわからなかった。仕方なさそうにマサトは言った。

「なんでこんなこと――学校は――」

急に頭に血が上った。

「学校？　学校なんて一年前に退学してんだよ。どう思われようがもう関係ないんだ。誰が犯人かなんて知ったことか」

「こんなこといけないよ――」

自分を止められなかった。汚い乱暴な悪態が口をついて出た。

「こんなことってなんだよ。あたしの勝手だろ。あたし働いてんだ。探偵ごっこにかかわってる暇なんかないんだよ。これがあたしの仕事なんだ。あたしの時間を買いたきゃ金もってこいよ。そうでなけりゃ二度とくんなよ」

リコは身を翻《ひるがえ》し、カンカンカンッと階段を踏みならして上に駆け上がった。

上るにつれてリコの足取りは重くなり、やがて止まった。耳をすますと、黒い服の男が、帰れ、と言い捨てて立ち去るのがわかった。リコが少し待つとマサトの声がした。

「カイエ？」

「だからよせばいいのにって言ったんだ」

カイエの冷ややかな声が聞こえた。

「あんたがそんな顔してたらリコがますます惨めになるじゃない。何の役にも立ちゃしない」

「こんなこと、やめさせなきゃ、法律に触れるだろ」

「バッカじゃないの。犯罪に決まってるでしょ中学生を風俗で働かせるなんて。リコは姉ちゃんの学生証持ってって十八ですとか年ごまかしてるけど、雇ってる方だってうすうすわかってるんじゃない？　バレたら雇った方も知りませんでしたじゃ済まないし、リコは鑑別送りよ」

「少年鑑別所への収容はせいぜい四週間。家庭裁判所が審判を開いてその後のことを決めるはずだ。少年院入所になるほどの罪は犯してないから、児童福祉施設入所になるかもしれない。もしかしたらリコちゃんはしばらく施設で暮らして立ち直った方がいいのかも――」

「施設？　福祉？　冗談じゃない」

カイエの声が強くなった。

「リコは何にも悪くないのになんでいちいち立ち直んなきゃいけないいんだよ。どうしても金が必要だっただけなんだ。あの子は家を離れるつもりなんかない。だからあたしは――あたしはリコを施設に入れさせたりしない」

カイエの声には言い知れない凄みがあった。

「それでもあんたがリコのことで警察行ったり、ユキのいとこに話したりするって言うならあたしがあんたを刺してそこのどぶ川に放り込む」

マサトはたじろいだようだった。

「でも、なんで――そんなにお金が欲しかったのかな」

彼は空《うつ》ろな声で繰り返した。

「あんたみたいなお金持ちの子にはわかんないでしょ。リコは家族の生活を支えてる。女の子二人無理して私学にやってたからもともと貯金なんかなかったのに、姉ちゃんが家出して、父親に逃げられて、リコの母親どっか頭の線が切れちゃったんじゃない？　ギャンブル中毒になってリコが稼いだ金持ち出して朝から晩までパチンコ屋にいる。依存症ってやつ？　いったんやり始めるとパチンコ台の前から離れられなくなって帰れないんだって。弟も妹もリコが食べさせてサラ金に母親が作った借金返してるんだ。やめようったってやめられないんだよ。笑っちゃうでしょ。『日本むかし話』かよって」

「だって、生活保護とかあるだろ？　自己破産とか」

「生保っていうのは借金の面倒まで見ない。それにリコのお母さんはあんなになっても周りの目は気にしてるんだ。リコはそれがわかってる」

「それじゃリコちゃんがあんまり可哀想じゃないか。家族の犠牲になって。カイエ友達だろ？　なんか言わないの？」

カイエはしばらく黙っていた。それから言った。

「あたしが何も言わなかったと思うの？　リコはさ、自分のこと姉ちゃんのおまけみたいに思ってた。私立行かされたんだって、姉ちゃんが有名なとこに行って妹が公立のあんまりな学校だとみっともないとかって理由なんだ。姉ちゃんと父ちゃんがいなくなってうちの中がめちゃくちゃになって、初めてあの母親がリコのこと頼りにしたんだ。リコはバカだから、自分が家族の役に立ってるって思って、自分がやらなきゃだめなんだ、って。あたしにはこれ以上何も言えないよ。あんたには言えるの？　あんたがリコと家族の面倒全部見る？

リコの疑いを晴らしてくれたこと、感謝してる。あの子もきっとあんたが来てくれたの嬉しかったと思う。だけど、ここはあんたの好きな少年探偵団とか本格推理小説？　そんなもんの世界じゃないんだよ」

「そう——なのか」

冷たい言葉をぶつけておいて、カイエはマサトが言い返さないのにいらついたようだった。

「何ぼっとしているの。あんたリコが好きだったんじゃないの？　だからリコを助けようとしてたんじゃないの？」

「カイエ、ぼくに何をしろって」

「そんなことあたしに訊くなよ」

カイエの声が大きくなった。

「あたしにわかるわけないだろ」

「ぼくは——」

リコは思わず息を詰めた。

でも続く言葉はなかった。背中を向けて遠ざかっていくらしい足音が、やがて聞こえなくなっていった。悄然《しょうぜん》としたマサトの顔が思い浮かんだ。少し淋しくて。でもほっとした。

あたしたち、やっぱり別の物語の登場人物だったんだね。あなたは二つのお話に橋を渡してあたしを助けに来てくれた。とっても楽しかったけど、もうおしまい。

さよなら、少年探偵。

そして、さよならシンデレラ姫。ガラスの靴は壊れちゃった。王子さまとお別れして、ただの灰かぶりに戻って、家に帰ろう。

気がつくと、階段の上に黒い服の男が佇んでいた。

「大丈夫なのか」

マサトのことだとわかった。

「心配いらない。彼はチクったりしないよ。そういう子じゃないんだ」

「そうか」

「あんたも校長には言わないで。余計な心配かけたくない」

「──ああ」

古くなったカタログみたいに父親にあっさりと捨てられた家族。突然知らされた気が遠くなるような額の借金と迫る期限。

クラスに一人、周りとちょっと異質な妖艶さを持った少女がいた。大人の世界に通じる道を知っているらしいそのクラスメイトがふと漏らした言葉がヒントになった。私立を退学して、公立中への編入手続きも宙ぶらりんに放ったらかしたまま、必死で探した仕事。体格のいいリコは中二でも化粧すれば二十ぐらいには見えたが、手当たり次第に風俗店の面接に行っても、怪しまれて追い返されることが続いた。あちらもプロ。十八歳未満の女の子を働かせていることがバレたら店の側もアウトだ。

わかっていて雇ってくれるとしたらかなりヤバい店だろう。そう覚悟したが、通っていた私学と名前が似ていたことから次に飛び込んだ店「桜の舞女学院」の店長は、店の名前に合わせて「校長」と呼ばれていた。店長はどう見ても教育者には見えなかったが、リコが、もう十八になってこの春卒業するところです、と出した姉の学生証をどうやら本気で信じて受け入れてくれたようだった。

もう少し待ってから、リコは階段の最後の一段を降りて、路地に出た。どぶ川の脇の金網に寄りかかって、カイエはまだそこにいた。

「暇だから、迎えに来た。もう仕事終わり?」

カイエは何も知らないような顔で、いつも通り素《そ》っ気《け》なく言った。

「うん、もう上がるから待ってて」

リコはそう言って店に戻ろうとして、急にカイエの首に腕を廻し頬を寄せた。

「何だよ。オヤジの臭いが移ったらどうすんだ」

カイエは怒ったように言う。

「あたしくらい清潔な女はいないよ。毎日十何回もシャワー浴びてんだから」

「はん、だいたいあたしその気ないし」

「いいじゃんたまには」

「やだね」

そう言いながらもカイエが逆らわずじっとしていてくれたので、リコはそのままカイエにもたれて目を閉じた。小さく川の音が聞こえていた。

桜前線

1

不意に呼びかけられた気がした。

相手が思わずたじろいだように見えたのは、振り向いたその勢いのためか、それともふだんしないような鋭い目つきを見せてしまったせいかもしれなかった。

そう、彼女がそんな風に自分を呼ぶはずはない。

今年就職したばかりのこの同僚——というか後輩——のことは正直苦手だった。新人だから仕方ないのかもしれないが、気負《きお》い過ぎだ。職場で年が同じなのは二人だけなので、何となく話す機会が多いが、休憩時間に入りたい時なのに、仕事のことで意見を求められて抜けられなくなることもしばしばだ。はっきり言って暑苦しいし、いらつくこともある。

勿論社会人だから、そんなことは顔に出さず、穏やかにおつきあいしている。それを真に受けてこちらを仕事を教えてくれる優しい先輩であり仲間と思い込んでいるらしいのも疲れる。

「ごめんなさい。独り言で。あの、これのこと——」

「フランス語?」

そう答えると、買ってきたばかりのまっさらなノートを抱えて困った表情をしていた彼女の顔が急に輝いて、知ってるんですね。わたし、綺麗な言葉だなって思ってて、と話し出した。無意識になのか人差し指がノートの上で躍るようにその綴《つづ》りを描いている。

またか、と思った。いつもなら適当に聞き流してから、よい先輩らしく優しい口調でそろそろ、仕事中だしね、とさりげなく話を切るところだ。

だから、その時「あたし、昔そう呼ばれてたの」とつい口にしてしまったのは自分でも思いがけないことだった。相手の元気につられたのか、それとも名を呼ばれたと思ったその時、カイエの心の中の何かが刺激されたのだろうか。

2

自分のあだ名がフランス語で「ノート」とか「メモ」とかそんな意味になるとカイエが知ったのは、小四のときだ。

その時、机の上に開かれた真っ白なノートが思い浮かんだのを覚えている。

もし自分が白いノートなら、最初のページに字を書き込んだのはリコに違いない、とカイエは思っていた。

就学の少し前に引っ越してきたカイエには近所に友達がいなかったが、同じ社宅内に年の近い子がいるのは知っていた。公園の脇を通る時、ちょっと大柄なその女の子が、周辺の子を、時には言葉もたどたどしい幼児まで引き連れて活発に遊んでいるのを横目に見ては、仲よくできそうもない子だ、と思いながら通り過ぎていた。

小さい頃から一人でも平気な性質の彼女だったが入学には多少不安はあった。始業式の翌日、気が進まないままのろのろ準備していたところにブザーが鳴り、開けてみると例の大柄な女の子が少し上気して頬を染めながら言った。

「あたしリコ。隣の階段の二階に住んでるの。一緒に学校行かない？」

田舎町の地元の会社に通う人々の家族が住む同じ社宅の、階段が隣同士。

それだけのきっかけが、カイエの少女時代を定めることになった。

積極的なリコは何かにつけ人づきあいの悪いカイエに声をかけてくれた。それで自然に友達の輪の中に入ることになっていった。成長につれ、思うより自分が人目を惹きやすいことに気づくようになったが、目立つことを好まないカイエの性格を察してかリコはいつも上手にカバーしてくれた。

リコにとっては何でもカイエと一緒が当然であるらしく、カイエはときどき、誰とでも親友になれそうなリコがどうしてあたしを気に入っているのだろう、と思ったがよくわからないままそれを受け入れていた。

それでも小学校高学年になり、私学受験のためリコの塾通いが増えるといったん二人の距離は離れた。

リコの母親は受験に力を入れているようで、リコの姉が有名なお嬢様学校に入ったことが大層自慢らしかった。

「カイエちゃんは私立受けないの？」

と問われ、あたしはみどりが丘中に行きます、と地元の公立中の名を挙げるとリコの母は、そうなの、と深いため息をつき、カイエちゃんのママはおおらかだもんね、と言った。

予定通り中学に通い出したカイエだが、気づいてみるといつのまにか周りから浮いていた。愛想がなさ過ぎたからか、お高くとまってると言われているようだった。体育で二人一組になってくれる相手がいなかったり、遠足の班活動の時なかなかグループに入れなかったりという程度のことだったが、少しわずらわしくなっていた。

中二になって間もないある登校途中、カイエは忘れ物をしたことに気づいた。引き返そうとしたが、よりによって家の鍵まで置き忘れていた。母が帰ってくるのは夕方だ。国語の教師は厳しい。露骨にカイエを避けている隣の女の子に頭を下げて教科書を一緒に見せてと頼むのが億劫《おっくう》だった。急に何もかもが面倒になって中学と反対方向に丘を下っていったカイエは、川沿いの桜並木で久しぶりにリコの姿を見た。

「サボり？」

しばらく会わなかったことなどなかったように声をかけてくるリコに「あんたこそ」と答える。二人は当たり前のように連れ立ってバス通りを渡り、商店街の方に向かった。

リコが地元では知る人ぞ知る不良少女になっていたことを知ったのはその後だった。家が落ち着かず、私立中学に馴染《なじ》めなかったリコは夜帰りが遅くなり、地元の非行少年少女たちとつきあい出した。もともと人望も度胸もあったリコは一年あまりの間に女子中学生のリーダー格になっており、結構な無茶をしているのに皆に慕われていた。

行動を共にするようになると、リコが一目置くカイエにも後輩たちは敬意をもって接してきた。一方噂が広がると、地域の普通の子はカイエを怖れるようになった。

多少服装が変わりきつめのメイクをするようにはなったが、カイエとしては学校内ではおおむね大人しくしているつもりだった。教師の話も聞き流すだけで、面と向かって逆らったり悪態をついたりはせず、あまり派手に休んだり遅刻したりしないようにしていた。

両親は学校からいろいろ言われていたはずだが、カイエに対しては、まあ、ほどほどにして、と言うくらいでうるさくはなかった。

カイエの母は七人きょうだいの末っ子で、実家はちょっとした資産家だったらしい。あれこれ干渉する親元を飛び出て、高校の同級生だったカイエの父とこの田舎町で暮らし始め娘を儲《もう》けた。自分が口出しされるのが嫌だったから、娘にはしないんだ、と母親は言っていた。いかにも娘の自主性を尊重し信頼している、という言いっぷりだったが、要は自分が好きなことだけをしていたい、ということなんだ、とカイエは思っていた。子ども時代思い通りにできなかった分を取り返したいのか、母親は気が向けば全国どこにでもふらっと行ってしまう人だった。口うるさかった祖母が亡くなり、幾らかの資産を相続し、年の離れた伯父たちは妹に甘く、彼女に口出しする人間は誰もいなかった。父親にはそんな母親が幾つになっても可愛くて仕方ないらしく、本当は娘など要らなかったのかもしれない。

家族とも親族とも関係が希薄だったカイエだが、伯母の一人が薙刀《なぎなた》の師範代だった関係で、幼い時からその道場には通っていた。道場から直接仲間のところに合流していたある日、他のグループと諍《いさか》いが起こり、相手はナイフを出し、リコを狙った。カイエはやむなく道場の外で人に向けたことなど一度もない薙刀の袋を外した。構えようとした薙刀が風を切る音に驚いた相手はナイフを取り落とし、誤って側溝に自ら勝手に蹴り込んでしまった。さらに半ばはったりで基本の型の動きを見せた時、よもや来ないだろうと思った相手が無謀にも突っ込んできたのも偶然だった。振るった刃先は頭上をかすめただけだったが、たまたま若いのに髪が薄いのを気にしていた相手がつけていたウイッグがはずみでふっとんだのだ。しかし実戦はともかく、繰り返し習い覚えた型の動きは華麗に見えるし、内心が表情に出ないのが、あたかも冷静に思いのままに得物を使いこなしたように見えたかもしれない。相手方はパニックになってクモの子を散らすように逃げ去った。

以来リコの相棒はリコに勝るとも劣らない危ない女、という噂が広まり、カイエは「血まみれ」だの「鉄の処女」だの有り難くもないあだ名を散々つけられることになったのだった。

3

リコは突拍子もない遊びを思いついては皆を巻き込んだ。仲間たちは、卒業式を迎えた学校があれば忍び込んで屋上から花吹雪《ふぶき》を撒き、夏祭りがあれば、盆踊りのステージに飛び入りして、大音響でラジカセを鳴らしてダンスを披露した。あまりの大胆さに、しばらくは予定のイベントだと思っていた大人たちがようやく気づきやめさせようとすると、少女たちはあっという間に撤収し、点火した花火を括《くく》りつけたバイクで逃走した。彼女たちを出入り禁止にしようとした商店街の店主たちが参加する川下りの納涼船に忍び込み、厚化粧とど派手な衣装でお酌をして、既に泥酔した町内会長や議員が不埒なタッチを試みるところを写真撮影し、川岸に飛び移って雲隠れした。残された男たちはわけがわからず、呑み過ぎて皆で幻覚を見たのかといぶかしがっていたが、それも「児童労働からの搾取《さくしゅ》を告発する会」と称する謎の団体から写真が送りつけられるまでのことだった。

リコは危険があればいつも先頭に立っていたが、クスリに手を出すこともなく、ケンカや無免許運転以外の違法行為は滅多になかったので、補導歴はなかった。私立中に行っていた関係で地元校からの情報がないこともあったかもしれない。それでも警察がリコの存在を把握し、何かあればパクろうと思っているのは間違いなかった。留守の交番の窓に人気マンガに登場する警官の似顔絵を貼りつけたりする悪戯《いたずら》に腹を立てていたかもしれない。

リコやカイエの親と違い、娘が派手な格好をして夜遅いことを黙っていない親たちは、グループの中心にいるリコを苦々しく思い、警察に「うちの子を悪の道に引きずり込んでいるのはあの子です。施設とかに入れられないんですか」と訴えているらしかった。

目をつけられる材料にはことかかなかった。

海に近い港中学とは抗争があった。田舎とはいえ駅周辺には多少の商店街や飲食店街があり、双方が近づけば一触即発だった。元々漁師町で、やがて町工場が増えていった港中周辺は荒っぽい雰囲気があり、卒業生の中には地元のヤクザとつながるものも多いとの噂だった。年に何回かは派手な乱闘騒ぎがあり、だいぶケンカ慣れしたとはいえ、しばしば危ない場面があった。ある時は鉄パイプで殴りかかってくる相手をリコが蹴倒して助けてくれた。またある時は誰かの通報で駆けつけた警察から、二人手をとりあって逃げた。同じ地元にいながら聞いたこともない抜け道をカイエはリコに手を引かれて次々と駆け抜けた。

リコも捕まることには用心していたが、後輩たちが危なくなると放っておけず、一度などは駆け戻って、どこに隠し持っていたのか警察官に向かって胡椒《こしょう》と塩を目つぶしにしこたま投げつけ、後輩を逃がした。その時ばかりはカイエはリコを引きずるようにして必死で逃げた。

「あんた、どういうつもりよ。ちょっとまずくない？」

何とか逃げ延びてから、カイエは説教がましく言ったが、リコは気にも留めない様子で、

「明日の朝メシの調味料なくなっちゃったよお。さっき買ったばっかりなのに」

そう言って塩のついた手のひらをぺろっと舐めた。

暴走族の集会にも顔を出し、バイクの後ろでリーダーの少年たちの腰にしがみついて夜の幹線道路を走ったりもしたが、一番楽しかったのはリコと二人乗りで人の少ない県境近くの海岸沿いを飛ばしている時だった。リコといると、無謀で命知らずな彼女と、弟たちの翌日の朝食を気にしている生活者の彼女、二人の女の子がいるような気がした。

リコは大胆ではあっても他人を危険に巻き込むことには慎重だったし、警察に捕まって、秘密の仕事先にまで迷惑がかからないよう気を配っていた。だからそれほど心配はいらないはずなのに、カイエはときどきリコがぐんぐんと単車のスピードを上げて、そのまま誰も追いつけない夜の向こう側に消えていってしまうような気がした。リコの腰に廻した自分の腕が彼女を引き止めるブレーキに思える反面、このままこの激しい友達と一緒にどこまでも行ってしまってもいい、と感じる時もあるのだった。

それでもカイエが中学を卒業して地元からあまり遠くない高校に通い始めると、少し二人の行動も変わってきた。中学に途中から行かなくなってしまったリコだが、年齢の意識はあるようだ。ある日、こう口にした。

「もう中卒扱いだし、あまりバカはやれない、ぼちぼち引退だね」

「あんたヤンキーよりお仕事のやめ時考えた方がいいんじゃない？　いつパクられるかわかんないんだから、そろそろ他の仕事探したら？」

この頃リコの母はパチンコ屋で知り合った男性と仲よくなったのがよかったのか、以前より家にいることが多くなり、リコの家事負担は減っているようだった。

「なかなかこれ以上稼げるっていうと、ソープとかになっちゃうし。あたし結構人気あって指名も多いから、そんなに無理しなくてもやれるんだ」

「十八未満ってバレてんじゃないの？」

「んなことないって。やっぱりどんな世界でも大事なのは心遣いだよね。気を配って、相手に合わせてお話しして、お客のニーズに応えてサービスする。これでリピーターを増やしていく、そういうもんよ」

いかにも社会人の先輩然としてリコが解説する。

「そういうもんですか」

「まあ、あたしもう長くなってるからお店も割と希望聞いてくれるってのもあるんだよね。そんなに悪くない店なんだよ。校長もいい人だし」

リコの店はファッションヘルス「桜《さくら》の舞《まい》女学院」という変な名前のせいか、店長は校長と呼ばれているらしい。桜の舞女学院は他店を渡り歩いてきたヘルス嬢の先輩たちの話でも確かに働きやすい職場なのだそうだ。

「それはそうとさ、カイエちょっと頼みがあるんだけど」

「あんたにそんな遠慮した言い方されると気持ち悪いんだけど」

「じゃ言うけどさ、明日、その、デートにつきあってくんない？」

4

カイエはこれまで何人かの男とつきあっていたがどれも長続きはしなかった。告白されるとあまり拒まないのだが、つきあい出すとすぐ面倒になってしまうのだった。それでこの時もフリーな状態でいた。

一方リコにはずっと特定の彼氏がいなかった。年の近い少年たちとは気の置けないつきあいをしているようだったが、深く踏み込んでこようとする者は巧《たく》みにかわしていたので、彼らの誰もリコの仕事については知らなかった。リコは仕事を離れてまで男と密着したくないのだろうとカイエは思っていた。だからリコの口からデートという言葉が出た時は耳を疑った。

当日待ち合わせ場所に行くと、リコと男二人は既に来ていて談笑していた。二人とも少し年上のようで、一人は話がうまく明るい青年、もう一人はやや物静かで優しげな感じだった。同じ大学の二年生で、賑《にぎ》やかな方が藤木《ふじき》、静かな方は秋津《あきつ》と名乗った。四人はとりあえず居酒屋に入った。リコは藤木と話が弾んでいたが、カイエに任せきりにすると話題がなくなるのを心配したのか適度に秋津にも話を振って途切れないようにしていた。秋津も当初思ったほど無口ではなく、カイエも思ったよりは楽しく時間を過ごすことができていた。

「どこでリコと知り合ったの」なにげなくカイエが訊くと、二人は一瞬顔を見合わせた。気まずい雰囲気が漂いかけた時リコが言った。

「店の客だよ」

「え、そんなの――」

カイエが思わず口にした言葉は宙に浮いた。

「あたしがいけなかったんだよ」

リコが頭に手をやった。町で彼を、と秋津を指さし、

「見かけてうっかり声かけちゃって。ふだんは絶対そんなことしないんだけどさ、ちょっと寝不足で頭ぼんやりしててさ、なんか昔の先輩だったような錯覚しちゃって」

「ぼくのせいなんですよ。知らんぷりしてれば彼にまでわからなかったのに」

「おいおいそんなに知られちゃまずかったかよ。どうせ同じような立場だったんだから」

藤木が口をはさむ。

思わず声をかけあってしまった二人に藤木がどこで知り合ったのと突っ込み、秋津はうまくはぐらかせなかったようだ。そのうち藤木本人が女学院に秋津を連れていくようになった張本人だとわかった。ついでだからお茶でも、と話しているうちに意外と話が弾み、改めて店の外で会おうということになったらしい。

そうなんですか、とカイエはやわらかく応答しつつ内心警戒心を強めた。カラオケボックスに行こう、という誘いを受け流しトイレに立ったカイエはさっさと帰るつもりだったが後を追いかけてきたリコが、お願い、と手を合わせる真似をしたので、仕方なくおつきあいすることにした。

そろそろホテルへ、とか言われたら速攻帰ろうと思っていたカイエだったが、青年たちは至って真剣に曲を選びミスチルやスピッツのナンバーを大真面目に歌い、予定時間が終わると、延長することもなく、本当に帰るつもりのようだった。送ろうか、と藤木の方が声をかけてきたが、リコが、

「大丈夫、電車あるし、あたしたちうち近いから」

と言うとあっさり引き下がり、また会おうね、と手を振った。

終電で家のそばまで帰ってきた二人はどちらからともなく、終夜営業のファミレスに向かった。

「リコ、どういうつもり？　だいたいあんたお客と店の外で会っていいの？」

珈琲を一口啜《すす》って口火を切ったカイエにリコはバツが悪そうに謝りながら説明した。

秋津が客として初めてやってきたのは三ヶ月前の週末だった。酔った友達（藤木だ）にどうしてもつきあえ、と引っ張ってこられ断れずについてきたらしく、何もしなくていいのでここで待たせてほしい、と言う。リコは先輩のお姉さんたちから、時にはそういう客がいる、と聞いたことがあった。上司やら仲間に誘われて断りきれずに来たものの、その気持ちになれずに何もせず帰っていく客がいる、と。

何もしてやる必要はない。金は受付でもらってんだから、後はどうしようが自由。一回休みでもらうものもらえるんだから得なの。そう先輩には言われていたが、何か悪い気がしたリコはルールを説明して、もしよかったらこの範囲のことなら何でもやりますよ、と言ってみた。

固辞していた秋津は途中はっとしたように、

「決して君が気に入らないとかいうことじゃないんです、どうもすみません」

謝られてリコはおかしくなり、笑ってしまったら相手の方も緊張がとれたようだった。

根掘り葉掘りリコのことを訊きたがる客もいるが、彼からはあれこれ訊かれることがなくて楽だった。他愛のないおしゃべりで時間を過ごした。

青年と会うのはそれきりだと思っていた。が、次の土曜日指名のお客だよ、とボーイに声をかけられ、誰かしら、と考えていたリコの所に現れたのは彼だった。またも藤木に連れてこられた彼は一から説明し直すのが大変でリコを指名してしまったのだ。

その日も彼はサービスを求めず、おしゃべりして過ごした。

おかしな男、とは思っていたが楽だったし、お客という意識がなかった。だから町で顔を合わせた時、つい声をかけてしまったのだとリコは言った。

「あたしもちょっと後悔してさ、しょせんこっちは風俗嬢って思われてるんだし、男二人じゃ何されるかわかんないし、と思って。カイエならそんな軽く見られないっしょ」

「それであたしを巻き込んだの？」

「そう、でもさ、二人とも案外いい奴じゃない？」

カイエも二人は育ちのいい学生らしく、内心はどうあれリコを見下したような態度はいっさいないことは認めざるを得なかった。

それでさ、とリコがまたカイエの顔色を窺《うかが》うように覗き込んだ。

「あんたまた何か企んでるんでしょう。今度は何」

「お弁当作ろうかと」

「あたし『五分でできる朝ご飯』みたいのは得意なんだけど、雑だしおかずレンジでチンした冷食ばっかりだし、見ばえもしなくてさ。カイエ、卵焼きとか花形にんじんとか綺麗に作るよね」

「たまにだからだよ。リコずいぶん力入ってるじゃないよ。結構マジになってる？」

「まさか。でも風俗やってるからごはんもろくに作れない女って思われるのは嫌なんだよね。ヘルス嬢の名誉にかかわるし」

「誰ももぐりのあんたに全国の風俗嬢を代表しろとか言わないと思うけどね」

並んで台所に立つことなど初めての二人だったが、リコがカイエの家に泊まって早起きしてみると意外と楽しく盛り上がって、出かける前にもう一仕事終えた気分になった。

5

私鉄の支線から本線につながるターミナル駅で青年たちと待ち合わせ、県民以外には知名度の低い、山の方のちょっとした観光地を歩いた。リコが「このお寺は厄除《やくよ》けのご利益《りやく》があるって」「あの神社で家内安全のお守りを買う」と寄り道するので思ったより時間がかかったが、ようやく辿《たど》り着いたフラワーセンターのある県立公園でお弁当を広げた。

綺麗に作ったお弁当を見て青年たちは驚嘆の声を上げ、競うようにして米粒一つ残さずたいらげた。

芝生の上でくつろぎながら、リコが、あなたたち大学で一緒のクラスなの？　それともサークルが一緒とか？　と訊くと、藤木が答えた。

「いいや。俺たちは小学校からの友達なんだよ」

ええっ！　あたしたちと一緒じゃん。リコが嬉しそうに言った。

「小中一緒でさ、高校も同じとこ行くかなんて言ってたんだけど、俺が落ちちゃって。でもどういうわけか大学はまた一緒になったんだ。って言っても学部はこいつの方がずっとレベル高いんだけどね」

「たいしたことはないよ」

秋津が控え目に答える。

「んなことないって。ほんとならもっと上の大学に入れるはずだったんだけどな。連日の入試で調子を崩して肝心の本命の時熱出したんだ」

「体調管理も実力のうちさ」

四人は花の名所を歩いた。広い公園の一部に、大幅に時期遅れの桜が咲く一角をみつけた藤木が、びっくりしたな、と独り言のように言うと、リコが答えた。

「『桜前線異状あり』ってとこ？」

青年たちは驚いたように顔を見合わせた。

「あれ、あたし何かおかしいこと言った？」

「いや、リコちゃんなかなか文学少女だなあと思って。ただ――」

「桜前線って、全国の開花予想日を結んだ線のことだから、実際に咲いた日とは関係ないんだよ」

口ごもった藤木に代わって秋津が優しい口調で言った。

「ええっ、知らなかったあたし」

リコは目を見張った。

「あたし春になると、日本中のあっちこっちで桜が闘ってるって思ってさ」

「闘ってる？」

面白そうに藤木が訊く。

「そう。桜って一週間ぐらいしか咲かないじゃん？　ぱっと咲いて、燃え尽きる。戦場みたいでしょ。桜前線ってそういう意味かなって」

それじゃ毎年どこでも負けっぱなしじゃないよ、カイエが呟くと、かばうように秋津が、リコちゃんらしいね、と言い、リコは、女は始終闘ってるからね、と笑った。

記念写真を撮り、麓《ふもと》の居酒屋で呑んでいるとリコの携帯が鳴った。地元の後輩からだった。リコはぶっきらぼうに答えていたが、相手のせっぱつまった気配は伝わってきた。ユキは？　いないの？　じゃあしょうがない、行くよ、と言ってリコが電話を切った時、カイエは既に立ち上がっていた。

ごめん、あたしたち行かなきゃなんないとこができた、また今度必ずつきあうから、とリコが言うと、学生たちは不思議そうな顔をしたが、無理を言うことはなかった。

呼ばれた海岸沿いの道路で二人を待ち受けていたのは、いきなり大人数のケンカだったが、リコとカイエの姿を見た後輩たちが歓声を上げて二人を口々に呼ぶ一方、相手方は、悪魔の名前でも聞いたように青ざめ後ずさりした。結局さして暴力沙汰に及ぶまでもなく、敵が逃げ去ることになった。

その頃山側と港側の中学生同士の争いは再び激しくなっていた。港中学の三年生やOBが、これまではつきあいを避けていたよそものの北の方の暴走族とつながっているらしいという噂もあり、みどりが丘のヤンキーたちはぴりぴりしていた。

リコさんがいれば安心です、と言う後輩に、リコはやや素っ気《そっけ》なく答えた。

「あんまり深入りするなよ。だんだんこっちの手に負えない奴を引っ張り出すことになりかねないから」

釘を刺された娘は不服そうに視線を落としたが、はい、と小さな声で返事した。

学生たちに申し訳なくて早々に入れた次の約束で、待ち合わせの駅に一番乗りしたカイエが一人佇んでいると、中年の男に声をかけられた。見るとそれは小学校の時の担任だった。

当たり障《さわ》りのない挨拶の後、元担任はさりげない様子で、

「お前、今もリコとつきあいがあるか？」

そう訊いてきた。

「まあ、そこそこには——リコがどうかしました？」

カイエは用心して答えた。

元担任は今はリコの弟を受け持っていた。中学とも連絡をとっているらしい。カイエがリコの家の状況を知っていることがわかると口がほぐれ、母親やリコが心配だ、と言った。

今のままじゃまずい、生活を変える必要があるんじゃないか、と言った教師の口調が気にかかり、カイエは、それって施設とかってことですか、と訊いた。

場合によってはそういうこともありうるね、という言葉にカイエは反応した。

大丈夫ですよリコは。そう言い切るカイエの口調が鋭く、冷たくなったのを元担任も察したようだった。

そんな道もあるってことだけだから。言い訳しながら元担任が去っていくと、

「先生?」

いつのまにか秋津がそばに立っていた。

「うん。あたしたちの小学校の時の担任」

「リコちゃんのこと心配してるみたいだね」

「口だけよ。施設とかに入れてもらっちゃえば面倒がなくていいと思ってるんだ」

吐き捨てるような口調に驚いたようにカイエを見た秋津は言った。

「カイエちゃんは本当にリコちゃんのことを大事に思ってるんだね」

「つきあい長いから」

そう言ってから素っ気なさ過ぎたかと思って、

「リコは強いけど危なっかしいところがあって心配なんだ」

そうつけ加えた。秋津はうなずいて、気持ちわかるよ、と言った。

いつものカイエなら、そんなに簡単にわかられたくない、と思うところだったが、秋津の口調は自然に感じた。返事をする前にリコと藤木が連れ立って元気よくやってきたのでその話はそれで終わりになった。

6

いつのまにか、いかにもなグループ交際をすることになっていたが、カイエ自身驚いたことにそれは案外嫌な経験ではなかった。彼らはリコとカイエがまだ十六ということも一応気にかけているように思えたし、桜の舞女学院の方を訪れることはなくなったらしかった。地元での素行がよくないことも薄々察していたようだが、あまりそこには触れてこなかった。

彼らも大学生としての生活やつきあいがあり、それほど始終会えるわけでもなかったのがちょうどよかったのかもしれない。二人は大学でサッカーの同好会に入っており、休日は練習や試合に出ていることも多かった。藤木が小学生の頃からのサッカー少年というのはうなずけたが、あまりアウトドア派に見えない秋津が一緒なのはやや意外だった。

「こいつが高校でサッカー部だったなんて後で知って驚いてさ」

藤木は、こっちは万年補欠だけどね、と苦笑いする秋津を指して言った。

「大学じゃもうしゃかりきにやるわけでもないし、いいだろ、って無理矢理誘ったんだ」

誘われて一度だけ二人で練習を見に行った。他の大学の学生も交じっていたが、年少の上メイクがきつい二人は目立ち、藤木から紹介されると、それまで遠くからちらちらと視線を送っていた女子学生たちから質問攻めにあった。最初はおっかなびっくりだった彼女たちはだんだん無遠慮にカイエたちのことを聞き出そうとしては「可愛いよねー」「居酒屋で知り合ったって高校生なのにお酒呑んでいいのー。煙草も吸うんだって？　メイクしててもちゃんと見ればわかるよねえ」「あ、うちあっちの方なんだ」「高校、商業なのー」といちいちちょっと小馬鹿にした口調で反応した。

「ねえ、そっちの子は高校どこ？」

と訊かれたリコはにんまり笑って答えた。

「どぶ川高校」

そんな学校あったっけ、と囁《ささや》き交わした女子学生たちが、何勉強してるの？　と訊いてくるのにリコが、ケンカとかニケツとか、と返事をすると冷たい空気が流れた。

雰囲気を察して、離れた所にいた秋津が飛んできて何気なく二人を女子学生たちから引き離した。

「ごめん」と秋津は言った。

「藤木に関心持ってる女の子が多いもんだから、君たちのことが気になってしょうがないんだと思う」

後で秋津に促されたらしい藤木からも、俺は彼女たちにそういう特別な関心はないんだけど、誘ったばっかりに迷惑かけちゃったみたいだね、と謝られ、それ以後はまた四人だけで会うことになった。

デートが何回か続くうち、気がつくと、リコが秋津と親密そうに言葉をかわしている場面が見られるようになった。あまり分け入りたくはない。そうなればカイエは自然藤木と話す機会が多くなった。リコから届くメールにも秋津の話題が多い。メールを打つのがあまり得意でなく、じれったくなっちゃう、とよく言うリコが一所懸命彼のことを綴っているんだな、とカイエは思った。

カイエは二人きりの時、リコにストレートに訊いた。リコはてらいなく答えた。

「秋津さんが好きなんだ、あたし」

半ば予想した答えだったが、仕事を離れての男女関係には慎重だったリコが積極的でいることに、カイエは少し驚いていた。

「どうして彼を？」

「うーん。やりたい、って感じがないからかな。いつも値段に合わせて女を切り売りしなくちゃ、って思ってて、慣れてるんだけどちょっと疲れる。彼と話す時はそういうこと忘れてる」

「彼はなんて？」

「わかんない。あたしのこと女と見てないってことかもしれない。でもそれでもいいかなって。

焦《あせ》らないでがんばってみようかなって。あんたはどうよ？」

「どうって？」

「藤木さんはカイエが気に入ってるんだよ。あんたとばっかりしゃべってる」

「それはあんたたちが二人の世界を作ってるからでしょ」

カイエと藤木さんもくっつけばいいのに」

カイエはそれがとても嫌というわけではなかった。ただ居心地が悪くない今の状態を、積極的に変えたくもなかった。

地元での夜遊びも続けているとはいえ回数は減っていた。ユキにだけは事情を話してあった。ユキは喜んでいた。

「カイエさんが一緒なら安心です」

「あたしはお付きの者かって。でもなんであたしを誘うかなあ。だいたいあいつ昔からそうなんだよ。何だって自分でやれるだろうに、ケンカだ、もめ事だっていうたびに、あたしにどう思うって訊いてくるしさ」

「カイエさんはいつも冷静だからじゃないですか」

みどりが丘中の三年で、中学生グループのリーダー格であるユキはそう言った。

年下でもユキはしっかりしていて頼りになる。リコの家庭の事情や、彼女が年を偽って風俗店で働いていることを知っている数少ない仲間の一人であり、心底リコを慕っていた。

「あたしたちは、リコさんも含めてつい熱くなって勢いで行動しちゃうことが多いですけど、カイエさんはクールに距離を置いて見てる感じがします。リコさんはカイエさんのそういうとこをわかってて本当に信頼してるって感じます」

「買いかぶりだと思うけどな」

気にしないつもりでもリコに言われるとカイエとしても妙に意識してしまう。気の置けない呑み会でもちょっと意識がよそへ行っていると知らぬ間に視線を感じたりする。そんな時は何気なく藤木の様子を見た。しかしふと目が合うとか、彼があわてて目をそらすとか、そんなことはなかった。彼の方はあまり気にしてないようにも見えるし、リコの考え過ぎなのかもしれない。それならそれでいい。

しかしだとすると、視線を感じるのは自分の気のせいなのだろうか、とカイエは首を捻《ひね》った。リコ？　カイエはさりげなく目を動かした。リコの目は秋津に向けられていた。その時カイエに向けた視線を何気なくそらし、穏やかにリコに返事をしたのは秋津だった。

その次の週、藤木から、リコちゃんから聞いてると思うけど、と携帯電話で連絡をもらった時、カイエはあっさりと了解した。

町の者にはおなじみの、海にちなんだ名前のカフェに来て、藤木しかいないのがわかった時もそのうち二人も来るだろうぐらいにしか思っていなかった。

他の二人は来ない、だましてごめん。そんな言葉を何となく聞き流してしまい、藤木が口にしていたのが、カイエへの告白だということに気づくのに少し時間がかかった。うまく返事をできずに小さな声になるのをどう思ったのか、彼は伝票を摑んで立ち上がった。店の外は秋風が強く肌寒くて人の姿は少なかった。県道を並んで歩き出そうとする彼の距離が近過ぎる感じがして心持ち離れると、彼が距離を詰め、肩を抱こうとするのでカイエは反射的に離れた。気まずい空気が流れた。藤木の顔をそっと見ると、なんだか傷ついた表情をしていた。

「俺のこと嫌い？」

「嫌いってことないけど――」

「もしかして、俺が風俗に行ってたから軽蔑してる？　そう思われても仕方ないのかもしれないけど、もう行ってない。行かないって誓うよ」

「別にそのことは気にしてない。そんなんじゃないけど、ちょっとびっくりしたっていうか、思ってなかったっていうか」

自分でも要領を得ないことを言ってるな、とカイエは思った。

「思ってないって、それなりに時間かけてきたじゃないか。もう何回も会ってるのに――こっちこそ君たちがそんな風だとは思わなかった」

どこかうしろめたいような気持ちがあったのに、藤木の口調のどこかがカイエにはカチンと来た。

「そんな風ってどういうこと。不良だから、ちょっと誘えばついてくるって？」

風俗嬢とその友達だから、とは言いたくなかった。

カイエは踵《きびす》を返し、振り払うように早足で歩いた。藤木は追いかけてこなかった。

その夜カイエは後悔した。邪険に接し過ぎたかもしれない。愛想つかされているかもしれないが、もう一度話はしてみよう。そう思ってカイエはショートメールで藤木に連絡し、再度会うことにした。彼が内心戸惑っていたとしても短い文面からは読み取れなかった。

翌日、カイエが家を出ようとした時、携帯電話が鳴った。

カイエに助けを求めるその電話は中学の後輩からだった。

「例の北の暴走族がかなりの数で来てて、どうも囲まれてるみたいなんです。ユキさんにはお二人に迷惑かけるなって止められたんですけど、かなりヤバそうで。リコさんには連絡つかないし――」

リコは今日仕事だ。もし連絡が通じたとしてもだめだ。あんな仕事でも、金をもらって客が待っているなら、リコは決していい加減にはしない。行くなら自分しかない、とカイエは思った。

でも、よりによってこんな時に。勘弁してほしいのが正直な気持ちだった。

「すぐには行けない。用事が片づいたら向かう」

何かまだ訴えようとしている後輩の声を遮《さえぎ》るようにそう言って、カイエは電話を切った。

約束した場所は何度か使ったことのある市民公園の一角だった。バスが遅れて時間ぎりぎりに公園に駆け込んだカイエは待ち合わせた奥の四阿《あずまや》の脇に辿り着いた。人影はなかった。ほっとするとともに少し戸惑った。やはり腹を立てているのだろうか。ああ返事したが来る気がなくなったのか。

カイエは人の気配を感じて振り向いた。そこにいたのは秋津だった。

「――どうしてここに?」

秋津はそれには答えず、静かに言った。

「藤木を待ってるの?」

「――そうだよ。どうして知ってるの」

秋津はまたしてもカイエの問いを受け流し、問い返してきた。

「彼のことが好きなの?」

秋津の口調はいつも通り落ち着いていたが、その目にはごまかしがきかない真剣さがあった。とはいえ整理しきれていない本心をそのまま口に出すことはためらわれた。彼の真摯《しんし》さは藤木とはレベルが違う、とカイエは初めて気がついた。自分ではそのまま受け止められない。でもきっとリコなら受けられるだろう。同じように真剣に、彼を見てきたリコなら。

「うん、まあね」

何かが秋津の気にさわったようだった。

「『まあね』ってどういうこと? 真面目に考えてはないってこと?」

「そういうわけじゃないけど」

カイエは困って言葉を探した。

「ぼくはずっと君を見てた」

思いがけない言葉に顔を上げると、秋津の強い視線に射抜《いぬ》かれる気がした。

「あなたがあたしのことを気にしてるなんて。全然気づかなかった」

口にしながら、嘘だ、と思う。

「嘘だ」

秋津は言った。

「君はこのまま続けちゃいけないとわかってたはずだ」

「どうしてあなたはあたしを——」

そう言いかけて、秋津が自分との距離を詰めているのに気づいた。藤木よりもずっと上手に。気づかれないように。

「ぼくはずっと君を」

お腹が急に熱くなった。気のせいかと思い見下ろして、服が紅く染まっているのに気づいた。

「殺そうと思ってた」

秋津の手には血のついたナイフがあった。

7

あたし刺されたの？　カイエには現実とは思えなかった。それほどの痛みは感じず、秋津の方もそれ以上仕掛けてくることはなかった。ナイフを握った彼の手は大きく震え、自分で自分の行為に当惑しているようにも見えた。

カイエは、のろのろと携帯電話を取り出した。藤木のナンバーを呼び出す。応答はない。

藤木なら四阿にいるよ、と秋津が言った。彼がカイエに中が見えるように扉を大きく開いた。

藤木がうつぶせに倒れていた。お腹の辺りに赤い液体が見えた。

「あたしのせいで」

カイエはあえいだ。

「ここに来なければ」

「本当に君のせいだ。君さえいなければ」

秋津はそう言った。その目は焦点が合っていなかった。

「ごめんなさい。あなたはリコに関心があると思ってたの。あたしだなんて」

秋津は本当に驚いたようだった。

「リコちゃんに？　君たちに関心なんかない」

秋津は地面に膝をついて藤木を抱き起こした。藤木の口からうめき声が出る。その口に秋津はくちづけた。

なんて勘違い。初めから、リコも、あたしも。カイエは目の前が真っ暗になった。

藤木のポケットから何かが落ちていた。何気なく拾った秋津は顔色を変えた。それは「ファッションヘルス桜の舞女学院」の名が入ったリコのカードだった。「次回来校の際は五千円割引になります」とリコの自筆の走り書きがある。「やっぱりリコのところへ行ってたんだ」憎悪の色が浮かんだ。彼の怒りを抑え込みたくて、カイエは口走った。

「リコは——リコはあなたのことが好きだったんだよ」

「あんな淫乱な女が？　ぼくを？　バカな——」

秋津の口からあふれたのは耳を疑うような汚い言葉の群れだった。それでカイエの感情が戻ってきた。

「リコは淫乱なんかじゃない。あの子はただ一所懸命仕事をしてるだけなんだ。誰にだって優しいんだ。金であの子の身体を買う奴にだって。あんたにそんな風に言われる筋合いじゃない」

そう言ってバッグを秋津の腕に叩きつけた。意表をつかれた秋津の手から落ちたナイフを足で踏みつけたかったが、力が入らず、そのままナイフの上に倒れ込んだ。秋津は焦ってカイエの身体を動かそうとし、必死で抵抗するカイエの脇腹を情け容赦なく蹴った。痛みで気絶しそ

うになった時、

「ちょっとあんた何してるの」

野太い女性の声がして、顔を上げると体格のいい中年女性と小学校三、四年くらいの男の子が驚いた顔でこっちを見ていた。秋津はあっという間にその場を駆け去っていった。

「しっかりしなさい。大したケガじゃない。大丈夫よ」

駆け寄ってきてカイエを抱き起こしそう言った女は男の子に、秋津が行ったのと反対方向を指さし、公園の入口の交番で救急車を呼んでもらいなさい、と指示した。男の子はあっという間に身を翻《ひるがえ》し凄い勢いで走っていった。

カイエははっとした。秋津はリコの店に向かっているかもしれない。リコが危ない。でも大きな声が出なかった。

カイエは必死で携帯電話を取り出すと、のろのろとメッセージを打った。

「あなたそんなことしてる場合じゃないよ」

そう言われたがやめられなかった。送信するとほっとして身体の力が抜ける。男の子が駆け戻ってきて心配そうにこちらを覗き込み、大丈夫だよ救急車呼んだから、と言った。

ありがとう、と言う自分の声は思ったより弱くかすれていた。

もういいよ、と言っても心配そうにずっとこちらをみつめている男の子の綺麗な瞳を見ていると何となく安心した。

間もなく救急車のサイレンが近づいて止まると、担架を持った隊員が駆けつけてきた。

8

女が言った通り、カイエの傷は大したことはなかった。刃物はごく表面を薙いだだけで、出血が白いブラウスに広がって真っ赤に染め、いかにも凄惨な様子だったものの内臓には全く損傷なく、数針縫うだけで入院にもならなかった。母はさすがに動揺したらしく職場からすっとんできて、ちょっと涙ぐんでいた。

重傷度は藤木の方も同様だったが、彼は秋津に刺されたことに動揺して咄嗟《とっさ》に死んだふりをしていたらしい。警察官は秋津があっという間に逮捕されたことだけは教えてくれた。

カイエは後輩たちのことを思い出した。もう遅すぎるし、どのみち行く力も今はないとわかっていた。連絡は入れなかった。何も言えない。言い訳にしかならない、とカイエは自嘲した。

帰る支度をして診察室を出て、母が会計に行っている間に、リコが飛び込んできた。

ゆっくりながら立ち歩いているカイエを見て唖然としたリコは、瞬間泣き笑いのような何とも言えない表情を浮かべ、それから、生きてるじゃん、と言った。

「大したことないし」

カイエは声を出すのも辛くてとりあえずそう言って曖昧に笑って見せた。

カイエの態度の何かがリコを苛立たせたようだった。

「そりゃあんたには大したことないかもね」

「どういう、こと？」

「藤木を振ったんでしょ」

「振った、ていうか――」

リコはカイエに説明させなかった。

「あんたに振られたその足で彼、うちの店に来たのよ。あたしを指名して。そんなこと初めてだった。怖くて、あたし犯されるかと思った――あんた秋津が好きならそう言えばよかった。あんたがもしそうならあたし構わなかったのに」

「そうじゃない」

「じゃあなんなの。どっちにも気がないなら、なんではっきり言ってやらなかったの。藤木に好意持ってるような態度見せて。それで秋津は変な気になったのよ。彼はあなたのこと注目してた。あたしにはわかってた。それで結局藤木も振るなんて」

カイエはようやくリコの言っている意味がわかってきた。

リコはカイエが藤木と秋津の両方に愛され、藤木が選ばれたと思って絶望した秋津が二人を刺したと思っている。それなのにカイエは藤木も拒絶していた。かりそめの友達ごっこは終わり、リコはカイエが二股かけたと思っているのだ。それも、どちらにも関心がないのに中途半端に手を出して、投げ出した。その結果がこうなのだと。

（そうじゃないよリコ。あたしが勝手に思い上がって二人に愛されてると思ってただけ。秋津

は一度だってあたしたちについてまともに考えたことなんかない）
（秋津が初めにあんたに注目したのは、藤木の好意があんたに向いてるんじゃないかって思ったから。本気でそう思われたらもっと早くあんたが刺されてたかも）
カイエの心に言葉は次々浮かぶのに、どうしてか声にならなかった。
カイエの母がこちらへ戻ってきた。あらリコちゃん久しぶり。緊張感のない母の言葉を聞くや否や、リコは身を翻して待合室を出ていった。

家の電話から何度かけてもリコは出なかった。カイエは、バッグに手を突っ込み放りっぱなしにしていた携帯電話を掴むが速いかリコのナンバーに、

「ごめんね」

とだけまずメールを送信した。

続きをどうしようか考えながらぼんやりと端末を見て、既にメールの返信が来ていることに気づき、あわてて開く。リコからだった。

「意味わかんない。今からじゃもう遅い」

素っ気ない文にカイエはいつになく動揺している自分に気づいた。

あわてて句読点もめちゃくちゃなまま一息に文章を打ち大急ぎで送信した。

「秋津はあたしになんか関心なかったんだよほんとうは。今まではっきり言えなかったの許し

てください。藤木を秋津は好きだったの。あなたを傷つけたくなかったから。ほんとごめん」

返事は間髪を容れずに返ってきた。

「無理。縁切ったから」

冷水を浴びせられたようにカイエは立ち尽くした。あれこれ説明しようとしていた気持ちが一気に引いた。

「好きにしたらいい」

指が自動的に打っていた。

今度も返事は早かった。

「こっちの台詞だ」


家に警察官が訪ねてきて、四人で出かけたというもう一人の女友達は誰か？　と訊ねられた。藤木もカイエも警察に対してリコのことを黙っていた。藤木は自分が捕まることを、カイエはリコが補導されることを怖れていて、利害が一致したのだった。

あの日秋津はリコの店に行ったがリコは不在で、目的を失い店の近くをうろうろしているところを不審者として職務質問され、別のナイフを持ち歩いていたことがわかり任意同行となって、人を刺したことを白状したらしい。彼もまた、どうやらカエデという源氏名は口にしたが、本名は言わなかったようだ。相手が未成年と知って風俗に通っていたことを伏せたかったのか。いや、彼は自分のことなどどうでもいいのだろう。ここに至って、藤木のことをかばっている、という方がありそうかもしれない。自分が刺した相手を。

カイエは、そのときどきで違ったから特定の子はいない、と答えた。誰だったかよく覚えてない、二人の男にあたしだけに注目させたかったし、とできるだけ頭が悪そうな笑顔を作って言ってみた。それから、どうしてそんなこと訊くの？ と訊ねると、警察官は、その子は風俗で年齢をごまかして働いている可能性がある、と答えた。

もしみつかったら？

安全な所に保護する必要があるかもしれない、と相手は言った。

「あたしは何も知らないし」カイエは言った。

「そんな友達いないし」

そう、嘘じゃない。リコはもうあたしを友達と思っていないのだから。

警察官は信じたようには見えなかったが、厳しく追及はしてこなかった。

リコはあたしを許さないかもしれない。でもあたしはリコを売ったりしない。そうカイエは心の中で呟いた。

9

その古びた細長いマンションにはエレベーターはなく、蛍光灯が半分くらい切れかかった暗く狭い階段が続いていた。カイエは三階まで上り、インターフォンを鳴らした。

銀縁眼鏡をかけた表情のない女が出てきた。化粧っ気もなく年が行って見えるだけで実際は二十代後半くらいかもしれない。リコがここにいると聞いたので会わせてほしい、と言っても即答せず、カイエの名前を訊いてから、お待ちください、といったん中へ入った。それまで聞こえていた何人かの話し声が途絶え、くぐもった囁きに変わって、ようやくさっきの女が出てくると、

「その方はもうここにはいません」

「今どこにいますか」

「わたしにはわかりません」

いろいろ訊いたが埒があかなかった。結局、もしもまた来たら自分に連絡するよう伝えて、と繰り返し、女が微かにうなずいたのを見て踵を返した。

カイエはこうなるのがわかっていた気がした。一週間前、会いに来たユキの話を聞いた時から。

県道沿いのいつものカフェで久しぶりに会ったユキは化粧も服装も控え目になり、よく日焼けしてなんだか健全な体育会系に見えたが、耳の下から首筋にかけてついた切り傷と胸元から少し覗いている青痣からは先日の抗争の激しさが窺えた。何が起きたのかはお互いわかっていたが、ユキは語らず、カイエも謝ったりはしなかった。

つてで工事現場の警備のバイトに潜り込ませてもらってるんで、迷惑かけられないですし、とユキは言った。いろいろ事情もあるのだろう、とカイエは思った。しっかり者のユキは彼女なりに先を考えているようだ。中学卒業を前にして遊びからは一歩引き、仲間の相談役みたいな存在になってきているようだった。

あたし、もうずうっとリコに会ってないよ、とユキの問いにカイエは答えた。

カイエはその後も何度かリコに連絡をとろうとしたが、携帯電話を替えたのか、全く音信はなくなっていた。メールでの最後のやりとりは見返すのが嫌ですぐに消した。

藤木とは一度だけ電話で短い話をしたが、とても事務的で取りつく島もなく、こちらと縁を切りたい様子があからさまだった。おかげで彼を通し秋津の件がどの程度リコに伝わったのか訊くこともできなかった。

「やっぱりそうですか」

ユキはため息をついた。

「あたしリコさんの店にも行ったんです」

「ああ、あの何とか女学院?」

「桜の舞女学院です」

ユキは生真面目に訂正すると、

「リコさんもう仕事やめて二ヶ月になる、って言ってました。連絡も全くないそうです」

「そう……。でもいいことじゃない。リコにとっては」

「ええ、それだけなら」

意味ありげなユキの言葉にカイエは、どういうことだよ、と訊いた。

「このところリコさんが出入りしてるとこ、マンションの一室で、若者の自立のための塾とかって看板出してるとこなんですけど、後輩が二人ばかり、リコさんがそこに入ってくの見たって言うんです。そこ、カルトとかっていうんですかね、変な宗教みたいなんです。来年七月に人類は滅亡するとか言って」

「何それ」

そう言いつつもカイエは、「一九九九年に人類は滅亡する」などと予言した本が昔流行《はや》ったのを思い出した。それにしてもリコが宗教？

「なんか訳のわからない教えがあって、救われるためには共同生活をして、自分の金は全部塾に差し出すって。前新聞に載ってました。洗脳されて家に帰らなくなっちゃう人が一杯いるんだとか、家の金持ち出してトラブルになったり、頭の具合がおかしくなっちゃう人が出て、放り出されてるとか」

「まさか、リコが？」

「確かめたかったんですけど、リコさん電話もつながんないし、カイエさんなら何か知ってるかなって」

「あたしも連絡全然とれてないんだ」

「そうですか」ユキは落胆した表情だった。

階段を降りてしばらく窓を見上げていると、カーテンが微かに動いたようだった。リコがそこから見ているような気がして、カイエはしばらくそこに立っていたが、その後は何の動きもなかった。リコが本当にあの部屋にいないのか、居留守なのかわからない。ただ今のリコが自分と話すつもりがないことだけはわかった。カイエは表通りの方に向かって歩き出した。

カイエは翌日警察署に電話した。前に話を聞きに来た刑事は不在だと言われたが、その時訊かれた友達の件で話したいことがあって、と説明したが、相手はちょっと聞いただけで、その件ならもううちの扱いは終わってるよ、と言った。カイエは粘った。友達が変な宗教団体に洗脳されて家に帰ってこなくなってるんです、と訴えた。

返事はそっけなかった。十六歳？　今多いんだよねそういう話が。監禁されてるわけでもなくて自分の好きで行ってるんだとなかなか難しいんだよ。そこの団体が明らかに法律違反をやってれば踏み込めるんだけどね。まあ未成年だから親の監護に服さなけりゃならんのは確かだから、親に捜索願を出すように言ってくれる？

リコ。何より大切って思ったあんたの自由って何だったの？　自分を閉じ込める自由なんてあるの？　カイエにはわからなかった。

もう何もできることはない。それとも……。

カイエは少し迷ってから、リコの家に電話した。久しぶりの連絡に驚いていたリコの母も、やはりリコはずっと帰ってきていないと言い、逆にリコの居場所を知っていたら教えてと言われる始末だった。ユキから聞いたリコについての噂と、マンションに行ったが会えなかったことを一方的に伝え、電話を切った。

10

「それっきりリコには会ってないの」
カイエは後輩に言った。

カイエがその後仲間たちのところに顔を出すことはなかった。ユキはときどき気にして連絡をくれたが、誘いも理由をつけて断った。自分たちを見限り日和《ひよ》った、と悪く言う者もいたようだがカイエにとってはもう関係のないことだった。

化粧を落とし、制服を規則通りに身につけて登校するようになると、同級生たちは当初おっかなびっくり声をかけてきたが、カイエが至って当たり前の応対をすることに安心したらしい。第一印象が悪かった分「本当は意外と普通でいい子らしい」という認定のもと、クラスの一員として受け入れられたようだった。

母親はカイエが遊び歩くようになった時同様、真面目になっても相変わらず特に口出しすることはなく、高校を卒業しても就職せず、畑違いの短大に行きたいと言い出した時も、意外そうではあったが、特に意見せずOKしてくれた。

地元の中学は荒れて、卒業生も問題を起こす者が多いという噂だった。かつてのリコやユキのようにグループをまとめたり仲間を抑える者がいないのかもしれなかった。中学で二年下の後輩だった少女の一人——アミとマミのどっちだったか——が新聞沙汰になるような大きな事件を起こしたとも聞いた。あの頃リコと自分に憧れの目を向けていたまだ稚《おさな》い顔立ちと事件の大きさが結びつかなかったが、それもまた自分には遠い出来事になっていた。ただ、資格をとり、運良く地元で堅い就職先が決まった時、リコが知ったら、びっくりされて笑われるかもしれない、と思ったのは覚えている。

今の仕事はカイエが思っていたよりきつかったが、大きな不満はない。他にやりたいこともなかったし、思うようにならなかったりトラブルが発生したりしたとしても、給料がもらえればそれ以上は望まない。愛想よく職場の会話にも加わり、話し方は穏やかに聞こえるように、誰ともほどほどの距離をとって。慣れてしまえば難しいことではなかった。

この同い年の後輩との関係を除いては。

カイエは彼女になるべく深くかかわらないようにしていたが、時々妙に調子を狂わされてしまう時があった。その午後、仕事が一段落して、珍しく事務室で一服する時間があったとはいえ、リコのことを口にしてしまったのもそんな時の一つだった。

話したがりとばかり思っていた後輩が意外にも静かに耳を傾けていたからなのか、誰に語ることもなかった話が口をついた。リコの行状についてはだいぶ控え目に、自分が負けず劣らずの不良少女として名を馳せたことは九割方差し引いたものの、かつての友との長いつきあいと別離についてカイエは話した。

少し後悔しつつ、自嘲をこめてカイエはこう言って話を結んだ。

「情がなくて人に親身にならないのよ、昔から。それで友達なくしたの」

後輩はカイエの顔にひたと目を据えて真剣な顔で聞いていたが、ふうっと息をつくと、

「とっても辛いお話でした。だけど――お友達のお話聞いてて、わたし二つ気になったことがあるんです」

「何？」

「刺された直後、リコさんにメールを送った時の内容って覚えてます？」

「あの頃のやりとりはすぐに消しちゃったけど、確か、『危ないから今日仕事休んで』とかって打ったと思う」

「その後ずっと電源落としてて、最後にやりとりした時につけたんですよね」

「そう」

「気になった点の一つ。リコさんはそんなにメール打つの速くはなかった。でも最後のやりとりは電光石火の速さで帰ってきた」

「それで？」

「二人のやりとりが本当に噛み合っていたのかなってわたし思っちゃったんです。

仕事を休んでっていう一番大事なことだけを必死でメール送ってその後端末の電源は落ちていた。何が言いたいのかわからなかったリコさんは返事をとりあえず打って送ってたかもしれない。意味がわからない、と。休めと言われても今からじゃ職場にも言えない、と。でもその内容はカイエさんの目に触れなかった。次にメールを送るために電源を入れるまでは。焦ってたから、電源を入れるや否やすぐにごめんね、とだけまず送ったんですよね。それとほぼ同時に、メールボックスに既に置かれていたリコさんのメールが送られてきた。順序が逆だったなんてありえませんか？」

「わかんないけど……」

「次のメールですけど、わたし聞いててあれっと思いました。その頃のメールってネットにつながってないショートメールだから、一回に五十文字とか限定されてたんじゃなかったですか？　そこをはみだすと機種によっては次のメールに自動的に移行して、二通になるものがあったと思うんです。

さっき聞いた文章、結構長かったので五十字じゃ終わらなかったと思います。変な所で切れちゃったまま最初のメールが送信されちゃったとかないですか？　もう一度さっきの文章教えてください」

相手の熱意に押されるように、カイエはもう一度文章を思い出し、多少不正確かもしれないけど、と前置きしてゆっくり唱えてみた。かりかりとカイエの言葉を筆記していた同僚が、すみません、もう一回お願いします、と言うので、カイエは大人しく従った。

「『秋津はあたしになんか関心なかったんだよほんとうは。今まではっきり言えなかったの許してください。藤木を』」

「そこ、ちょうど五十字です」

ペンで文字を追っていた後輩が、急に手を止め叫ぶように言ったのでカイエはびっくりして口を閉じた。

「もし、もしですけど——途中が多少違っても、『藤木を』で五十字目だったら、ここで区切られて送信されます」

実際のやりとりの順番はこんなだったかも、と言って彼女は事務室のホワイトボードに書き込んだ。

（ケガさせられた日のメール）

a「危ないから休んで」

b「意味わかんない。今からじゃもう遅い」

（翌日のメール）

a「ごめんね」

a「秋津はあたしになんか関心なかったんだよほんとうは。今まではっきり言えなかったの許してください。藤木を」
b「無理。縁切ったから」
a「秋津は好きだったの。あなたを傷つけたくなかったから」
b「こっちの台詞だ」
a「好きにしたらいい」

カイエは茫然と文字を追った。「藤木を秋津は好きだった」と自分は書いたはずだった。しかしそこで区切れると「藤木のことを許してほしい」ともとれる。気短ではっきりしたリコは「無理」と即答した。その後に続きが来ると、まるで自分が秋津のことを好きだったのにリコの気持ちを考えて告白できなかった、ともとれる。リコはただ、自分も同じだ、って言いたかっただけかもしれない？

「この通りじゃないかもしれないけど、思ってたのとやりとりの意味がちょっとずれてたってありそうな気がしませんか？」

「あたしが思ってたほど――『二度と会わない』って思うほど、リコはあたしのことを怒ってなかった？　でもそうしたらなんで――」

「それでもリコさんが大きなダメージを受けていたことは確かですよね。カルト宗教って弱った人の心に侵入してくるんです。簡単に抵抗できるものじゃないって、わたし大学で何人もそういう人を見て思いました。自分や友達で解決しようとせず、お母さんに伝えたのは一番よかったと思います。結局家族しか守れないんです。リコさんはお母さんのことを大事に思ってた。そうしてきっとお母さんはリコさんを守ろうとしたと思うんです」

「そう――そうだったらいいけど。でも結果は関係ない。結局あたしはリコのこと投げ出して、逃げ出して、忘れようとしてた気がする。心の冷たい女だから、あたし」

ええっ、と相手は驚いた顔になり、冷たいなんてことないですよおっ、と強く言う。

「冷たいんじゃなくて、自分の本当の気持ちに気づくのが苦手なだけかもしれないじゃないですか。きっとふっと気づく時があるってわたし思います」

いや、あなたがいくらそう思ったってこれあたしの気持ちだから。そう心の中で呟くカイエの思いを表情で察したのか、後輩はあわてた顔になり、

「すみません決めつけちゃって。ちょっと押しつけがましいですよね」

カイエの顔を見上げたが、そんなこと――ないけど、というカイエの返事に勇気づけられたのか、でも、とつけ加えた。

「もしも、『気づいた』って思う時があったら、わたしにも教えてくださいね」

口調は明るいけれど、真剣な眼差しがカイエをみつめた時、誰かが彼女を呼ぶ声が聞こえた。

「あ、もうお見舞いの時間だ。行かなくちゃ――じゃあ失礼しますっ」

彼女は突然立ち上がったと思うとつむじ風のように部屋から消えていた。

カイエはため息をついた。

ほんとにマイペースで唐突な人。彼女の思いつきだって、当たってるかどうかわかったもん

じゃない、とカイエは思った。

でも、あの頃のことは少し違って見える気がした。

あの頃、女の子たちは短い季節の間、桜のように華々しく開花し、戦場の兵士のように何かと闘い、燃え尽きるように散っていった。その最前線を、自分はリコに手を引かれて駆け抜けたんだ、と。

今あたしは戦場の日々に口を閉ざし、ひっそりと生きている。もう自分が大きく変わることなんてきっとないだろう。でも、それでも確かに先のことはわからないのだから。

そう。あんたの未来だって、きっとわからないものなんだよね。リコ。

晴れたらいいな、あるいは九時だと遅すぎる（かもしれない）

1

男はいつもの居酒屋に入り、辺りを眺め回した。八月も後半だが、暑さは厳しく、店は老若男女たくさんの客で賑《にぎ》わっている。若いカップルや学生らしいグループ。仕事帰りに連れ立って一杯やっているらしいサラリーマン。足下も怪しそうな年寄りの四人組もテーブルを囲み、一人交じった世話役らしい女性が、今日は特別に許可もらったんですからね、呑み過ぎて救急車で運ばれないようにしてくださいね、と陽気に声をかけ、年寄りの一人がその時は涅槃《ねはん》に直行するから迷惑はかけん、と答えている。

捜していた顔が見当たらないので今日はやっぱり真直ぐ家に帰ろうかと思ったところに、

「あっ」

よく通る聞き覚えのある声がして、テーブル席の一つから顔馴染《なじ》みの若い女が元気よくこちらに向かって手を振っていた。

「待ち合わせですか」

「いえ、一人です」

「よかったら、こちらにいかがですか」

「いいんですか。あなたこそ誰か待ってるんじゃ」

「いえ、わたしも一人です」

やや億劫《おっくう》な気持ちもあったが、相手がニコニコ顔で椅子から自分の荷物を動かし彼の席を作っているのを見て、おつきあいすることにした。

「とりあえず生ビールでいいですか——あ、お兄さん中ジョッキ二つ」

威勢のいい女のペースになんとなく引き込まれる。

仕事を離れて会うのは初めての相手で何を話していいものかわからないが、相手の方はついぞ気にしていないようだ。早速、今日はお早いんですか？　と訊いてきた。

「そうですね。なかなかこの時間に帰れることは少ないかな」

「厳しいお仕事ですもんね。わたしたちも本当にお世話になって」

「あなたがたの方こそ大変でしょう」

「いいえ、わたしたち不規則な仕事だから平日ぽんと休みが来ることも多いし、今日は本当は休みなんですよ。それで研修に行ってて、その帰りなんで」

そう言われれば手元にパソコンで作られた図や解説らしきものがあるA４の資料が置いてある。これを眺めながら呑んでいたようだ。とんだ酒のツマミだが。

「それは家系図みたいなものですか？」

ふと興味を惹かれて訊いてみた。

「家系図っていえば確かにそうですけど、一応ジェノグラムっていって家族図とか家族関係図って訳されることが多いみたいです。ただ親子や親戚のつながりや血縁の流れを表すだけの目的じゃなくて、互いの関係性なんかを考えて働きかける材料にするんで、わたしたちの仕事の中では重要なんです」

「わたしたちも親族関係等はしっかり押さえなければなりませんが、微妙な関係を摑んだり、ましてそういうことの相談に乗って解決していくようなことには全然踏み込めないのでね。難しいお仕事ですね」

「いえ、わたしもまだまだで、詳しい人に読み方や書き方を教えてもらったりしてます」

と女は照れたように言った。男は資料を見た。

「年齢が書いてあるだけなんですね、まず最初に解説がないと何もわかりませんね」

女はふふっと微笑《わら》って、研修では最初に解説もないんですよ、まずこれだけでここから想像しろって言われるんです、と言う。

「わたしたちの仕事って生活の全般にかかわるから、あれもこれもってやみくもに訊くばかりで、結局情報は一杯になったけど、それをどう読み解いていいかわからないってことが結構あるんです。でも家族って千差万別なようで、意外とパターンってあるんですよね。ありそうもないことから先に考えていくときりがないんで『ありがちなこと』の仮説をまず立てて、それから、後でわかってきた事実と照らし合わせて修正していく。その結果として突拍子もない結論が出るならそれでいいんですけど、限られた情報の中でまずありそうなことを考えていくことを先にしていく習慣をつけないと、いつも情報が足りない足りないって言ってるだけで、見立てていく力がつかないって言われるんです」

「それでもこれだけじゃ――」

「それがそうでもなくて、これだけでも意外とわかることがあるんですよ。これは本当の家族のものなんであんまり説明できないんですけど」

「この家系と年齢だけで？」

「そう――試しに何か家族の図を書いてみてもらえませんか」

男は少し考えた。36と書いて「男は四角ですね」と言い、同意を得て数字を囲む。そこから線を上に延ばして両親の枠を描き、その後はすらすらと年齢を書き入れる。

父、母五十四歳、長男三十六歳、次男三十二歳の四人家族。できあがった図を男は女の前に突き出した。言えることなどあるはずがない、そんな気持ちもあった。

女はしばらく受け取った紙を眺めていたが、

「想像ですからあんまり自信はないんですけど」

「いいですよ、言ってみてください」

「このお父さんとお母さんは同じ中学か高校、たぶん中学の出身、同級生じゃないかなって思いました」

「――ほう、それから」

女は彼の顔をちらりと見て、

「お二人はもしかしたらでき婚――いえ、最近で言うおめでた婚じゃないでしょうか。そしてこのご長男さんは、がまん強い、しっかりしたお人柄で、両親の信頼も篤い」

「しっかりしているかどうかわかりませんが」

思わず男は口にした。

「どうしてそんなふうに思われたんですか」

「結構当たってるところもありますか」

「ええ」内心はかなり驚いていた。

「そんなに特別なことじゃないんです。夫婦の年齢の組み合わせっていろいろだと思いますけど、やっぱりどちらかといえば男の人が年上っていうことが多いですよね。職場で知り合ってというのも先輩後輩の関係が多いし、お見合いなり紹介の場合も何となく年の差がある方が普通の気がします。同じ年同士のカップルって、それも若く結婚した人たちって割合と同級生が多いようなんです」

「若く結婚したっていうのは？　さっきでき婚とも」

「十八で最初の子どもさんが生まれてるでしょう？　ということは少なくとも高校在学の年齢のうちには妊娠してらしたんですよね。中卒で働いてつきあいながら計画的に出産を考えたって人もいるでしょうけど、今五十四の方だったら、もう中卒で社会に出た方は少なかったと思います。子どもができてもいいと思うにしても、一応は高校を卒業してからって思う方が多いでしょうね」

「しっかり者って言ったのは」

「若いカップルで、なおかつわたしが言ったように予期せぬ妊娠をされたとすれば子どもが生まれてからしばらくの間は経済的に苦しくて子どもはがまんすることが多かったかもしれません。二番目の子が生まれるまで間があるのもその表れかな、と。ある程度経済基盤ができてから弟が生まれたので、弟は余裕がある時の子で少し甘えん坊かな。それに比べお兄さんは大変な時期に幼い時を過ごしたのでがまん強い——まあ、それはこのジェノグラムからの情報だけで思ったんじゃないですけど」

「というと?」

女は微笑《ほほえ》んだ。

「こうしてお話ししてれば、きちんとしていかにも辛抱強いお人柄だってわかります」

男は少しあわてた。

「どうして——この図がわたしの家のことだと?」

「今年三十六だって前に聞きましたよ。それに書くのが早かったですよね。年齢も。なかなかただの知人ぐらいじゃあんなにさらさら書けないですよ。お仕事関係で出会われた家族っていうことも考えましたけど、お人柄からして、守秘義務に反するようなレベルじゃないとしても仕事でかかわった家のことをあっさりわたしなんかに教えないかな、と。っていうか案外こうやって投げかけると自分の家のジェノグラムを書いてくれる方って多いんですよ」

種を明かすとたいしたことじゃないんです、あっはっは、と女は笑った。

「そんなことはないですよ」

男は答えた。それは本心だった。正直仕事熱心なのはいいが、思いが先行するタイプでそれほど洞察力のある相手とは思っていなかった。

「別の家族図書かれますか？」

女が言った。見ると彼女の目は宙に浮いたまま彷徨う彼のペンを注視していた。

「そうですね」

思い切って彼は言った。さっき書いた家族図の自分の所から真横に何センチか離れた所に30と書いて〇で囲んでから、別世帯の場合は？　と訊いた。

「ジェノグラム自体には関係ないです。〇で囲んで同一世帯の人を表したりしますけど」

彼は上に向かって線を引っ張って分岐させてから、ふと考えて、
誕生日が来たかどうかで年齢が違いますよね、と訊いた。

その辺は厳密でなくても、と彼女は答える。彼は考え考え数字を書き込んだ。

「こうなっているはずです」

自分の図よりかなり時間をかけて描いた図を女の方に押しやる。

女は真剣な顔で図をみつめていたが、顔を上げて彼の方を見て、訊いてきた。

「この家族図、厳密ですか？」

彼は少し言葉に詰まった。

「いや、まあこういうことになるはずで――」

「そうですか。じゃあ、わたしの考え過ぎかな。わたし、このご両親は再婚かもって思ったん

です。それで娘さん——」

指さして、

「このひとは連れ子。お母さんのかな、と。それで夫婦の間にできた父親違いの妹に対してやや屈折した感情があって、一人家を出てる、とかね」

「続けてもらえますか」

さりげなく言ったつもりだが、心の揺れが声に出ていたのかもしれない。彼の顔を覗き込むように見上げた女は、それじゃあ、やっぱり、と呟くように言うと、続けた。

「この娘さんのことに関心を持たれているんですか？」

彼はぎょっとした。

「どうして——」という言葉が不覚にも漏れた。彼女の方は勘違いしたようで、

「ごめんなさい。軽々しく思いつきを言って」

「いや、かなり当たってるんで——いやその、連れ子とかってことが。いったい何故《なぜ》そんなことを」

「当たってましたか」

女は考え考え、

「本当にあてずっぽうみたいなもんなんですけど。こちらのご夫婦は年がうんと離れていて、姉と妹の年もかなり離れてますよね。途中で家族が病気して、とかいう可能性もあるでしょうけれども、このつながりを表す線の厳密さにこだわらなければ、お母さんが娘を連れて離婚し

たか、連れ合いが亡くなったかして、その後年の離れた旦那さんと再婚した、っていうのも一つの可能性かな、と。ジェノグラムは男性を左に書くのが通常ですけど、あえてお母さんを左に書いたのも、最初は本来のお父さんを頭に置いていたのがやっぱりそこに触れるのはためらわれて、書かないまま、でも右側に今の夫を書いてしまった。うんと年上の人と一緒になるのが、純愛の表れの時もあるでしょうけど、やっぱり女手一つで子どもを育てることの大変さから生活の安定を求めて、とか実際はわからないけど、そういう風に娘は感じてあまり好意的でないとか、あるいは二人の間にうんと年の離れた妹が誕生したら自分が何となく浮いた存在のように感じてしまうとか、ありそうな話ですものね。わざわざ同居のこと訊いてたから、実際には別に暮らしてるのかな、とか」

「それでその、関心を持ってるって言われたのは」

「この人を真っ先に書いたこと、年齢もためらわず書けた。でも他の方の年齢は計算で出してるみたいだったから。よく知ってるのは娘さんのことなのかな、と。仕事でかかわったご家族だったら、皆頭に入れてらっしゃるかな、とか。

紙は一杯あるのに、別の紙を使わず、自分と平行な位置に彼女を書いたのも気になりました。まるで結婚を意識している二人みたいだって」

男はしげしげと相手を見た。

「いやたいしたものです。もともと仕事で知った人ではあるんですが、他はほとんどあなたの言ってくれた通りだった。わたしはあなたに心を読む能力があるのかと思ったほどです」

「そんなことないです。今日は本当に偶然で。ふだんはこんなふうにならないです」

「どうして?」

「こういうのって結局ありそうなことを探していくわけだから、一定の確率論なんですよね。ありそうなことの推論が八十パーセントくらいの確率で当てられるとして、一回目が八割の確率で当たっても、二回目はもう六十四パーセントです。三回推測を重ねれば約五十パーセント。後は回数を重ねる毎に半分を切って確率は下がっていきます。だから実際に検討する時はあれこれ仮説を出した後にある程度の事実を教えてもらって、それに基づいてまたさらにそれ以外のところについて仮説を考えていく、というふうに一回毎にチャラにしていくんで、推測に推測を上乗せすることはしないんです」

女はそう言ってから、

「でも、その人はどういう?」

それまでの冷静な口調と違って、やや若い女性らしい好奇の気持ちが入っているように感じられたが、男はもう気にしなかった。

2

彼女と出会ったのは七年前、たった一日の、それも仕事でのかかわりだったが、強く印象に残っていた。もう会うことはないだろうと思っていたが、ときどき彼女を思い出すことがあった。

数ヶ月前、この店で彼女と再会したのは全くの偶然だった。たまたまテーブルが隣り合わせになったのだ。彼女もすぐに彼を思い出したようだった。辛い記憶を呼び覚ますことになるのでは、と彼は遠慮したが、彼女は純粋に再会を喜んでくれているようだった。

二人で近況を報告しあった。彼女は前の職場を辞めて、住居も変わり、この近くで新しい職場をみつけ、暮らしているのだという。

「でも……お仕事この辺りじゃないですよね？」

彼女から訊いてきた。

「いや、わたしも転勤がありまして、勤め先がこの辺りになりました」

「ずいぶん遠くに変わったんですね」

「ええ。同じ県内でも端から端へって感じで。仕事の中味も変わって、毎日町中にいるのになかなか慣れません」

「じゃあ二人とも転職したようなもんですね」

彼女は屈託なく笑った。明るい様子から、もうすっかり立ち直り幸せなのだろうと思い安心した。

それからは他愛ない世間話をした。十時を過ぎ、あまり遅くなっては、と声をかけると、

「いいんです、一人暮らしだから誰も心配しないし」

そう言いながらも彼女は立ち上がった。ふと連絡先を訊きたい、という気持ちが湧き上がったが、抑えた。今は仕事ではないとはいえ気が引けた。

「よくこの店に来られるんですか」

店を出たところで彼女が訊ねてきた。

「ええ、ときどき」

「じゃ、わたしも時間があったら寄ってみます。またお会いできたらいいですね」

そう言って彼女は去っていった。

社交辞令だろうと思っていたが、微かな期待もあってふだんより店に足を向ける機会が増えた。今週はよくいらっしゃいますね、となじみの店員からも声をかけられた。何気なさそうに周りを見回し、彼女の姿がないことを確かめて早々に引き揚げる日が続いた。しかし翌週本当に彼女は店に現れた。店に入った彼女はぐるりと見渡し、彼の姿をみつけると笑顔で手を振りながら近づいてきた。まるで待ち合わせでもしていたかのように。

暑い夏が続いていた。仕事の後のビールにもう一つの楽しみが加わっていた。彼女もまた夏は苦手なようで、とりわけ夜の蒸し暑さに閉口し、一杯のビールに惹かれるようだった。互いに交替制の勤務で店に足を運ぶ日も時間も不規則だったが、暑ければ店に足を運ぶ率も高くなる。そう思うと猛暑も悪いばかりではなかった。

なんのことはない話題が多かった。それからそれぞれの仕事の話題。あまり立ち入った話は避けていたが、一度酔いが廻った頃、彼女は遠く故郷に置いてきた家族の話に触れた。基本的な家族構成などは以前会った時に聞いていたが、酔いが彼女の口を軽くしているのか、彼女は再婚家庭であること、年が離れた異父妹を可愛がって世話を焼いてはいたが、その気持ちの中には微妙に父母の目を意識する思いがあったこと、そこはかとない居場所のなさが就職とともに実家を離れた気持ちにつながっていたこと、をとりとめもなく話した。恥ずかしくなったのか彼女は唐突に話題を変え、彼に振ってきた。

「お休みの日はどうしてるんですか？」

「独り者ですからね。まとめて洗濯や掃除をしなきゃならない、そんなことに追われてます」

「まるでわたしと一緒」

彼女は微笑んだ。

「何か気晴らしや趣味でも？」

「無趣味な朴念仁《ぼくねんじん》ですから——まあでも、気ままなもんですから、時間があけばふらりと出かけます——」

県の西北部にある県内の最高峰、県境を越えて山脈に連なっていく山の名を挙げて、転勤後は忙しくてなかなか行かれなかったが、夏休みを兼ねて二百十日《にひやくとおか》頃には久々に出向きたいと言った。

気がつくと彼女は言葉少なになり、視線を落として何かを考えているようだった。余計なことをしゃべり過ぎた気がした。せめてもっと他のことを言えばよかった、と悔やんだ。

暑さは少しも変わらないのに、何故か「秋立つ日」と新聞が報じていたある日、彼は出張先の隣県のターミナル駅でよもや会うことはあるまいと思っていた男の顔を見た。たった一度しか会ったことがない、しかし職業柄人の顔をまず忘れない彼にとっては忘れ難い、彼女のかつての恋人らしい男の顔だった。はっとして振り返ると先方には連れがいた。中背の女性の後ろ姿。それは彼女によく似て見えた。彼は追いかけていってその顔を見たいという衝動と闘った。

それから彼女が数日店に来なかった。久々に店で会った時彼はほっとするとともに彼女の屈託ない笑顔にかえって落ち着かない気持ちになった。

「しばらくいらっしゃいませんでしたね」

「――ああ、このところ少し忙しくって。でも一回わたし来たけど、いらしてなかった日がありました。こないだ――八日の夜です」

そうでしたか、とさりげなく受け、彼女が席を外した時に、急いで手帳を繰ってみると八日は確かに自分は仕事で店に来ていなかった。

かつての恋人のことを訊きたかった。確かめなければ、と自分に言い聞かせたが、結局口には出せなかった。今はただの呑み屋の顔見知りでしかないのに、余計な干渉をする、と思われるのが怖くて、結局先送りにした。そのうち訊こう。不自然じゃないように。事実を確認することは仕事の基本であり、手慣れたことのはずなのに自信がなかった。

それからしばらく今度は彼の方が店に来られなかった。ちょうど八月半ば。盆も正月もない仕事とはいえ、休みをとりたい事情の者はいる。独り身の自分は特に理由もないので、人より勤務を引き受けた結果だった。

久しぶりに店に来てみると、彼女の姿はなかった。最初はたまたまだろうと思ったが、一週間姿が見えず心配になった。他人には気づかれないだろうと思っていたが、仕事の時とはやはり違うのか、店のマスターに「人をお待ちですか」と訊ねられた。ためらったが彼女のことを話すことにした。

マスターも彼女のことは記憶していたが、確かに最近来ていないと言った。直近で来たのは彼が会った日より後のようだ。大雨の日だったのでよく覚えているという。女友達と二人だったがまだ早い時間でアルコール抜きで食事だけだった。こんな会話の断片が耳に残っているという。

「蒸して気持ち悪い。暑いのって本当苦手だな」

そう言う彼女に、友達が、

「それよりこのひどい雨何とかしてほしいよ」

と言うと彼女も同意して、

「ほんと。雨で靴の中までぬれちゃった」

「大丈夫?」

「大丈夫、どうせ今日靴買ったから履いて帰る」

「新しい靴買ったんだ？　彼のため？　あなた昔から男の人とつきあうと一杯服買うもんね」

「そんなんじゃないよ。今度出かけると思うから」

相手は意に介さず、

「男の人といるの見たって子がいたよ」

「昔なつかしい人と会ったの」

彼女は動じた様子もなく答えた。相手は話題を変えて、

「今度はどこへ行くの？　あなた東西南北どこでも行ったじゃない。外国？　いつ？」

「そんな大したものじゃないよ。どうせ日帰りだし」

彼女が日にちを挙げたようで、相手の子は、旅行会社から連絡が来る頃じゃない、わたしとの旅行のことも忘れないでね、すぐ連絡とりたいんだから、と言った。

その日は、日中連絡とれないな、と彼女は言っていた。六時にはうちを出るから、八時から九時には——もしかすると九時だと遅すぎるかも」

「困るなー。だいたい二百十日って台風が来やすい日なんでしょう？　出かけない方がいいよ」

「その次の日だってば。それに二百十日の頃は狭間の時期で本当はあんまり台風は来ないんだってよ」

そう言いながらも彼女は不安になったのか、

「今日みたいな雨だったら寒すぎるね——晴れたらいいな。きっと気持ちいいはず」

マスターの話を聞いて男が考えているうちに、顔を上げるとカウンターの奥の写真立てに男の子の写真が飾ってあるのに気づいた。

「息子さんかい。可愛いね」

そう言うとマスターの相好が崩れる。

「そうなんですよ。一昨年生まれたんですがついこないだ誕生日でね。たつあきっていうんです」

訊きもしないのに教えてくれたその名が気になった。

「どういう字?」

「りっしゅうって書いて立秋です。その日に生まれたんですよ。誕生日は店を休ませてもらいました。このとこ繁盛してるんで、閉めたくなかったんですけどね。家族が一番大事です。でも開いてると思ったのにって翌日お客さんにずいぶん文句言われちゃいました。ああ、例の彼女も翌日来てくれて、『昨日も寄ったんですよ。がっかりしました』って。閉店近くまで粘ってくれましたよ」

男は壁のカレンダーを見た。確かに立秋と記された日があった。八月八日。

3

話を聞き終わって女は少し考えていた。

「それで、どんなことを心配されているんですか？」

男は答えた。

「偶然かもしれないが、昔の彼を見かけたのが気になります。彼女は何か今までと違うことをしようとしている」

「よりを戻そうとしているんじゃないかって？　そして彼についてどこかへ行ってしまった？」

「それならそれで彼女が自分で選んだのなら。だがその男は無責任な男だった。彼女にはふさわしくない」

女はまた考え込み、それから口を開いた。

「連絡がとれなくなる、というのが気になります。今時日本のほとんどの場所で携帯電話は通じています。相手の子は連絡がとれないことが不本意そうでしたね。たとえすぐ電話に出られないとしても携帯メールを使うこともできるはずです。従って彼女はその日携帯が通じない場所に継続していると考えられます。二時間以内に行ける範囲でそんな場所が考えられますか」

「県内では、この町から南へ行けばすぐ隣の県なので、南側ではないですね。東側――実際には北東ですが——に二時間くらいだと、県庁のそばには大きな地下街があります。場所にもよりますが、ここで一日過ごしていれば通じないことは考えられます。ＪＲ線に乗り継いで西方面なら県立病院があります」

「病院？」

「大きな病院は精密な医療機器がある関係で携帯電話の利用が制限されます。仕事の関係等であればある程度自由に動けるでしょうが、そうではなく患者として長時間行くために、行動範囲が限定されるということもありうるかと。例えば人間ドックとかです」

「東か西か、ですか」

「どちらかだとしたら、どちらだと？」

「では病院は？　人間ドックに一日ないし一泊入るので身の回りの品を整えてくるということはあるかもしれません。しかし、病院の予約時間は決まっています。特に検査の場合。彼女は八時から九時というアバウトな時間を口にしていた。検査のため病院の一部に籠《こも》ることを想定していたとしたら八時頃とか九時頃とかもう少し明確に時間を指定したのではないでしょうか」

「では地下街の方？」

「確かにあの地下街だったら広大に広がっていますから、丸一日過ごしたとしても飽きないかもしれません。しかしこの場合もだいたい電車の時間から地下街に入る時間は予測できるんじゃありませんか」

「いやそうだとしても携帯が使えなくなる時間がそうだとは限らない」

男は反論した。

「例えば待ち合わせの時間は九時だが、少し早く行って地下街で珈琲でも飲んで時間をつぶそうと思ったかもしれない。お店によっては出口のそばなので携帯が通じるかも、と思い、時間が曖昧になったのかも」

「そうかもしれませんね」

女はいったん同意してから、

「でも彼女は『雨だったら寒すぎる』と口にしたのですよね。携帯がずっと通じないような地下にいるとしたら、天候によって涼しさに影響が出るとは思えません」

「どちらでもない？」

それは予想された答えだった。わずかに眉をひそめた男の顔を見て、女は訊いてきた。

「何か他の考えがおありなんじゃないですか」

「昔つきあっていたその男の家は北方面にありました。そこは立派な家で地下室がある、と聞いたことがあります」

「個人宅でも地下室なら電波は通じないかもしれない、と」

「ええ」

「不安を感じている？」

「よりを戻すのは個人の自由かもしれないが、その男性の人間性には疑問を感じています。地下室などと言われればとりわけ」

「いかに問題ある方といっても殺人鬼というわけではないですよね。何年も会ってなかった方に対していきなり殺意を持つということは考えにくいのでは？　それに万が一そうだとして、初めから地下室に誘ったりするでしょうか。

それに、そう考えると靴と矛盾します」

「靴？」

「はい。彼女はその日のために靴を買ったということでしたよね。しかしその靴はおしゃれなものではなかった」

「どうして？」

「雨の日にわざわざ買って、それに履き替えて帰るという話だったからです。

大切な男性と会うために、まして家に行って玄関先に靴を置くのに、買った靴をいきなりどしゃぶり雨の中で下ろす女性というのは考えにくいと思います」

考え考え女は話していた。

「でも、それでは——県内で二時間程度の条件で携帯が通じなくなるような場所が他にあるでしょうか」

「あるかどうかわかりません。ないかもしれない」

女は言った。

「でも、問題は彼女がそうなるかもしれない、その可能性があると思っていたということです。

あなたが当然思い浮かんでいいはずの場所なのに盲点に入っているんだと思います」

「しかし東西南北一通り考えたはずだ」

男は首を捻《ひね》った。

「どの方向ですか」

この話に入ってから生真面目な顔をしていた女が初めて悪戯《いたずら》っぽい笑みを浮かべた。

「どの方向でもない、とも言えるかも」

「というと?」

「上です」

「は?」

男は唖然とした。

「上とは——空? 飛行機内とか? しかし県内に空港はないし——それとも高層ビルの上階?」

数年前、県庁所在地である都市に、多様な複合施設を組み込んだ県内随一の高層ビルが落成し、当時はちょっとした話題になった。しかし上階であっても携帯電話が通じないという話は聞いたことがない。

戸惑う男の顔を見て、女は肩をすくめ、えへへっと笑った。

「ごめんなさい。ちょっと言ってみたかったんです。シャーロック・ホームズみたいなセリフ

――あ、お兄さん中ジョッキもう一杯」

真面目な顔に戻ると、

「完全にではないけれど電波が届きにくくなる場所ありますよね。あなたがよく行かれる場所
――山の上が」

「……」

「県の西北側には隣の県にまたがる山があります。以前はそちらの管轄でお仕事なさってたんでしたよね。我が県は田舎だから完全に電波がカバーできてないでしょう。彼女はどこまで登れば電波が届かなくなるかはわからなかったけれど、いずれそうなるのはわかっていた。この日本全国残暑が厳しいこの頃で、暑さの苦手な彼女が、九月の初めに晴れたらいいな、きっと気持ちいいって思えそうな場所。大雨でも蒸し暑さの気持ち悪さを先に気にしていた彼女が、寒すぎる心配をする場所はそうそうないですよね。屋外ならそれって山ぐらいでしょう？」

「しかし……」

「そんなはずはないってお思いなんですか？」

「彼女は山に辛い思い出がある」

「だから山に行こうと思うはずがないって思って初めから除外されてたんですね。でも人の気持ちは変わります」

「また彼についていこうとしているのか。同じことにならないと思えるんだろうか」

男の苦しげな顔を見て女は言った。

「彼とよりを戻したからだと思ってるのね。彼と一緒にいるのをみかけたのが本当に彼女かどうかわからないんでしょう？」

「最初は考え過ぎだと思ってました。だが少なくとも彼女は嘘をついていた」

「嘘を？」

「八日に店に行きましたと彼女は言っていた。しかしそんなはずはなかった。八月八日は立秋だ。マスターの子は立秋生まれで、彼は『子どもの誕生日で店は休みにした』と言っていたんだ」

女は気の毒そうな顔をして男を見た。

「マスターのお子さんは何歳？」

「確か二歳のはずだ」

「やっぱり」

女は彼に向き直った。

「あなたは勘違いしてるんです」

「勘違い？」

「今年の立秋は確かに八月八日です。でも立秋って毎年同じ日じゃないんですよ。二年前、二〇〇五年の立秋は八月七日です」

女は説明した。

「立秋は立春や春分、夏至《げし》、冬至と同じように二十四節気の一つ。二十四節気というのは、一年を太陽の黄道《こうどう》――見た目通り地球を中心とした天球に太陽や星々が貼り付いていると考えた場合、毎日の太陽の位置を記録しておくと、星座との位置関係が日々変わっていき、一年間通して天球を一周すると見える、そのルート――上の位置で二十四等分したそれぞれの分割点を含む日です。立秋はその太陽の黄道上の位置が一三五度にある日のことで、毎年少しずつずれていきますが、うるう年の補正がある関係でまた戻り、結局八月七日と八日の間を行き来します。この十年くらいの間はほぼ二年置きに入れ替わってます。今年と昨年は八日でしたがその前二年は七日でした。マスターはそこまでお考えにならずに名づけたようですね」

「よくご存じですね」

「理科は苦手なんですけど、季節を表す言葉が好きで調べてるうちに少し詳しくなって。でも黄道とかっていう考え方はよく知らなくて、天文に詳しい子に教わった話の受け売りです。そんなことより彼女の疑いは晴れたはず。彼女はお休みの翌日に店に来たのだから、あなたが見た人はやっぱり他人の空似でしょう?」

男は自分を責めた。何故ちゃんと考えたり調べたりもせず決めつけてしまったのだろう。彼女に申し訳がなかった。

女は続けた。

「彼女は変則勤務なんでしょう? 仕事柄休みが続いたり、夜の出勤が重なって来られないこともあるはず。とりわけどうしても休みをとろうと思っていたら。好意を持っている人の予定に合わせて、一緒に山に出かけたいと思っていたらね」

「まさか」

「まあわたしは彼女じゃないから本心はわかりません。そんなことも考えられるってだけです」

混沌とした思いを静めて、男は女を見た。

「そうでないかもしれない。でもわたしの要らぬ悩みは消えました。あなたのおかげで」

好きな人のことでは誰でも冷静さを失うもんですよ。あっけらかんと言う女の顔を改めて見る。特に注目したこともなかったが、万人が認める美人というにはいくぶんバランスが悪い、でも見ようによっては魅力的とも見える。一際強い印象を与えるはっきりした瞳が上気した顔の中で悪戯っぽく輝く。

「あなたのような――」

ストレートに容姿に触れるのはそれでもためらわれて、

「賢くて人の気持ちのよくわかる女性なら、きっとご自分もよいお相手と素敵な恋愛をしてるんでしょうね」

滅多に言わない称賛の言葉を口にした。

相手の反応は予想外だった。今まで一つ一つ論理を連ね涼やかにさえ見えた表情が吹き飛び、目を見開いて、

「えーっ、そんなことないですよわたしなんてもう全然で」

そこへちょうど通りかかったマスターは、自分の話題が出ていたこともまるで気づかぬように見えたが、話の終わりは聞きつけたようで、嬉しそうに、

「あれ？　この間、かっこいい彼氏と一緒に呑みに来てたじゃないですか、体育会系っぽい背が高くて男前の」

女はますます動揺したらしく、

「全然違いますって。彼はただの高校の友達で、この前偶然会っちゃって、凄く久しぶりだから呑みに行こうってことになってたのがのびのびになって、たまたまあの時になっただけで、もう全然彼氏なんかじゃないんですよ」

アルコールで赤い顔をさらに真紅に染めてぶんぶん手を振って否定している。さっきまでとのギャップが妙に可愛く見えて男は笑った。

そんな彼の方を睨んだ女は、

「そんなことどうでもいいんです。それより誤解が解けた彼女のことそのままでいいんですか？　わたしの言ったことが暴走した妄想かどうか、いいえ、そうであってもなくても、あなたのお気持ちを伝えなくていいんですか、松橋《まつはし》警部」

男は立ち上がった。彼女の勤務が準夜勤ならもう終わる時間が近い。

「それじゃまた、このお礼はいつか」

靴音を響かせ、大きな身体が他のテーブルにぶつかるのに気づきもしない様子で駆けていく

男を見て、年寄りたちが、

「呑んで走ってはいかんな」

「うむ、あれはスピード違反だ」

顔を見合わせてうなずいている。

店から走り出ていく男の後ろ姿を見送る女のところへマスターがやってきた。

「さっきから聞くともなしに、ちらちらお話が耳に入っちゃってたんですけど、あの女の人の件で、凄い推理力を働かせてたじゃないですか？」

「いえ、あれはちょっとズル入ってます」

女は答えた。

「ズル？」

「偶然なんですけど、わたしもその人のこと少し知ってたんですよ。この店でわたしも彼女も隣り合わせでそれぞれ友達と呑んでて。お友達が先に帰る時、彼女の名前を呼んだら、わたしの友達が、自分が呼ばれたと思ってびっくりした拍子にビールこぼしちゃって。一緒になってどうしようって騒いでるうちに、一緒に呑みましょうってことになって」

「あれ、お友達の名前って全然――」

「ああ、結局聞き違いだったんですけどね――それで、ときどきここで会うと一緒に呑んで話すようになって。事情もちょっぴり聞いてたんで、何となく彼女も松橋さんのこと気になってるんじゃないかなって実は思ってたんですよ――あれ、お勘定置いていくの忘れたみたい。まあいっか。お巡りさんに貸し作っておくのも——ねえマスター、中ジョッキもう一杯お願い！」

発音されない文字

1

駅からローカル私鉄で北上し、ターミナル駅から別の私鉄に乗り継いで、再び東南方向に向かった。この辺りは大きなマリーナがある観光地だが、年末も近づいたこの時期では、日曜日といってもさすがに人は少なく、車両もガラガラだった。車窓からぼんやりと外を眺めていると、次第に見えてきた夕方の海にはヨットやモーターボートが所在なげに漂っている。誰かが開けっ放しにした窓から吹き込む風が、シートに読み捨てられた今日、十二月十六日の新聞をはためかせ、県内の失業率上昇の話題と、十代の援助交際増加の記事を交互に覗かせていた。就職してから初めての一週間の休暇も終わり、明日には会社に出勤だ。疲れていた。しかしわたしには休暇の最後に行かなければならない所があった。

一人の女子高生――Aとしよう――がいた。

可愛くて、皆に好かれ、教師にも親にも信頼されていたAは素直な性格だった。

しかしある午後、友達のお気に入りのカフェに二人で行った翌日、Aは突然失踪した。友人のところにも噂は伝わってきたが、直接の問い合わせはなく、その後彼女がどうなったかはわからないという。

　また、もう一人の女の子――Bについても聞いた。話し好きで、いろいろな話題に首を突っ込み、社交的に見えたが、気がつくとどのグループからもちょっとずつはみだしていて、そのことを自分もわかっていて周りを見下したような言動をしながらも、やっぱり人の目を気にしている子だった。可愛いがちょっと落ち着きのない彼女はいつのまにか学校にはあまり来なくなった。友達が時々カフェで見かけたが近づいてこなくなり、小リスのようだった頰がこけて、瘦せてきた。男ができたがふられたらしいとか援交してるらしいとか噂は流れたが詳細はわからないまま退学してしまった。

　他の少女、CやDについても話すことはできるが同工異曲だ。そんな女の子が何人もいる。似たり寄ったりの、未完の物語が山積みになっている。


　降りた駅からすぐのバスターミナルから、東に突き出た岬を廻るバスに乗った。客は他に二人しかいなかった。バスは高い崖の上の道をうねりながら走り、見下ろすと夕凪《ゆうなぎ》の海から寄せる波が岸壁に白く砕け散っていた。

　都会の方では、出会い系、援助交際といった問題が多く、怪しい業者が摘発されたり、児童買春の関連での逮捕者が続出しているという。それに比べると、この片田舎ではそうした話題は少ない。しかし、この数ヶ月に、海に長く面した海岸線を持つ県南地域で何人もの少女が失踪しているのは事実だ。

そこには一つの意思があることを、わたしは感じていた。


もう少し教えてほしいの、とわたしは、その子たちのことを教えてくれた相手に言った。失踪する前日、あなたとAさんがカフェに行った時、何か変わったことはなかった？

髪の長い清楚な感じのその女子高生――K――は少し考えて、あの人が話に加わった、と言った。


カフェのオーナーである貴婦人のような優雅な女性は、店にはときどきしか姿を見せなかったが、珍しく二人の席にやってきた。Aは、Kが紹介したそのどこか別世界のような美しいカフェをとても気に入ったようで、自分一人でも来るようになっていたが、オーナーと話すのは初めてだった。Aは初め、気品のあるその雰囲気に圧倒されて緊張しているようだったが、すぐに打ち解け、いつもは控え目な彼女にしては珍しいほどよくしゃべっていた。

オーナーの声はやわらかく音楽のように耳に心地良かったが、その時何が話題になっていたのか、Kは考えても思い出せない。

ただ「運命」という言葉と「捨てる」という言葉が繰り返し出ていたような気がするが、それはオーナーでなくAの側が口にしたものだったかもしれない。

オーナーが用事があるから、と謝辞を述べて立ち去った後、Kも帰ろうとしたが、Aは一人で少し残っていくと言った。

二面の窓から海が見える小さなスペースで、アジアンテイストのテーブルに握った両手を置いて、Aは静かに佇んでいた。

テーブルの上には西欧の教会や大聖堂を写した大判の写真集が置かれていた。開かれているページに昔絵はがきで見たことのある、平原を見渡す丘の上に立つ白く美しい大聖堂があった。静かな光景。専用のラックに『嵐が丘』が入っているのが微かに異質な感触だった。


「広い平原を見渡す丘の上に立つ白く美しい大聖堂、広々した緑の芝生の先に三角の屋根のお堂とその脇に塔が」

「そうです」

「アッシジの聖フランチェスコ大聖堂、そうじゃない？」

「そう、それです。詳しいんですね」

有名なところだから、とわたしは答えたがそれだけではなかった。その娘が見ていた写真がそれでなければいい、とも思っていた。

「もう一人の子――Bさんは？」

「彼女は昔のアニメやマンガが好きで、初期の『機動戦士ガンダム』やコミックの『ぼくの地球を守って』の話をよくしてました。わたし話の半分もわからなかったんですけど、勢い込んで喋る友達の様子が小動物みたいに可愛いくて眺めてるのが楽しかったです」

「彼女の時もラックの中味は一緒だった？」

「いいえ。本やCDはいつも入れ替わってました。彼女の時はどうだったか——ちょっといつもと雰囲気が違ってたような。ああ、SFが多いって思ったんです。『スラン』とか『幻魔大戦』とか？」

「あなたの時は？」

「——良く覚えていません。わたしが一人で座るのはごく最初の頃だけだったから」

Kは少しだけ目をそらした。あまり思い出したくないのかもしれない。わたしは前にその場所でKと座った時にテーブルを飾った豪奢《ごうしゃ》な百合を思い出した。それからKにとってもっと近しい友、もう会うことはないだろうもう一人の少女を。

ゴシックだがロリータではない、黒い服が似合うあの子——少女Rは、初秋の午後、あの一番眺めのいい席でラディゲの『肉体の悪魔』の文庫本を読んでいたのだという。ラックにはエゴン・シーレの画集や中原中也の詩集。ジミ・ヘンドリックスやジャニス・ジョプリンのCDがあったとわたしは後で知った。彼女が好きな音楽は四半世紀前のドイツのゴシック系バンド、Xmal Deutschland。苦痛と歓び、愛と死についての不吉な歌詞を一本調子に歌い続ける女性ヴォーカル。

後でわたし自身がカフェでRを見た時、ラックの中味は既に入れ替わっていた。『金子みすゞ詩集』、『女と女の世の中』鈴木いづみ、『海流の中の島々』ヘミングウェイ、『輝くもの天より墜ち』ジェイムズ・ティプトリー・ジュニア……棚の片隅にわたしがもっとよく知った本もあった気がしたのに何故《なぜ》か思い出せない。

ジョイ・ディヴィジョンのCDをかけながら、彼女はひっそりと座っていた。わたしたちが近づく前に彼女が眺めていたノートパソコンのディスプレイは、両腕を水平に広げ海面に立つ今は亡き少女の静止画を映し出していたに違いない。テーブルの上の花瓶には美しい白薔薇が生けられていたが、そのうちの一本が折れて首を垂れていた。シャープペンシルでいたずら書きをしているように見えたのはゴシック体に装飾されたRの文字と——。

その時のことを思い出そうとすると、わたしは胸苦しい気持ちに襲われる。

見も知らぬ少女ABCD、そしてR。彼女たちのことを話してくれたK。皆を結び合わせているのは一つのカフェ。そしてその子たちの足跡を追っているのはわたしが最初ではない。

それを教えてくれたのは、カフェでわたしと一緒にRを見たわたしの友達だ。

2

彼女と知り合ったのは大学の大教室だった。階段教室の一番前で彼女はいつも真剣な表情でノートをとっていた。意志の強そうな横顔をときどき眺め、知り合いになりたいと思いながら、他学部から聴講に来ているだけのわたしが話しかけて邪魔したりしてはいけない気がしていた。

その機会は夏休み前の補講が終わった後の休み時間に訪れた。

話しかけてきたのは彼女の方だった。

「ごめんなさい。さっきの四章三節の説明、わたしちょっと聞き漏らしてしまって――突然で失礼だと思うんですけど、教えてもらえませんか？」

はきはきしたよく通る声。わたしはどぎまぎしながら、ノートを彼女の方に寄せて、この辺ですよね、と言った。

「綺麗な字ですね」

感心したように彼女が言うので恥ずかしくなった。

「あなたの方がいつもきちんとノートとってらっしゃるし、字だって読みやすくて上手じゃないですか」

「わたしの字、ちょっと子どもっぽいって言われるんですよ――でもなんか嬉しい。わたしのこと覚えててくれたんだ」

彼女はわたしを見た。

「勿論覚えてます。たいがいお隣だし、いつも一所懸命に勉強してるし」

「そんなことないんですよ。この講義が好きなだけで。それにあなたがいるから」

「わたし？」

「あなた福祉学科じゃないですよね。学生番号も違うし。それなのにいつも一番前で休まず来てて。福祉学科のわたしががんばってないと恥ずかしいとか思っちゃって。バカですよね、わたしなんか眼中にあるはずないのに。つまんないことで意地張るたちなんですわたしって。本当はもっと前から話しかけたかったんだけど、何かお嬢さまっぽいから軽々しく話しかけたらまずいかな、とか思って」

「全然違いますよ、わたしなんて――」

わたしはちょっと笑ってしまい、気持ちがほぐれて、自分の方こそ話しかけたかったが遠慮していたことを素直に口に出せた。

彼女は朗《ほが》らかに笑って、じゃあお互いに同じことを思ってたんですね、と言った。

「ところでさっきのところなんだけど――」

彼女はノートを読み、このハビリテーション云々ってとこ」

「アビリタシオンのところですね」

え、という表情の彼女に、ほら、フランス語だから、とつけ加えた。

なおピンと来ない様子の彼女に説明する。

「ええ。フランス語では、Hって発音しないから――フランス語ではアッシュですけど――ほら英語でも"hour"とかは発音しないですよね。あれはフランス語から来てると思います――」

「えええっ」

彼女が突然大きな声を出したのでわたしの方がびっくりした。彼女は何を考えたのか、続けて、

「わたしってHなんですよ!」

彼女のよく通る声は天井の高い階段教室で反響し、周りの人たちが、何かしら、とこっちを見た。

イニシャルのことを言ったのだとようやく気づいたが、周りの空気は既に凍っていた。

彼女はそんなことは感じていないようで、それじゃもしフランス人の男性とつきあったら、名前ちゃんと呼んでもらえないじゃないですか、そんなの嫌ですわたしは、と力説した。

「あの……フランスの方とおつきあいしたかったんですか」

「いえ、わたしは日本男児が好きです」

彼女はきっぱり答えた。

既に周りからはひそひそ声で、フランス人の彼のHに不満があるんだって、とかこんなとこであんな話してあの人見かけによらず大胆ね、とか囁《ささや》きが聞こえていた。わたしは、外でお話ししませんか、と言って、ちょっと強引に彼女を立たせ、だって"happy"のH、"hope"のHですよ、無視するなんてひどいじゃないですか、と主張し続ける彼女を教室の外に連れ出した。


わたしたちが知り合ったのはそんな次第だ。ちょっと近寄りにくかった第一印象と裏腹に、彼女はとても元気で話し好きな人だった。友達の多い彼女が、ぼんやりして面白みのないわたしとよくつきあってくれるのは不思議だったが、彼女は、日常の些細なことにも喜びや哀しみを人一倍感じ、それを話さずにはいられない人で、わたしは、そんな彼女の話を聞いているのが好きだった。世話焼きの彼女は出不精のわたしをよくいろいろな場所へ連れ出してくれた。どうしたわけか方向音痴だったので、よくとんでもない所へ連れていかれたけれど。高校三年の春、部活引退の記念に仲間たちと登った山で道に迷い、あやうく遭難しかけたこともあるそうだ。新しい体験に臆病になっていたわたしだったけれど、彼女と一緒なら迷っても何とかなるような気がした。

共に学び、遊び、一緒に卒業してそれぞれの道で就職したが、つきあいは続いた。やがてわたしたちの世界をより近づける出来事があり、わたしは彼女の生き方をより近くで見るようになった。

よく通る声。生き生きと輝く瞳。可愛らしい手遊びを、声の届かない遠くにいる友達にメッセージを伝えられる信号の送り方を、一人暮らしのための調理法を、子どもたちに教えていた細いけど強靭な腕。わたしの親友。真直ぐでひたむきな、わたしの憧れの人。

今、彼女の声を聞くことはできない。


彼女のノートには、ピクニックに行った五月、峠の山頂広場から視界の左端の方にこの岬の辺りが見えたことが記されていた。わたしは導かれるように道を辿《たど》った。

岬の突端近い停留所でバスを降りた時にはもう暗くなっていた。

彼女のノートにある通り、この辺りは県内随一の高級住宅街だ。昔は旧華族が持っていた土地だというこの辺は、駅から遠いので一般の観光客もあまり近づかない。運転手付きの車で移動するので、公共交通機関の必要性をあまり感じていない住人が多い。わたしたちの馴染《なじ》んだ鄙《ひな》びた町の辺りとは同じ県内と思えないというか、そもそも同じ日本とも思えない広々した道路、森の間に開かれた緑豊かな環境、東向きの緩やかな斜面に立ったどの家からも雄大な海を眺望できる。最も標高の高い所に某大企業の保養所が、海に面して高級リゾートホテルが建っている以外は、ほとんど社長やら昔からの地主やらが住む大邸宅ばかりだ。

その風景はわたしの記憶にはなかったし、霧が出始めて視界を遮《さえぎ》り出していたが、足は自動的に動いてわたしを導いていくようだった。

気がつくと、わたしはその住宅地の中で際立って大きいわけではなく、やや古めかしいが、瀟洒で品のある白い家の門の前に立っていた。

ここに来るのは何年ぶりだろう。思い出せないほど、いや思い出したくもないのだ。

わたしはごくりと唾を呑み込んでから、ベルを鳴らした。

インターフォンで応答があるものと思っていたが、何メートルか奥にある重々しい玄関扉が開き、人が出てきたので驚いた。おそらく映像でもって明らかな不審者ではないと判断してくれたのだろう。

それは正装した品格のある老人だったが、わたしの見覚えのある人ではなかった。

老人は丁重に身をかがめると、どのようなご用件でいらっしゃいますか、と訊ねた。使用人、というよりは執事、と呼んだ方がふさわしいような人物だ。

「この家の主に会うために来ました」

そうわたしは答えた。

「恐れ入りますが、どちらさまでしょうか」

わたしは名前を名乗った。

「お待ちください」

そう言っていったん引っ込んだ老人はすぐにもう一度出てきた。

「申し訳ございませんが、奥さまは、そのようなお名前の方は存じ上げない、と」

「奥さまの古い知り合いからの伝言を持ってきた者だ、と伝えてください」

老人は目を細めてわたしを見た。

「その古いお知り合いの方のお名前は」

「小松崎直《こまつざきなお》よ」

もう少々お待ちを、と言って引き下がり再度出てきた老人は、

「奥さまはお会いするそうです。どうぞお入りください」

そう言ってわたしを中へ導いた。

3

家の中はわたしが知っている頃とほとんど変わっていないようだった。広大な玄関ホールに飾られた、県出身の著名な芸術家の手による彫像。見上げるような高さのステンドグラス。塵一つなく清掃された木の床。大きな花瓶からあふれんばかりに飾られた冬の白い薔薇。

ただ、人の気配だけが少なかった。昔も、家の広さからしたら住む人の数は少なかったが、今は主と、わずかな使用人だけがいるのだろう。

老人はわたしを客間に案内すると、一礼してそのまま立ち去った。

入れ替わるようにして主が現れた。もう四十を過ぎているのに、彼女はせいぜい三十そこそこにしか見えなかった。この家の女主人にふさわしいように、あまり若く見せないようにしているだけで、本人がその気になって装えば、二十代でも通るかもしれない。あの頃から少しも年取ったように見えないどころか、若返ったようにさえ見えた。

変わらず美しいその人はやわらかく優しげな笑顔をわたしに向けた。

「十三年ぶりね――わたしの記憶の中で、あなたは頬がこけて顎がとんがった痩せっぽちの女の子のまま停まっていた。いつも男の子のような格好をしていたあなたが、こんなに綺麗な娘に成長して会いに来てくれたなんて夢のよう」

「来たくて来たんじゃない」

わたしはぴしゃりと遮った。彼女は哀しげな表情を浮かべた。

「まだ許してくれないのね。この年でわたしもこの家に籠《こも》って訪ねてくれる人もほとんどいないから、本当に嬉しかったのに」

「それにしては随分社会的な活動もしているみたいじゃない――例えばカフェの経営とか」

彼女は微かに笑った。

「恥ずかしいわ。税金対策とか、いろいろ考えなければならなくなっているの。それにここにある絵や茶器や骨董とかを家に眠らせておくのは惜しい、人目に触れさせてって言ってくださる方たちもいて、断りきれなくて——それにしてもよく知っているのね。わたしにかかわることには何一つ関心ないと思ってたのに」

「あなたに関心なんかない。わたしと、わたしにかかわる人たちに迷惑さえかけなければ」

「変わってないのね。あなたは昔からものをはっきり言う子だった——そのせいで痛い思いをすることも多かったから、わたしはいつも心配していたのよ」

目をわずかに細め、慈《いつく》しむような口調はあくまでも穏やかなのに、わたしの身体の内側を緊張が走った。

「それで、わたしがあなたにかかわる人たちに迷惑をかけたって、誰のことかしら」

わたしはKやRの名前を挙げた。

「他にもたくさんわたしの知らない子がいるはずよ」

「みんなわたしのお店に来てくれる可愛いお嬢さんたちね。わたしは自分がいない時も彼女たちが来たら最大限に歓迎するようにスタッフには話してあるわ。それが迷惑?」

わたしの目の前に一つの建物の幻影が浮かぶ。

丘の上に立つ典雅な地中海風の白い美しい建物。

ロココ調の優雅な家具と、高級茶器。さりげなく飾られた一流画家たちの絵画。壁の窪みや飾り棚に置かれたガラスケースの中の綺麗な小物類。

クリスタルビーズのカーテンと、気分に応じて閉じられる素通しのガラスの扉で仕切られた店内の特別なスペース。貴婦人という言葉を連想させるというオーナーの目にかなった女の子だけが案内されると言われていた憧れの予約席。

わたしがそこに行ったのは四回。しかし絵も装身具も、その配置のセンスも、全てがわたしの遠い記憶を呼び覚まし、揺さぶっていた。

カフェ・ヴァーミリオン・サンズ。

吐き気がする。忌まわしい場所。

最大限の歓迎。なんて皮肉。少女たちの憧れの特別席は男性席と隣り合わせの一部だけがワンウェイミラーになっている。裏側には男性の予約席がある。少女たちは知らぬ間に見られ、極小のマイクとスピーカーとヘッドフォンで、声も、息づかいも聞かれている。気づかないうちに漏らしている関心や特性を頭に入れた男たちが、カフェを出たところで少女にさりげなく声をかける。

そこにあるのはほんの小さな秘密。わずかな非対称。

でもそこからはドミノ倒しのように悲劇が連鎖する。

「そう――」

わたしの話を聞いた彼女は小さくため息をついた。

「わたしは愛らしい女の子たちをいっそう魅力的に見せる場を提供して、彼女たちにふさわしい男性たちとの良き出会いの場になればいいと思ってるだけだった。それがわたしの罪だ、とあなたは言うのね。それともわたしがお金でももらっているとでも?」

そう、カフェは男女の交渉の間に入ることも、そのための別室を提供することもしていない。約束が成立してもしなくてもカフェに別途お金が入ることはたぶんない。いわゆる「出会い喫茶」「出会いカフェ」には該当せず、違法性はない。

なんのためにそんなことを？　お金のためだった方がずっといいくらいだ。

彼女はわたしの内心の思いが聞こえたかのように言った。

「夫が死んで、娘もいなくなり、財産の使い道なんてないのよ。夫はもういないのに、古い一族だものだから、じゃあ何もかも放り出して元の暮らしに戻りますから後は皆さんでお好きなようにってわけにもなかなか行かないの。意外と窮屈なのよ」

彼女の声がほんのわずかに強まった。

「愛。そして自由。それがあの子たちが望むもの。結果として彼女たちのごく一部が傷つくことになるとしても、自らそれを選ぶならそれがその人自身の人生。止める権利が誰にあるというの？」

引き込まれるようにうなずいてしまいそうになる自分に警告を出し、首を横に振る。

「わたしが言ってるのはそんなことじゃない」

「あら、じゃあどんなこと？」

「あなたは女の子たちに売春をそそのかしてるだけじゃない」

消えてしまいそうに儚《はかな》いRの姿が目に浮かんだ。

「あの子が死に向かうよう誘導していたのよ」

わたしがAの名前を出すと彼女はうなずいた。

「可愛くて優しい子だったわね。だんだん来なくなってしまったけど」

「アッシジの聖フランチェスコ大聖堂の写真集が好きだったたって聞いた。あなたが用意させたの」

「美しい所でしょう。イタリアで一番好きな場所だから、見せてあげたかったのよ」

アッシジの聖フランチェスコ。最も名を知られた聖人の一人。

裕福な商人として何不自由ない生活を送っていながら、ある晩夢に現れた天使の「行けフランチェスコ。いまや崩れかけた我が教会を修理せよ」という言葉を聞き、家族と財産の全てを捨てて托鉢修道士として旅立つ。

欧州のあらゆる所を歩き、信仰を説く彼の姿は清貧の象徴として多くの人の心を動かし、小鳥さえ彼の説教を聞きに舞い降りたと言われる。

素晴らしい人だったのかもしれない。でもわたしがその話を聞いて最初に思ったのは、捨てられた家族はどんな気持ちだったのだろうということだった。

何も調べたわけではないから、そこにはちゃんと納得のいく物語があるいはあるのかもしれないけれど。

Aはきっと無理をしていたのだ。皆の期待に応え、窮屈ないい子を演じながら、一方でそんな自分を打ち壊してしまいたいという願いを隠し、自分ではそんなことはできなくて、誰かが現れて自分の何かを変えてくれるのを待っていたかもしれない。エミリー・ブロンテの生涯で唯一の小説『嵐が丘』のように、運命の出会いを。

ちょうどそんな時、この世にはそんな決定的な瞬間があり、その時全てを捨てていかなければ運命を逃してしまうのだ、と、誰かが彼女に囁いたのではないか。

Bはどうだろう。

仲間の凡庸さに苛立ちながら、一方で自分がそこから抜きん出た何かを持つわけでも、そう認められるわけでもなく、何者かになるために這いずるような泥海に身を投じる思い切りもなく、過剰な自意識をもてあます日常。

超人類。ニュータイプ。転生者。

あらかじめ約束された誰かであることを夢見ていた女の子は、あなたこそ特別な人、と囁く言葉にはあまりにも抵抗力がなかったのかもしれない。それが既にありふれた凡庸な概念だったとしても。

それではRは？

「あなたは優しい相談相手のふりをしながら、あの子の話を聞き、少しずつ厭世《えんせい》的な世界観を吹き込んでいった。耽美的でネガティヴな、現世の価値観を否定するような文学や音楽を少しずつ薦め、だんだんと彼女の世界を覆い尽くしていった。

あのひとがあの子にヴァーミリオン・サンズで会った時の予約席のテーマは『夭折《ようせつ》』。ラディゲ、シーレ、中也……。早熟な才能を短い日々のうちに燃やし尽くし、若くして死んでいった人たちばかり。

あなたが作ったという花言葉の本を見た。幸せな言葉は最小限に抑えられ、ネガティヴな言葉ばかりに覆われている。

健康で元気でちょっと自意識過剰な普通の子がマイナー趣味でデカダンの世界に浸るなら簡単に現実に戻ってくるでしょうけど、もともと多くの傷を受けていて、精神的に不安定な子は違う。とりわけあの子はあなたのことを全面的に信じ切っていたのだから。そして彼女が大きく崩れそうになった時にあなたはあの特別席を死の一色に塗りつぶした。

金子みすゞ、鈴木いづみ、ジョイ・ディヴィジョンのヴォーカリストのイアン・カーティス──皆自らこの世を去っていった。白薔薇の花束の中に目立つように折れた一輪を入れておいたのもそうでしょう？　折れた白薔薇の花言葉は『純潔を失ったために死を望む』だもの」

「あなたは昔から想像力の豊かな子だった。でもわたしだからこんな話聞いてあげられるってわかるわよね。よそでそんなことしゃべったら、あなた笑われてしまうわよ」

小さくうなずきながら聞いていた彼女は痛ましげにそう言った。心から心配しているようなその口調に、こちらが不安になってくる。それを振り払うようにわたしは言う。

「わかってる。こんなこと殺人未遂の根拠にもならないって。あなたはどうしてもあの子を死なせようと思っていたわけでもない。彼女が死ななくたって別に困らなかったんでしょう。だから怖いの。

なぜそんなことをしたの？　あなたに何の得があったの？　それとも——楽しんでたの？　あなたのしたことは何の罪にも問われない。でも恐ろしいこと。どうしてわたしすぐに気づかなかったのだろう。あなたは昔からそういう人だったんだから」

「昔から？」

彼女は眉を上げた。

「そう。あなたは自分で何も手を下さない。いつも力を持たない、可哀想な人でいて、決めるのはいつも他の人。悪いのはいつも他の誰か。でもいつのまにか、物事はあなたに有利な方に動いていく。それは何故なの？」

「何故？　わたしにはわからない。わたしは一所懸命に生きているだけ。それを周りの人が見て、助けてくれるのよ。有り難いことだと感謝してる」

わたしは信じない。旧藩主の一族であるこの家に入り、本来は血のつながりはないにもかかわらず、いつのまにか一族の中で重要な位置を占めている。そういうことができる人だ。この人は。

彼女は憂《うれ》いを含んだ表情で続ける。

「でも再婚した時はずいぶんわたしも苦労したのよ。あんな暴力的な人で。そうでしょう？」

「確かにあの人はひどい、無茶苦茶な人だった。あなたにも暴力をふるってた。でもだんだんその暴力が娘に向いてくるようになってから、彼はあなたに手を出さなくなっていたはずよ」

「それは責められても仕方ないと思う。わたしは弱い人間だから、逃げることもできなかった。

暴力が他に向くのを止めることもできず無力だった。申し訳なく思ってる」

「わたしもずっとそう思ってた。あなたはか弱い人なんだ。守ってあげなければならないんだって。でもいつからか、何かがおかしいと気づき出した。あなたをかばうことで、なぜみんなあんなにもボロボロになっていくんだろう。なぜあなただけが救われていくんだろうって。あなたが無力なんて嘘。あなたはいつだっていつのまにか、矛先《ほこさき》が自分の他へ向くように仕向けてる。あの人は権力者だったけど、性格破綻者で、放っておいてもいずれ破滅したかもしれない。でもあなたはそれを加速した——初めからわかってたんじゃないの。あの人がああなって、この家が自分のものになるって。わかってて一緒になったんじゃないの」

わたしは微かに身が震えるのを感じた。

「わたしのこと万能の怪物みたいに言うのね」

彼女は悲しげに言った。

「怪物よ、あなたは」

「わたしはあなたにそこまで憎まれていたのね。実の母親としてこれほど悲しい思いをすることがあるなんて思わなかった」

彼女は目を潤《うる》ませてそう言った。そしてそっとわたしの名前を呼んだ。わたしが捨て去った名前、もうどこにも記されていないその名前を。

まるで心臓を摑まれたかのような気がしてわたしの身体は固まった。他人から隠さなければならない自分の「真の名前」を見抜かれ呼ばれることで自らの魔法を無効にされてしまった魔法使いのように。

4

「あなたは誤解しているの。不幸な偶然が幾つも重なっただけ。あなたはわたしのことを人の心を自由に操る化け物みたいに言うけど、わたしにそんな力はないわ。わたしは弱い者の知恵として、ただ人の気持ちを一所懸命推察して、その人の想いを引き出したり、後押ししたりすることがあっただけ。初めから何もないところに火を起こして煙を立てたりはできないのよ、誰にも」

わたしは抵抗した。KだってRだって、あなたのせいで道を踏み誤ったんだ。そう言うわたしの言葉を聞いた彼女は幼子に話すように、嚙んで含めるように言った。

「Kさんが自分のことも男の人のことも汚いものだと思っていて、他の女の子を陥れようとしたのは、彼女がもともと持っていた気持ち。わたしはその場所を提供しただけ。

Rさんはもともと死に惹かれる資質があったのよ。わたしは彼女の気持ちを聞いて、整理してあげて、彼女が関心を惹かれそうな音楽や本をその時の雰囲気に合わせて用意してあげただけ」

「いったいなぜ――」

彼女はKの親友だったもう一人の少女の名を挙げた。Rに少しだけ似た、夭折した女の子。両腕を広げて海の上に立つ静止画像を残した、もう一人のR。

「彼女は天使のような子で、わたしは彼女が大好きだった。わたしの以前の店の予約席にただ座っているだけで一枚の絵のようで、わたしはその絵を飾る額縁を用意しただけだった。彼女が何を悩んでいたのかわたしは知らなかったし、不意に死んでしまった時は驚き、とても哀しかった。自殺なのか事故だったのか、わたしは知らない。ただ――」

彼女は髪をかきあげて遠くを見るような目をした。

「天使は所詮この世のものじゃない。彼女は自分の一番良い時を知っていた。その時を選んで地上を去った。そう思うと納得できる気がした。

女の子たちには『時』があるの。わたしはただそれをふさわしい形でプレゼンテーションしたいと思っただけ。それであのカフェを作った」

嘘だ。少なくともRのことは。

「あなたが自分の美学に見合ったと思った男たちも、現実にはその大半はもっと卑俗な欲望に動かされてた。そしてRは思った以上に行き当たりばったりな行為を繰り返して知られるようになっていき、せっかくのあなたの自慢のカフェの評判を落とすことになりかねないと思ったから、あなたはあの子にそろそろいなくなってほしかったのよ」

彼女は薄く微かに笑った。

「あなたの言うように、あの子たちにはそれぞれのテーマがあった。でもそれほど単純に人は動かない。そうでしょう？　似合うだろう本や映像や音楽を準備しても、それらを手にとるとは限らないし、理解し咀嚼《そしゃく》できるとも限らない。正直あまりにも感受力がなさ過ぎて残念な子たちがいたのは事実。もう一方で簡単に自分を塗り替えてしまう子たちもいる。それはその子自身の問題なのよ。何でも疑わず鵜《う》呑《の》みにしてしまう愚かさにまで他人が責任を負うことはできないの」

「じゃあなぜ――」

「それでもって人の行動を思うままに操れると思うほど、わたしは文学や音楽の思想や美学を信じてはいないのよ。誰もわざわざそんなことしないでしょう？　もし、その演出の意味がわかる人がいないとしたら」

彼女の言葉に含まれる何かがわたしの背中をひんやりとさせた。

「それってどういうこと？」

「あなたはずいぶんいろんな本に詳しくなったみたいだから、ボルヘスの『死とコンパス』って短編小説も知ってるでしょう？　連続殺人事件の現場に残された『御名の第一の文字は語られた』という言葉から、探偵は最後の犯行現場を推理する。でもそのメッセージは誰のためのものだった？

当人たちにもわかっていない、たくさんのアートや花が指し示すテーマやメッセージを的確に読み取って、ここにやってくるだろう誰かのために、あの席があったとしたらどう？」

「わたし——わたしのために？」

世界がぐらりと揺れた気がした。

わたしは自分がカフェのその席についた時のことを考える。なぜ今まで思い出さなかったのだろう。さりげなくラックの端に他の本やCDとまるで異質の、古い単行本が置かれていたことを。偶然だと思い込もうとしていたのか。意識の奥底に押し込めていたのか。

わたしが子どもの頃好きだった本。

ペネロピ・ファーマー著『夏の小鳥たち』。


「もっとも実際はあなたのお友達の方が先に気づいたようだけど。賢い人だったのね」

彼女があのひとを過去形で語ることに苛立ちながら、自分を立て直そうとする。騙されちゃいけない。

「それも嘘よ。そんなことあるはずない。あなたはいつもそう。話の流れに合わせて自分に都合のいい論理を瞬時に組み立ててまことしやかに話しているだけなんだ。そんなことあなたには簡単なことだもの」

「どうしてもわたしを怪物にしたいのね」

彼女は淋しげな顔をする。こちらの胸の奥を刺すようなそんな表情のまま、しかし静かに反撃の矢を放つ。

「わたしが怪物ならあなたは怪物の娘なのよ。あなたが逃げ出した父親も血はつながっていないけど、怪物的な人だったわね。あなたは彼にも似てる」

「何バカなこと言ってるの？」

「あなたは賢くて、運動能力も行動力もずば抜けた子だった。あの人は自分も優秀な人だったから、あなたに執着してた。自分の後継者にしたかったから。

でもあなたは彼の手を逃れた。あれだけの知力と、県内に限られるとはいえ権力を持っていた人からまんまと逃げおおせた。わたしも正直驚いたわ。

そして今もあなたはその知恵と力を隠して生きている。一番の親友にだって明かさない秘密を持って」

その言葉はわたしの心に突き刺さった。

「人の隠してることを見抜き、何気ないふりをして人の心に入り込み、操作して自分の思う方向に持っていく──それってあなたが非難するわたしとそっくりじゃない？」

「違う！」

わたしは叫んだ。わたしはそんな人間じゃない。わたしがしてたのはそんなことじゃない。この人は詭弁でわたしをたぶらかそうとしているんだ。そう自分に言い聞かせようとするわたしに彼女の言葉はなおからみついてくる。

「あなたがわたしとあの人を捨てたことが、結局はあの人の行動を少しずつ狂わせ、あの人を破滅に導いたのよ。それとともに一族がやっていた様々な事業も崩壊していった」

「施設内虐待やら補助金横流しやら不正なことをいっぱいやってたからでしょう？　そんなことまでわたしのせいにしないで」

「たくさんの人が職を失い、生活が変わったわ」

「だからそんなこと関係ないって――」

「家庭が崩壊して一家離散したり、不幸になった子どもたちもたくさんいたのよ」

「そんな――」

彼女は容赦なく続けた。

「そしてあの人は倒れて死に、わたしは独りぼっちで残された。あなたを、わたしの娘であるあなたを失った孤独のあまり、わたしは娘を思わせる美しくて賢い少女たちに執着するようになってしまったとしたら、こんなことになったのも、もともとはあなたが原因だとは思わない？」

「もうやめてえええええええっ！」

わたしは両耳を押さえてその場に座り込んだ。違う。違う。そんなこと関係ない。わたしのせいなんかじゃない。おかしい。この人の言ってることは。でもどこがおかしいのかわからない。

アッシジの聖フランチェスコ。捨てられた家族はどうなったのか。あの本もわたしのためのものなのか。

もう聞きたくない。心を閉じようとするわたしの手のひらを突き抜けて、わたしの耳に彼女の声が入ってくる。ローレライの歌声のように。

「そう。一番いけない子だったのは、あなた」

わたしはKを、Rを思い出す。神の使徒のようにあなたたちを追いつめ断罪したわたしには何の資格があったというのだろう。わたしはあなたたちと同じなのに。罪深くて。まるで無力で。そんなわたしの心を読み取ったように声が続く。

「あの子たちはどちらも、いいえ他の子も、あの席に座る女の子たちは皆少しずつあなたに似ているわ。彼女たちがしていること、受けていることは、本当は全部あなたが受けるはずの報い」

「やめて。もうやめて——お母さん」

わたしは自分の口から出た言葉に驚いた。

「やっと、お母さんって呼んでくれたのね。嬉しい」

彼女は微笑《ほほえ》んだ。その笑みは聖女のように清らかに見えて、わたしは目を離すことができなかった。でも微笑みはすぐに消え、わたしの心はざわめいた。

「もう一度そう呼んでもらうことだけがわたしの願いだった——ごめんなさい」

声の調子が変わっていた。気がつくと彼女の目に涙が光っていた。

「本当は、あなたの言う通りなの」

彼女は静かに沈鬱な声で言った。

「本当に悪いのはわたし。わたしがあなたを守れなかったから、あなたはいなくなった。どうしたらわたしの気持ちが通じるのだろう。そんな思いが、皆を振り回し操作するような結果を招いてしまった」

そして優しく囁いた。

「あなたがあの遠い町から戻ってきて、近くに住んでいることは知っていたの。そう、本当はあなたに会いたかっただけだった。わたしのたった一人の娘に。でもそれができなかったから、こんな形でもってまわった手がかりを置いた。賢いあなたならきっと気づいてくれると思ってた。でもそのためにいろいろな女の子を巻き込んでしまった。わたしも本当は後悔してるの。もっと素直になればよかった。あなたに帰ってきてほしいって」

「何を――何を言ってるの？」

わたしは耳を疑い、彼女の顔を見上げた。

「そう。最初からそうすればよかったのよ。もうあなたを傷つける人はここにはいない。あなたはこの家の主よ。かつてのようではないとはいえ、使い切れない額の財産があなたのもの。わたしたちは昔より遙かに互いを理解しあっている。きっとうまくいくわ。あなたもわたしも幸せに暮らしていくのよ」

「そんなこと――できるわけないじゃない」

「あの人たちのことを気にしているの？　今あなたの親だと名乗っている？　わたしからちゃんと話しておくわ。あの人たちだってあなたの幸せを願っているんでしょう？　わかってくれるわよ――すぐに気持ちの整理ができないなら、戸籍はそのままでもいいのよ。そんな建前はどうだっていいの。わたしはただそのままのあなた自身が戻ってきさえすればいいんだから」

「だめよ――だめ。お母さん」

自分の声がだんだん弱々しくなっていくのがわかる。お母さん、と呼ぶたびにわたしは彼女に近づいていく。

「ごめんね。子どもの時からちゃんとかまってあげられなくて。もうわたしのところに来ていいのよ。ほら、こっちへいらっしゃい。抱っこしてあげるから」

わたしはもう立つこともできない。赤ちゃんのように這い這いしながら、さしのべられた手に近づくわたし。何かが心の片隅に引っかかっているけれど、もう何もかも忘れてしまいたい。そう思った時足が椅子に引っかかり、載っけていたバッグが音を立てて落ちた拍子に開いて、中味がこぼれ落ちた。捨てようと思って捨てられずに持ち歩いてしまうがらくたの類《たぐ》い、筆記用具に交じって転がるNKとイニシャルを入れたちびた鉛筆。達筆で書かれた携帯電話の番号のメモ。そして安物のブローチのかけら。

「ぼんやりさん」

懐かしい声が聞こえた気がする。

「あのひとが」

「え?」

わたしは忘れそうになっていたことを思い出す。大事な人の名前を呼ぶ。吐息のように、フランスでは発音されないという文字で始まる名前はほとんど声にならなかったけれど、わたしに力を与える。

「あのひとがいたのよ」

「ああ」

彼女も思い出したようだ。

「例のあなたのお友達ね。お気の毒に。でもあの子がせっかく自分の意思で決断してしようとしたことを止めようとしなければ、命を落とさずに済んだかもしれないのにね」

「あのひとは死んでない」

同情するような彼女の口調の奥に、ほんの一つまみだけ、混じっていた皮肉な響きがわたしに正気を取り戻させる。

「あら、ごめんなさい、そんなつもりじゃ——」

「あのひとは生きてるの」

わたしは断固として言った。そして床に散らばったものを拾い集めてバッグに入れるとよろめきながら立ち上がろうとした。立てた。

わたしは自分で自分の身体のありかを確認する。頭を、腕を、胸を、お腹を、感じる。不格好に開いた両足がそれらを支えている。わたしは自分の足で立ってる。あのひとが無謀にも刃物の前に立ち塞がった時のように、無防備だけど、一人で立ってる。

「あのひとは勇気ある人なの。何人もの子どもたちの人生が彼女と出会って変わったの。わたしもそう——わたしの話を聞いて、泣いてくれた彼女がいたから、今、こうしていられるのよ。

だからわたしも生きていくの。あの子たちと同じように。たとえ罪に汚れているとしても。わたし何も後悔してない。あなたのこと恨んでもない。ただこれ以上誰かをあなたのお人形にしてもてあそばないでほしいって思うだけ。

わたしには今別のお母さんとお父さんがいて、素晴らしい友達を持って幸せに暮らしてるの。だからここにはもう来ない——お母さん」

呼びかけるとなぜか彼女はさっきまでと打って変わってびくりとした。

「産んでくれて、育ててくれてありがとう。感謝してる。わたしは今幸せです。どうかあなたも幸せになってください——さようなら」

わたしは一息に言うと、踵《きびす》を返して部屋を飛び出した。背後でわたしの名を、捨て去った名前を呼ぶ声がした。その声は別人のように、淋しく、頼りなげで、わたしが確かに知っていたあの頃のあの人の声と同じで、胸が締めつけられたけれど、足を止めたら、振り向いたらもうだめだとわかっていたから、わたしは走り続けた。玄関を押し開けて、前庭を駆け抜けて、門から表通りに出て、走って、走って、ようやく速度を緩めた。

辺りはすっかり夜になり、霧が深くなってきていた。振り向くと既にあの家は霧に包まれて見えなくなっていた。

今しがたのことは、現実の出来事だったのだろうか。わたしはここで立ち尽くしたまま、白昼夢を、それとも黄昏が見せる幻を見ていたのではなかったのだろうか。

そんな気がするほど、さっきの対話が別世界でのことのように思えた。

目の前にいると誰もが抗うことの難しいあの声の呪縛は、嘘のように解けていた。

でも、わたしはこれからいったいどこに向かって歩いていけばいいのだろう。

断崖から落ちていった少女が、セルフポートレートにあの中空に静止する鳥のように両腕を広げたポーズを選んだことに意味はあったのだろうか。夭折を許されなかった少女はいたずら書きのようなゴシック文字で何か言葉を綴《つづ》ろうとしていたのだろうか。そこにはどんな思いが、願いがこめられていたのか。

わからない。きっともうわかることはないかもしれない。

とぼとぼと迷子のように歩き出すと、霧の向こう、少し明るい通りの角に見知った人の姿があった。

ひっそりと、ずっと待っていてくれたに違いなかった。戻ってこないかもしれないわたしを。

何時間も。

何を話せばいいのか、わからなかった。ただ、帰る場所はあるんだ、と急にそんな気がした。

わたしは霧の向こうの光に向かってゆっくりと歩き始めた。

空耳の森

薄暗いリビングに入ってきた少女は小さな丸テーブルの上に置かれたCDラジカセから、カセットテープを取り出すと、自分のバッグから出した小さな機械に移し、ヘッドフォンを差し込んでスイッチを入れた。耳元で音楽が流れ出す。予想通り音は今ひとつだけれど、少女はあまり気にならなかった。かえって録音したこの場所の空気感まで感じられるくらいだ。

少女は満足してソファにかけた。古めかしい家具の中に異質な窓際の黒いデジタル時計が青い文字で2008.6.1　15:30と時刻を示している。窓の外を見ると森の中のちょっとした広場に、見知った小学生の子たちが散らばってボール遊びをしているのが見えた。

子どもは元気でいいよね。ついこの間までそんな群れに交じって駆け回っていたことも忘れたように少女は呟くと、目を閉じてソファにもたれかかった。

「――」

突然耳元で聞こえた声に少女は飛び上がった。

「誰？　今の何？」

部屋にいたのは荷物を取りにやってきた一つ年下の少年一人だったが、突然の少女の声にびっくりしたようだった。

「今あたしに話しかけたのあんた？」

詰問口調に少年はたじたじとなりながら、

「何も言ってねえよ。お前ずっとヘッドフォンかけてただろ？　聞こえるわけないだろ」

そう言われて少女はうなずいた。

「そうだよね。今の声確かにヘッドフォンから聞こえてきた」

「そうだろ」

少年は安心した顔になった。

「かすれた囁《ささや》くみたいな声だったから男か女かもよくわかんなくて、あんたかと思ったんだけどやっぱ女の声かなあ」

「それでなんて言ってたんだよ。その、声ってのは」

「それが……」

少女は奇妙な表情を浮かべ、

「『とわこ、いつかはいくね』って聞こえた」

「とわこ？　俺が永遠子のことなんか言うはずないだろ」

少年は一瞬ぽかんとして、それから、間違いない、というように何度もうなずいた。

「そっか。じゃあやっぱりこのテープに録音されてたんだ」

少女は考えて言った。

「でも、だとしたら、誰がどうやって？　誰もここにいなかったのに？」

「そう言われてもなあ」

困った顔の少年と対照的に少女は満足そうに言った。

「やっぱり永遠子の話、本当だったのよ」

1

「休憩に入ります」

尚子《なおこ》は同僚に声をかけて病棟を離れ、休憩所に向かった。

Y県南部の片田舎にあるこの七海《ななみ》中央病院で入院病棟の看護師として働き出して八年目になる。二十代の頃に比べると交替制の勤務が身体にこたえるようになってきたが、のんびりした土地柄のせいもあってか、以前の職場より充実した日々が送れている気がする。

ここは地域の中核病院なので、いつも賑《にぎ》わっており常連の患者の姿も多くみられる。さっそく女性介助者が押す車いすに乗った見覚えのある老人の顔をみつけた。そういえば以前ここに短期間入院している間も、いろいろ病院のルールに腹を立てては、

「わしはもうすぐ死ぬのに、ささやかな願いも許可してくれんとは何という血も涙もない病院

だ」

といつも文句を言っている人だった。最初は毎回、そんなことありませんよ、と答えていたが、どうやら口癖だったようで、至って元気よく退院していった。今も不機嫌そうに、

「あんたの手を煩《わずら》わすのもおそらくこれで最後だ」

と言っている。近くの老人ホームのユニフォームを着た大柄な介助者はまだ二十代に見えるが、慣れた様子で、

「あたしの担当時間に死ぬのは契約にないので認められません」

と明るく受け流している。

面会バッジをつけた顔馴染《なじ》みの少年がすれ違う時に挨拶をして病室の方に歩いていった。

休憩場所に入るとちょうど時間を見計らって彼から電話が入り、夜の待ち合わせの確認をした。

一生つきあっていくつもりだった姓を十月には変える予定だが、こうなってみると、かつては疎《うと》ましくさえ思った姓も失うのは少し淋しい気がする。それもひとときの感傷だと自分でもわかっているけれど。

姓についても仕事についても尚子の気持ちを尊重してくれようとする彼だが、仕事柄の縛りも多いのはわかっているので、なるべくそこに合わせたいと思っている。

尚子の今の仕事を大事に考えてくれるのには他の理由もあった。今尚子が担当している患者の一人は彼にとっても尚子にとっても特別な人だったからだ。

もともと縁があった彼とこの町で偶然再会し、ときどき会うようになった。互いに好意を持ってはいたが、過去の経緯がからんで踏み切れなかった二人が結びつくきっかけを作ってくれたのがあのひとだった。

そんな彼女が思わぬ事故に遭い、意識不明の状態でこの七海中央病院に搬送され、そのまま数ヶ月が経過している。

彼もまた、人ごとでなく彼女の病状を気にかけ、折に触れては訊ねてくる。できることなら目ざめて健康を取り戻し、自分たちの挙式に出席してほしい、そんな思いは尚子も一緒だ。

全身を管でつながれていた彼女だったが今は人工呼吸器も必要なく、点滴とカテーテルがつながっている以外は普通にベッドで眠っている。表情も穏やかで、一見するとただ眠っているだけのように見える。

ずっと面会謝絶の状態が続いていたが、意識の回復はないものの状態はかなり安定しているということで、家族以外の面会も短時間認められるようになっている。彼女が仕事でかかわってきた子どもたちの希望がとても多かったため、病棟で話し合い、人数や時間など条件つきでOKを出すと、連日のように誰かが訪れるようになった。初めは大人が必ずついていたが、やがて付き添いきれないということで子どもだけの面会について打診があり、これにも了解を出した。最初は心配したが、思いのほか子どもたちは騒ぐこともなく、ベッドから距離を置いた所で静かに過ごし、時間が来るとナースステーションに挨拶して去っていくので、看護師たちは、いろいろ難しい背景のある子が多いって聞いてたけど皆礼儀正しくていい子たちね、と話した。

さすがに最近は面会者の数も減ったが、さっきすれ違った少年はとりわけよく訪れる子の一人だ。昨日は学校帰りに寄ったらしいブレザー姿の女子高生数人が来ていた。女の子たちだけあって病室の外では幾分喧《やかま》しく、一人の子の持ち物に他が突っ込みを入れているようだった。

「何これずいぶん年代ものって感じの機械ね」

「もらいものなの。でもとりあえず用は足りる」

「このボタン何かな?」

「ええ? 使ったことないよ?」

何の話だかわからなかったが、少女たちの会話の中に「ホットライン」という言葉が聞こえた気がした。その単語が耳に残るのが何故《なぜ》か、尚子は思い出せなかった。

奥まった休憩所で紙コップの珈琲を飲んでいると、何人かのスタッフが早足で奥の方に向かっていった。何かあったかな? と紙コップを捨てて立ち上がった尚子が廊下に出ると、さっきの少年が向こうから走ってきた。あやうく尚子にぶつかるのを避けると、謝ることもなく、そのまま凄い勢いで駆け去っていった。そんな彼を見たのは初めてだったので尚子はびっくりしたが、理由を考える間もなく、ナースステーションに向かわなければならなかった。

2

傾斜地に並ぶ住宅街の一角、小さな二階建ての家で家具にはたきをかけていた河合恵美子《かわいえみこ》は、ふうっと息を吐いて額の汗を拭った。

恵美子の職場である七海学園はこの斜面をさらに五分ほど登った高台にある、それぞれ家庭で暮らせない事情のある約五十人の子どもたちが三つの寮に別れて生活している児童養護施設だ。

その昔は大きな部屋に十何人もの子どもが寝泊まりするのも珍しくなかったということだが、生活の単位を寮ごとに分け、その中でもなるべく一部屋の人数を減らすようにしてきた。それでも普通の家庭での暮らしとはかけ離れてしまうことが多いので、大きな敷地の大きな建物でなく、地域の一軒家での生活を、一部の子どもたちだけでも経験させようということになった。国の補助も受けられることがわかったので、かねてから適当な家を探していたが、地元の人の好意で、空き家になっていたこの家を格安で借りることができ、今は環境を整備しているところだ。

学園に急用で戻っている間留守番を頼んでいた高校生の少女は、戻ってみるといなくなっていた。全くあてにならないな、いつものことだけど、と思う。森の方にいるのかしら。

家の裏はうっそうとした森だ。風の吹き方が複雑なせいか、子どもたちはよくここで遊んでいると海の音がするとか不思議な音楽が流れてくるとか、果ては誰かいるはずのない人の声が聞こえるとか噂をしたあげく、勝手に「空耳の森」と名づけている。今日留守番させたはずの少女は「きっとこの空き家に住むといろんな謎の声が聞こえてくるよ」と断言して他の子を脅えさせており、いささか度が過ぎるので皆で注意していく旨、主任の大隈《おおくま》保育士から指示があったばかりだ。今日はちょうどいい機会だと思ったのだが。

「ハーイ、イヨちゃん。はかどってる？」

脳天気な声とともに、ちょうどその当人が帰ってきた。

「学園に用事があったからあなたに頼んどいたのに、どこ行ってたの」

「ごめーん。どうしても話したいことができて学園に迎えに行ったんだけど、入れ違いになっちゃったみたい」

「別にいいけど、『どうしても』は大げさでしょう。それはそうとあなたの噂話のことで、あたしもちょっと言わなきゃならないことがあるの」

高一の亜紀《あき》は、ひるむどころか待ってましたといわんばかりの顔をした。

「それがねそれがね、あたし、ほんとに聞いちゃったみたいなんだよ、ほんと」

「何を？」

いつものこととわかっていながら、恵美子もつい訊いてしまう。

「永遠子の声」

学園内外の噂話に精通する亜紀の最近お気に入りの話がこの「永遠子伝説」だ。

曰《いわ》く、数年前、学園の小六女児がこの森に遊びに来ると、見かけない女の子がいた。ほっそりとして色白の可愛らしい子だったが、線が細く、今にも消えてしまいそうなほど透き通るような様子だった。

「永遠子」という名の彼女は同じ年だった。森で楽しく遊び夕方になって帰る時、名残《なごり》惜しそうな永遠子に、学校で会おうね、どこのクラス？　と訊くと、彼女はわたし学校に行ってないから、と言った。

またこの森に来れば会える、と言うので、その子はそれから何度か森に行って彼女と遊んだ。永遠子は病気がちで急に病院に行かなければならなくなり約束した日に来られないことがよくあった。そんなことがあった後は彼女はすまなそうな顔をして月曜日は必ず行くね、とか三日の日は行くから、と一所懸命に言うのでその子も可哀想に思い、文句は言わなかったが、ある雨の日に待ちぼうけになったことがあり、次に偶然会えた時につい強い口調で非難してしまった。永遠子は半泣きの顔になって、今度は絶対行くから、と言って約束をした。

しかし、その日が来る前に町内会を通し、永遠子が発作を起こし急死したという話が入ってきた。

その子が森に行き、永遠子のことを思いながら一人佇んでいると、不意に「○日は必ず行くね」という声が聞こえた。

「さて、その時永遠子は何日に来る、と言ったでしょう？　というのが問題なのよ」

ここで亜紀は聞き手の目をみつめ、トーンを変えて言うのだ。

恐怖におののいて走って帰ったその子は高熱を出して、やっと治ってからも少し頭がおかしくなってしまったので、それが一日なのか二日なのか誰にもわからなくなってしまった。永遠子が言った日にたまたま森へ行くと彼女に遭ってしまうかもしれないの。

いかにも軽々しい亜紀だが、不思議話をする時は引き込まれるような語りを聞かせるので、臆病な子ならこの森に近寄れなくなってしまうだろう。

「でもあたしは答えを聞いたの」

亜紀は嬉しそうに言った。

「このあたしがこの耳で聞いたのよ。『永遠子、五日《いつか》は行くね』って。それは五日だったの」

聞き違いじゃない？　と流そうとする恵美子の言葉を勘違いしたのか、亜紀は言う。

「そうね、五日じゃないかもしれない。『いつか』って永遠子は言ったのかも——そうしたら彼女いつ来てもおかしくないってことだよ。皆に教えなきゃ」

「聞いたって、だいたいどういうこと？」

という恵美子の問いに答えた亜紀の解説によればこういうことらしい。

亜紀はiPodで登下校時に音楽を聞いている学校の友達を羨んでいたが、計画性なく小遣いを使い貯金のない彼女の手元には親族からもらった古いカセットウォークマンしかなかった。

今時カセットに録音する接続コードさえすぐには手元にない。機械に無知でアバウトな彼女はこの家にあるステレオでCDをかけ、スピーカーの前に旧型のラジカセを置いてそのまま内蔵マイクで録音し、そのカセットをウォークマンで聞こうというはなはだ原始的で迂遠なプランを立てた。

音楽をかけ、ラジカセの録音ボタンを押したまま玄関の前で別の作業をしていて、四十分ばかりで戻ってきて、さっそくウォークマンにカセットテープを移し聴いているとヘッドフォンから突然話しかける声がしたのだという。

「その時イヨちゃんは学園に戻ってたから、家にいたのは荷物運びに来たカツだけだったの。でもこれもそんな声聞いてないって言うのよ。ねカツ、ほんとだよね」

それまで亜紀の後ろで手持ち無沙汰にしていた中三の勝弘《かつひろ》は、ほんと、とぶっきらぼうに答えたが、鼻が詰まっているらしく「んと」にしか聞こえない。ふだんは亜紀に匹敵するほど騒騒しく声が大きい彼である。一つ年下ながらほとんど対等な関係の二人が一緒にいると耳を塞ぎたくなるぐらいなのだが、今日は体調が悪いのか「これ」扱いされても大人しくしている。

「勿論こいつがしゃべったはずないのよ。だって声は間違いなくヘッドフォンの中から聞こえてきたんだもの。他にマイクやコードがつながってたわけでもないしさ。ラジカセで録音してる間に入ったに違いないと思うの」

「じゃああなたが録音ボタン押して玄関にいる間、誰か来たんじゃないの?」

「それが誰も来なかったのよ。だから外の、森の方だと思って」

ちょうど学園の子たちが遊んでいたので訊いたが、家に近づいた人間は誰もいないという。

「そのテープかけてみて」

恵美子の指示で亜紀は問題のカセットテープを取り出しラジカセに入れた。

問題と思しき箇所に近づくと少女は、ここ、ここなのよ、ここでね、と熱心に言った。

亜紀につられて恵美子も思わず息を止めて待った。

声はしなかった。

あれえっ、と当惑する亜紀。

「やっぱりあなたの聞き違いじゃないの？」

「そんなこと絶対ありえない、あたし絶対聞いたし」

亜紀は断固首を横に振った。そして確信に満ちた表情で、

「やっぱりこれは森の力なのよ」

そう言った。んなわけねえだろ？　と尻上がりのイントネーションで呟く勝弘の声も無視して続ける。

「きっとこの森には思いを残した永遠子の残留思念が漂っていて、純粋な少女にはその声が聞こえるのよ――うーんロマンチック――これ学園新七不思議の一つ、と認定したいわね？」

「手伝う気がないなら二人とも学園に戻っていいよ――ああ、皆にその話言いふらすのは禁止ね」

恵美子は盛り上がる少女に同調せず、あっさりと返した。

「全くイヨちゃんたらノリが悪いっていうか真面目過ぎっていうかロマンがないっていうか――」

――さんだったら、一緒に盛り上がって「この秘密を解き明かす！」とか言ってくれるのにい、とここにはいない職員の名前を挙げる亜紀を勝弘が、もう行った方がよくね？ と半ば引っ張るように連れていってくれたので恵美子はほっとした。

それにしても、古い家で埃も積もったこの家を子どもたちと一緒に住めるようにするには、まだまだ手がかかる。理想はいいが大変な手間だ。

あのひとがいたら、こんなグチをこぼすこともなく張り切って片づけをしていただろうか。子どもたちにより家庭的な生活を、と園長が提案したこの計画に一番積極的に賛成し、準備にあたっていた彼女は今長期の休職となっている。

一緒に働いて三年目、こちらも慣れて、同僚というより「仲間」という感覚が生まれ出した矢先のあの事故だった。

恵美子自身も子どもたちを連れて一度見舞いに行ったが、忙しさに紛れそれきりになっている。あれほど存在感のある人の不在にも慣れてしまう自分に微かな痛みを覚えつつも、そうするしかない、誰でもずっと非日常のままではいられないのだ、と恵美子は思う。

開けっ放しの玄関から、セーラー服の少女が一人入ってきた。

「河合さん、二階誰かいる？」

「ううん。今日は誰も来てないから使ってていいよ」

恵美子が答えると、少女は重そうな黒いカバンを持ったまま狭くて急な階段を上っていった。

公式にはまだ準備中のこの家は、今のところは一人あたりのスペースの少ない学園の子たちの遊び場や休憩の場に使われ、職員も黙認している。この子のように学園では確保しにくい静かな勉強の場として使っている子もいる。

あの時あれほどの衝撃を受けたあの子たちも、とりあえず表面的には何事もなかったかのように日々を送っているが、注意深く見ればとりわけあのひとへの思いが見え隠れする子たちがいる。今やってきた中学一年生の武藤茜《むとうあかね》もその一人だ。

かつて両親に捨てられ、ホームレス状態でいるところを保護された茜は、極度の人間不信から当面普通の生活は困難と判断されていた。県唯一の子ども専門病院の精神科に入院させられた茜はそこでも初めは周りとのコミュニケーションを拒絶し、医療チームを困惑させていたが、個室での全面介助の状態から始めた専門スタッフの濃密なケアが効果を現した。もともと賢い子だったからだろう。周りの世界が決して敵ばかりではない、ということを納得できてからは驚くほど急速に回復していったように見えた。

茜の本当の気持ちはわからない。ただ彼女は世界と折り合いをつけることを選んだのだ。予想以上に早く出された「外界での生活が可能」という医療判断を受けて児童相談所は茜を七海学園に入所させる決定をしたが、病院を出るには本人の不安はまだ強かった。そこで、正式な入所になるまでの期間、足しげく学園から病院にあのひとが通ったのだ。学園のパンフレットや写真を持ち、生活の様子を伝えて安心させるために。大人だけでは不安だろう、と時にはつばめ寮の年長児を連れていくこともあった。落ち着きがあり読書好きの塔ノ沢加奈子《とうのさわかなこ》は茜と相性がよかったようで、これからの生活の安心材料になったようだった。

学校生活の長いブランクを埋めるため、校長の判断で例外的に茜は本来小五の年齢のところ小四のクラスに編入することになった。本来一つ下の子たちの集団に入るにあたっては、事情は違うが同じ経験をしている加奈子から話を聞いたこともよかったようだ。

茜は違和感なく学園・学校の集団に溶け込み生活を送っていたが、折に触れ気にかけているのは一緒に保護された弟のことだった。

弟は当初茜よりも適応がよさそうと判断され、児童精神科の病棟ではなく、情緒障害児短期治療施設で生活してから児童養護施設に移行することになっていた。しかし思った以上に回復に時間がかかり、結果としては茜の方が先に七海学園に来ることになった。しかし徐々に治療が進み、七海学園への措置変更の見通しが立ってきて、近々茜が職員に連れられ弟に会いに行くことになっていた。安心を与えるために。かつて茜に、加奈子が会いに行ったように。

玄関からゴミを掃き出し、前庭を綺麗にしていると、目の前の家々の間から、学園に向かう坂道を登っていく人たちの姿が見える。

学園の女子高校生が通っていく。隣に連れ立っている学習ボランティアの女性は、あのひとが連れてきた、学生時代の友達だ。

そのずっと向こう、灰色にくすんだ団地が並ぶ丘に目をやっていた恵美子は、目の前の道を通りかかってこちらを驚いた顔で見ていた中年女性に気づくのが遅れた。

この人。

リコのお母さんだ。

そう思った時相手の方が懐かしげに声をかけてきた。

「カイエちゃん？　久しぶりねえ」

3

小学校に上がった頃、近所の幼児たちが恵美子のフルネームをきちんと発音できなかったことからついたあだ名。久しく呼ばれたことのない、きっと中学生当時の周囲にとっては非行少女のイメージが染みついた呼び名を聞いた途端、刹那に生きていた日々の記憶が心に流れ込んできた。

リコ。

あんたはどこにいるの。

あたしは今こんな所にいる。

それはきっと、あんたと会えなくなったからなんだ。

幼なじみの友のため、と信じてきた結果が、あんな別れだった。

自分は間違っていたのか。リコを施設に行かせたくないと思った結果がこうなのか。施設ってあれより悪いものだったのか。そもそも施設のことなんか知りもしなかったのに。

そんな思いは恵美子のその後に影響を及ぼしていた。商業高校を出た後、畑違いの保育短大に進学し、福祉施設でも実習した。それでも施設の何かがわかった気もせず、自分にはやっぱり向かないかもと思い、保育園の求人も何件か探した。一度は内定をもらったが、後から「申し訳ないんだけど――」と取り消しの電話が入った。先方は言葉を濁《にご》していたが、どうやら昔を知る誰かが中学時代のカイエの素行について知らせたらしかった。結局、大した決意もないまま、地元の児童養護施設である七海学園の面接に行ってみたところで、かつて男に刺された自分を助けてくれた保育士の大隈と再会し、これも何かの縁ということで就職することになったのだ。

すぐに返事ができなかったのを誤解したのか、「カイエちゃんよね？　人違いじゃないわよね？」と訊ねてくるリコの母に、恵美子は曖昧に微笑《ほほえ》んでうなずいた。もう十年ぶりだが、目の前の女性にとってはせいぜい数ヶ月のことのようだった。

子どもの施設で働いてるらしいってことは聞いてたの、とリコの母親は言った。去年の秋頃にもこちらの学園の近くまで来たから、もしかしたらと思って職員さんに声をかけたら、河合さんなら一緒に働いてますよ、今日はお休みだけど、って教えてくれたの。あなたと同じ年くらいの、小柄で元気のいい女の人だったわね。すぐに確かめようと思ったけど、なかなか機会がなくてね。

リコの母親は記憶よりもふっくらして、あの頃よりずいぶん元気そうだった。恵美子の近況をひとしきり聞くと、話はリコのことに移っていった。

恵美子が、リコがカルト教団に入信していると伝えた後、母親は即座に行動した。幼い頃リコを可愛がってくれた祖父の体調がすぐれないことを理由にしてリコを呼び出すとそのまま車に乗せて、遠く離れた自分の実家に連れていってしまったという。リコは激怒し暴れたが、その頃社会問題化していたそのカルト教団の脱会に尽力していた宗教者や学者たちの団体が力になってくれた。いわゆる逆洗脳の手順を踏んで、苦しい日々を経てリコはようやく正常な判断力を取り戻した。

教団との縁を断ち切るために、リコはしばらく実家でのんびり過ごし、その間母親は七海の家とそちらを行ったり来たり忙しい生活を送ったようだ。

そのうち祖父の具合が本当に悪くなった時、リコは自分が残って世話をする、と主張した。数年にわたる介護の末、祖父はリコに看取られて亡くなった。

四十九日が過ぎ、実家の片づけが済んでからリコは再びY県に戻ってきた。母親は、リコが風俗の仕事に戻ってしまうのを心配したが、本人にはそのつもりはないらしく、母親の思いがけないことには、老人施設でヘルパーの仕事についた。隣の市でアパートを借り一人暮らしをしているが、よく家にも顔を出すそうだ。体はきついけど結構楽しいと言って、生き生き働いているようだという。

「『あたし、じじい受けすんだよね』とか言っちゃって、相変わらず口が悪いもんだから、変なこと言って職場で問題起こさないか心配なんだけどね」

「リコ本当に優しくて面倒見がいいから、きっと大丈夫だと思います」

「だといいんだけどねえ——あの子よくカイエちゃんのこと話すのよ。懐かしがってて」

リコの母親が言った。

「あなたがわたしに教団のことを知らせてくれた。恩人だってわたしも思ってるのよ」

「いえ、あたしは何もできなくて。やっぱりご家族の力です」

それは恵美子の率直な気持ちだったが、相手は首を横に振った。

「わたしがひどかった頃、あの子を犠牲にしてしまって本当に苦労をかけていたからね。カイエちゃんが知らせてくれた時、こんなダメ親だけど、リコに何かわたしがしてやれるとしたら今しかない、と思ったのよ。でも自分一人じゃきっと何もできなかった。あの時うちの人が凄く助けてくれたから、車出してくれたり、暴れるあの子を押さえてくれたり。おじいちゃんのところまでも毎週何百キロも運転して往復してくれたしね——わたしたち今は再婚してるの——あらずいぶん古いものがあるのね」

リコの母親はウォークマンを取り上げた。

「これ最初の頃の機種よね。わたしが持ってたのと同じ。『ホットライン』ボタンがあるのよね」

「ホットラインって何ですか?」

「ほら、このオレンジのボタン。これを押すと、外の音を拾ってくれるからヘッドフォンをしたまま二人で話ができるの。この機種二つヘッドフォンつなげるから、ウォークマンで音楽聞きながらカップル同士で話もできる。懐かしいわあ」

恵美子はようやく「永遠子」の真相に思い当たった。問題の場面を想像してみる。見られていることにも気づかず静かに目を閉じている少女。その横顔のいつもと違う雰囲気に驚いた少年は、どうせ聞こえるはずがないという気の緩みもあって思ったことをつい口に出してしまった。たぶん、

「ほんとはこいつ可愛くね?」

とか。

鼻づまりの勝弘の言葉は頭が聞き取りにくかった。あるいは亜紀がホットラインボタンを押したのがちょうどそのタイミングだったのかもしれない。機械音痴の亜紀が無意識に操作したために、外の声がヘッドフォンで聞ける状態になっていた。思いがけず反応された勝弘は咄嗟《とっさ》に自分が言ったことを否定した。一方、自分がそんな風に、それも勝弘に言われるなど微塵《みじん》も予測していない亜紀は、その声に頭にあった永遠子のことをあてはめ、全く違った言葉として聞いてしまったあげく勝手に盛り上がっている。勝弘はますます取り消しも説明もできなくなってしまった。

そんなことだったんじゃないか。かつての伝説は本当の空耳だったに違いない。たぶん何も気づかなかったことにして知らんぷりしておくのがいいのだろう。ふと心をよぎった一瞬の想いが何かの始まりなのか、他のことと同じく日々に流されて忘れ去られていくものなのか、その時は本人にだってわからないのだから。

恵美子がそんな思いをめぐらしていることも知らぬ気に、自分の青春時代の回想に入っていたリコの母親は、現在に戻って、

「リコもこれでお嫁に行ってくれれば言うことないんだけど、一人が気楽だなんて言っちゃってねえ。カイエちゃんはどうなの？　相変わらず綺麗だからいくらでもいい人がいるでしょうけど」

水を向けられ、いえそんなことないです、と適当にごまかしているところへ、

「ちわー。片づけ進んでるの？　のんきにしてるとクマさんに怒られちゃうよ——あれお客さん？　こんにちは」

三月に高校を卒業して七海学園を退所したばかりの卒園生が顔を出した。恵美子が担当していた男子だが誰にでも愛想がいいのは昔からだ。客を意識してか、先生何か手伝おうか、などとふだん言わないようなことを言う。

しかし地元で就職していることもあり、何かと顔を出しては手を貸してくれるのは有り難い。入所中は園にいつかない子で、帰りが遅くて担当としては肩身が狭かった。他の子への影響も考え、厳しく指導しなければならない立場なのだが、恵美子は今ひとつ彼に口やかましくする

気になれなかった。かえって担当でないあのひとの方がよく注意していたぐらいだ。二人の、きついようでどこか楽しげに聞こえないこともないやりとりを聞いていると、あのひととの方が相性がいいのかなという気がすることもあった。

あのひとのように働くことは自分にはできないし、あのやり方がいいとも思わない。でも、あのひとが自分の担当だったらいいのに、と思っている子たちが大勢いるのを恵美子は知っていた。全部の子をあのひとが見るわけにはいかない。皆で分担するしかない。ましてあのひとがいなくなった今はなおさらだ。

彼も、本当はあのひとに担当してほしかっただろうか。

幼い頃七海学園にいた彼が一度退所し中二でまた入園してきたのが恵美子の就職の年だった。偶然その前から顔を知っていた子で、彼の方も大事な話の時は、まず担当の自分に持ってくるように意外と気は遣っていたと思う。だからといって淡々としか接することができないのは自分の性格でどうにもならなかったし、愛想はよくても内心はあまり語らない彼の方もあまり構われるのは嫌がっていたように見えた。

そんな彼でも社会に出ると気持ちが違うものか、自分とは退園後の方がよく話しているような気さえする。

それにしても今日は来客が重なって片づけがなかなか進まない。そろそろ頑張らなきゃ、と思ったところに携帯電話が鳴った。二人に断ってとると、さっき登っていったばかりの学園の高校生からだった。

「そっち寄ってもいいですか？」

「いいよ。茜が二階で勉強してるだけだから——ああ、それから明《あきら》が来てるよ」

「ほんとですか？」

電話の向こうで声が弾む。

かもめ寮の高校一年生、法条《ほうじょう》光《ひかる》クリスティンもあのひとと縁が深く、学園で唯一入所前から知り合いだった子だ。あのひとが学生ボランティアをしていた時出会っていたのだという。

日本人とアメリカ人の両親の不和に心を痛めながら育ってきた光クリスティンは離婚話の進行とともに強い身体症状が出て、一時は短期ながら入院もした。両親の家に戻るたびに、完全な別居が成立してからはそれぞれの家に泊まるたびにまた症状がぶりかえし緊急受診を繰り返すことが続いて、ついには当面どちらの親とも離れて暮らすことが望ましいという判断が出た。どちらも娘を愛してはいたのだろうが、互いの反発と緊張関係が緩むことはなく、常にそれを感じ取らざるを得なかった繊細な娘は耐えられなかったようだ。家を離れ環境が変わるとピタリと症状が治まることから、病院は医療対応ではなく、環境を変えることこそが必要と所見を出した。児相も施設も、こういった状態での施設入所がイレギュラーなので当惑したが、他に適切な手段がないということで、結局、医療的な配慮を要する子が多いかもめ寮で受けることになった。そういうわけで少女とあのひとは、寮こそ違ったが、七海学園で再会することになったのだ。

結果としてはこの子にとって児童養護施設への入所はよかったようだ。どちらの親とも距離を置きながら暮らしている中でずいぶん自分の気持ちを出せるようになり、積極的で活発な面を伸ばしていくことができている。

「ピッカ来るって」

電話を切って言う。河崎《かわさき》明は、そう、とあまり関心なさそうにうなずく。

本名で呼ぶには長過ぎ、かといって片方の名前だけで呼ばれるのも嫌がっていた彼女を誰かが間に合わせで呼んだ通り名「ピカちゃん」「ピッカ」がだんだん浸透し、本人も意外と気に入っているようだ。

明が、じゃあちょっと奥を片づけてくる、と中に入っていくと、リコの母はなんだか嬉しそうな顔になり囁いてきた。

「ずいぶん美形の子ね。彼氏？」

とんでもない、と即打ち消したが、学園の卒園生なんです、と外部の人に言ってしまうのをためらってちょっと沈黙したのをどう受け取ったのか、

「嘘でしょ。凄くお似合いよ。美男美女で」

恵美子は笑って手を振った。

「そんなわけないです。あたし彼より七つも年上なんですよ？」

そう口にした時、何故かちょっと不思議な気持ちになった。今まで感じたことのない、胸騒ぎに似た何か。一瞬恵美子はこの小さな家から離れ、時の狭間に立ったような気がした。

遠い日、小学校の仲間と一緒に道に迷い、行き着けなかった河口。血を流し横たわる十六歳の自分を心配そうにみつめた黒い瞳。放課後の教室で少年が奏でた繊細なギター。延々と辿《たど》ってきた川の終わりを自分は今もまだ見ていないけれど、視界の外であの川は海にきっと流れ込んでいて、幻の潮騒が耳の奥で響く。ありえない未来を隠したカーテンの裾が風に吹かれて少しだけめくれたような、そんな感覚に動揺し、あわてて打ち消した。

それこそ空耳、ちょっとした錯覚だ。静かなあたしの暮らしの中で特別だった嵐のような三年あまりの日々。それもとっくに終わった。これからもこの町で、あたしは目立たず騒がず、ひっそり生きていく。あたしはそういう女だから。

そう自分に繰り返しながらも、またあのひとのことを恵美子は思い出す。同じ年でも後輩だから、と遠慮していた彼女は、いつか対等に話しかけてくれるようになり、リコと離れて以来他人に口出しすることなどなかった自分がついつい忠告めいたことを口にするようにまでなっていた。カイエという言葉を好きだと言った彼女。Cahier とフランス語の綴《つづ》りを正確に、発音されないhも入れて描いたあのひとの指。

あの日彼女が言っていたのは例えばこういうこと？　きっと違うだろう。でも——今あなたがここにいたらなんて言うのだろう？

4

二階から茜の小さい叫び声が聞こえた。

リコの母に急いで別れを告げ、階段を上がってみると、茜は西向きのベランダから何かを見ていた。

「どうしたの?」

声をかけるが茜は返事もしない。まるで、恵美子の声でなく別の何かを聞いているかのようだった。振り向いた茜はこちらの姿さえ目に入っていないかのように、脇をすり抜けて階段を駆け降りていった。

恵美子がベランダに出ると、七海学園の屋上に立つ少年の姿が見えた。茜と同じつばめ寮中一の一《いち》ノ瀬界《せかい》だ。

こちらが誰だかわからなかったのか、界はこれまで続けていたらしい身振りを繰り返す。

右手を真横に、左手をその少し下に。それから両腕を思い切り真横に広げた。表情はよくわからない。

二回その動きを繰り返すと、界も身を翻《ひるがえ》し、飛ぶように階段を降りていって見えなくなった。

気が合うらしい茜と界がときどき声でやりとりできない時、身振りで意思を通じ合っているのは知っていた。

今、茜はそんな信号を受け取ったのだろうか。そうだとしても恵美子には意味がわからない。困って地上を見ると、この家に向かっていたはずのピッカと道草を食っていたらしい亜紀、ふだん相性のよくない二人が肘をぶつけあうように先を争って学園に走っていく後ろ姿が見えた。後から荷物を二人分持った勝弘が必死で追いかけていく。見回すと、住宅地から、公園から、森から、続々と子どもたちが姿を現し、皆同じ方向に走っていく。

何が起こっているのかわけがわからなかった。でも何故だか自分も胸が熱くなってじっとしていられない気がした。

恵美子は階段を駆け降りると、

「明、あたし学園に戻るからあなたちょっと留守番してて」

そう声をかけ、びっくりした明の返事も聞かずに外へ飛び出し、子どもたちの後を追って七海学園に向かって走り出した。

解説

末《すえ》國《くに》善《よし》己《み》

ミステリで重視すべきなのは、謎と解明の面白さか、小説としての完成度か。これをめぐっては、探偵的要素は小説的要素より重要だとした甲賀《こうが》三郎《さぶろう》と、探偵的要素を突き詰めると芸術小説になるとする木々《きぎ》高太郎《たかたろう》による一九三〇年代の探偵小説芸術論争や、トリック、論理性、サスペンスが渾然《こんぜん》とした小説が芸術品でなければならないとした木々に江戸川乱歩《えどがわらんぽ》が反論した一九四〇年代の論争など、何度も議論が重ねられてきた。

ただ、探偵的要素を重視した甲賀、乱歩も、決して小説的要素を軽視したわけではない。甲賀は「探偵小説講話」の中で、探偵的要素と小説的要素は「互いに矛盾してゐるが、必ず同時に存在しなければならない」と述べている。乱歩は「一人の芭蕉《ばしょう》の問題」で、木々の「文学第一主義」と自分の「探偵小説第一主義、これが渾然一体化するのが理想ではあるが、その理想実現が殆ど不可能に近いほど困難」なので「問題が生ずる」と分析し、誰が「俗談平語の俳諧」を「全身全霊をかけての苦闘」により「最高至上の芸術とし」た松尾《まつお》芭蕉のような探偵小説作家になるのかを問い掛けていた。

乱歩、甲賀が理想とした探偵的要素と小説的要素を高いレベルで融合した作家の一人は、間違いなく七河迦南《ななかわかなん》である。第十八回鮎川哲也賞を受賞したデビュー作『七つの海を照らす星』は、児童養護施設「七海学園」で起こる怪談めいた謎を論理的に解明する日常の謎ものの連作集である。この作品は、物語とキャラクターを作り込むことで伏線を隠し真相が明らかになった時の驚きを増幅させ、謎が解かれるにつれ哀しくも希望が見える迫真の人間ドラマも浮かび上がらせてみせた。さらに様々な事情で親と暮らせない子供たちを通して日本の福祉政策の矛盾《むじゅん》を指摘する社会派推理小説の要素もあるが、社会問題の告発よりも、厳しい現実に立ち向かう子供たち、大人たちをクローズアップしているので読後感が悪くないという、デビュー作にして既に完成されたミステリになっていたのだ。

この高いクオリティが「七海学園」を舞台にした続編『アルバトロスは羽ばたかない』にも受け継がれたことは、同作が『2011本格ミステリ・ベスト10』の第五位、『このミステリーがすごい！ 2011年版』の第九位に選ばれた結果からもうかがえる。

著者の三作目となる本書『空耳の森』は全九作の短編集で、一作ごとに小説のスタイルを変え、その形式でなければ成立しない謎と解明のダイナミズムを作り上げている。本書の収録作は基本的に一話完結だが、ある作品の登場人物が別の作品に顔を出すなど全体が緩《ゆる》やかにリンクしていて、読み込めば読み込むほど著者の施した仕掛けが分かるようになっている。また『七つの海を照らす星』『アルバトロスは羽ばたかない』と世界観が共通している作品もあり、事前に読んでおく必要も、ネタバレもないが、前二作を知っていると本書がより楽しめるので併せて読むことをお勧めしたい。

　近年は、二〇〇〇年前後のファッション、グッズ、アニメ、音楽などを楽しむ「平成レトロ」がブームになり、若い世代が、ガラケー、ポケベル、ゲームボーイ、たまごっちなどに興味を持っているようだ。本書の収録作は、一九九〇年代後半から二〇一〇年頃までが舞台なので、「平成レトロ」が好きな読者を直撃しそうな懐かしいアイテムが事件の鍵として使われている。そのため、当時を知る世代はノスタルジーを感じ、知らない世代は新鮮な気持ちで読めるのではないか。

　巻頭の「冷たいホットライン」は、尚子と正彦が初めてデートした思い出の山に登るものの、尚子が捻挫《ねんざ》してしまう。尚子を山小屋で休ませ一人で野鳥を見に行った正彦が吹雪に襲われ、唯一の連絡手段であるトランシーバーを使った二人の会話がサスペンスを盛り上げていく。乱歩は評論集『幻影城』の中で、探偵小説を「主として犯罪に関する難解な秘密が、論理的に、徐々に解かれて行く径路の面白さを主眼とする文学である」と定義した。「徐々に解かれて行く径路の面白さ」とあるので、乱歩は冒頭部に不可解な謎が置かれ、それを探偵が解き明かす展開を想定したと思われ、これは多くのミステリ愛読者の定義とも一致するだろう。だが「冷たいホットライン」には、冒頭どころかどこにも謎らしい謎はない。それが終盤になると、張り巡らされた伏線の存在が明かされ、衝撃的な真相が突きつけられる優れた本格ミステリに転じる。ミステリの定石を破っているのに、誰が読んでも鮮やかな本格を作ったところからも、著者の確かな手腕がうかがえる。謎らしい謎が冒頭にないのは、本書の収録作の多くに共通する特徴となっている。

無人島で暮らす十歳のお姉ちゃんと二歳下の「ぼく」のサバイバル生活が、「ぼく」の視点で描かれる「アイランド」は、無人島に漂着した十一歳の太郎と七歳のアヤ子兄妹の置かれた状況が、太郎が瓶に詰めて流した手紙によって明らかになる夢野久作「瓶詰の地獄」を彷彿させる物語である。幼い故に語彙《ごい》が少なく、世界の認識も十分でない「ぼく」の語りが重要な役割を果たす「アイランド」は、真相が解明されるとせつなさも募る。

「It's only love」は、「あたし」と「俺」が交互に語ることで物語を進める構成と、登場人物が互いをニックネームで呼び合う設定が効果的に使われている。カナの披露宴の帰り、「あたし」はピッカから相談を受ける。披露宴に出席しなかったキラに年上の女性と交際しているとの噂があり、キラに想いを寄せているたピッカは気になっているらしい。キラは高校卒業後、地元の会社に就職して順調だったが、突然辞めて今はキャバクラで働いている。「あたし」は事情を聞くため、キラの勤め先を訪ねる。キラが好きなピッカの恋の行方や、キラと歩いていた女性の正体といった男女の機微が謎解きの伏線になると同時に真相を隠すブラインドにもなっており、秀逸な恋愛ミステリになっていた。

「悲しみの子」は、離婚後の親権を争っている両親についてのエピソードが、当事者家族を心配するNPOスタッフの動き、N県とY県の相談票など様々な角度から描かれていく。それぞれの視点が影を作り、それが積み重なって真相を覆い隠しており、探偵役の推理で暴かれるトリックはシンプルながら切れ味が鋭く、同形のトリックを二つ重ねているのにくどくなく美しかった。「悲しみの子」は、日本推理作家協会編『ザ・ベストミステリーズ　推理小説年鑑2013』に収録されたが、それも納得の完成度である。

「さよならシンデレラ」は、まずヤンキーものと少年探偵団ものという相性が悪そうなジャンルを一つにまとめた手腕に驚かされた。私立中学に合格したリコだが、地元中学の不良少女の姉貴分のようになっていて、一年生が敵対している港中学のグループにゲーセンでカツアゲされていると相談を受ける。すぐに現場に駆け付けたリコは、仲間のカイエと合流し敵グループを退散させた。助けた後輩によると、マサトという男がリコとカイエを捜しているらしい。その後、港中の生徒が殴られて多額の金が入った封筒の中から二万円だけを抜き取られる強盗事件が発生し、リコに疑惑の目が向けられる。名探偵が好きで、小学生の頃にリコ、カイエと少年少女探偵団を結成していたマサトは、リコの濡れ衣《ぬれぎぬ》を晴らすために動き出す。事件当時の関係者の動き、犯人が二万円だけ抜いた理由などから犯人を絞り込むマサトの推理はロジカルで読ませるが、もう一つ別の謎解きも行われ、その真相には衝撃とやるせなさを感じるのではないか。

「桜前線」は「さよならシンデレラ」の姉妹編で、リコとカイエの過去と、カイエが高校生の頃に巻き込まれた事件が描かれる。カイエはリコに誘われ大学生の藤木、秋津とデートをすることになり、四人でのグループ交際が続いた。リコが秋津に好意を寄せる一方で、秋津はカイエを気にする素振りを見せる。好意の行き違いが思わぬ事件へと発展するが、そこに至るまでなぜ、コミュニケーションに齟齬《そご》が起きたのか。四人の間で渦巻く感情が事態を複雑にする恋愛サスペンスであり、誤解が生じた原因にはツイストが効いている。この真相は、すれ違いなくコミュニケーションを成立させる難しさにも切り込んでおり、短文のメッセージアプリ、SNSなどが誤解を生む原因になっている現代を生きる読者は、生々しく感じられるように思えた。

「晴れたらいいな、あるいは九時だと遅すぎる（かもしれない）」のタイトルは、安楽椅子探偵ものの名作であるハリイ・ケメルマン「九マイルは遠すぎる」を意識しており、やはり一種の安楽椅子探偵ものである。物語は、居酒屋で出会った女に促されてジェノグラム（家族図）を書いて見せた男が、「父、母五十四歳、長男三十六歳」といった記述だけを手掛かりに家族の関係性を女に推理させるところから始まる。わずかな情報で家族の過去、現在を説明する展開は、依頼人の持ち物などから素性を言い当てるシャーロック・ホームズを思わせる。この男はある女性と居酒屋で再会して以降、話をするようになるが、男が一週間も彼女を見かけなくなった。マスターに彼女と友達の会話の断片を聞いた男が、彼女に何があったのかを推理していくのだが、彼女と友達の会話以外のところに重要なヒントがあったり、男が彼女に抱く感情が推理を揺さぶったり、誰が安楽椅子探偵になるのかを考えさせる趣向があったりと、多くのミステリの要素が詰め込まれていて、最後の一行まで緊張の糸が途切れなかった。

少女の連続失踪事件を追っていた「わたし」が、事件の黒幕らしきカフェ経営者に会いに行く「発音されない文字」は、探偵と黒幕の対決が物語を牽引していく。「わたし」は、カフェ経営者が少女たちを操った手法を推理していくが、そのために用意された文学、美術作品から謎を解いていくだけに、エレガントな推理になっていて、作中で言及された作品を知っていると、より感慨深くなるはずだ。終盤に明らかになる探偵と黒幕の関係性と、黒幕の動機には身震いするほどの恐怖を感じるだろう。

表題作の「空耳の森」は、七海学園を舞台にしている。学園が借りた一軒家の裏は森になっていて、ある少女がそこで病気がちの女の子・永遠子と遊ぶようになり、いつも次に会う日を約束して別れていたが永遠子が急死。その後、少女が森に行くと「〇日は必ず行くね」と声が聞こえたという噂があった。学園で暮らす亜紀は、旧式のウォークマンを使っていたが、あるカセットテープを聞いていたら突然、不思議な声が聞こえたというのだ。怪談めいた謎が合理的に解明される本格ミステリで、希望をにじませるラストも含め掉尾を飾るに相応しい一編である。

七河迦南の著書は、二〇一六年刊行の『わたしの隣の王国』（後に『夢と魔法の国のリドル』と改題文庫化）が最後になっていたが、二〇二五年後半の刊行に向けて新刊の準備が進んでいるようだ。寡作ながら評価が高い著者の新刊が刊行される前に、本書を含め既刊を読んでおいて欲しい。

本書は二〇一二年、小社より刊行された作品の文庫化です。

著者紹介　作家。東京都出身。早稲田大学卒業。2008年、『七つの海を照らす星』で第18回鮎川哲也賞を受賞してデビュー。他の作品に『アルバトロスは羽ばたかない』『夢と魔法の国のリドル』がある。

空耳の森

2025年4月18日　初版

著　者　七《なな》河《かわ》迦《か》南《なん》

発行所　（株）東京創元社
代表者　渋谷健太郎

162-0814 東京都新宿区新小川町1-5
電　話　03・3268・8231-営業部
　　　　03・3268・8201-代　表
URL　https://www.tsogen.co.jp
組　版　フォレスト
暁印刷・本間製本

乱丁・落丁本は、ご面倒ですが小社までご送付ください。送料小社負担にてお取替えいたします。

ISBN978-4-488-42813-6　C0193